未発選書 21

アイロニカルな共感

近代・古典・ナショナリズム

前田雅之

ひつじ書房

はじめに

一九九九年に刊行した処女作『今昔物語集の世界構想』（笠間書院）の「あとがき」で私はこのように書いていた。

具体的には、日本古代・中世における「公」ないしは「公共性」のありようを文学テクスト・歴史テクスト・宗教テクストの言説の諸相から炙り出したいのだ。窮極的な目標が天皇システムの解明にあることは言うまでもない。日本を日本たらしめているシステム・思想・言説の仕組み＝仕掛けを考察することが私のライフワークとなるだろう。

これ以後、『今昔物語集』に対する関心は希薄になっていき、その代わりに、古典なるもの、日本なるもの、古典的公共圏の解明が主たる追究すべき問題となっていった。だが、その一方で、古典をいとも簡単に切り捨てたと目される近代日本についても、関心を抱き続けてきた。何故か。

それは、近代日本と古典の王国であった前近代日本（とりわけ、中世・近世）の断絶と連続を押さえなければ、上記に掲げた「日本を日本たらしめているシステム・思想・言説の仕組み＝仕掛け」が明らかにならないどころか、私が今従事し、属しているとされる「国文学」なる学的世界の存在理由も弁証できないからである。

ここでは、後者の「国文学」に言及しておくと、国文学とは、「文」の字がないだけだが、「国学」がもっていた強烈なイデオロギーは皆無であり、明治以来、一貫として人畜無害の学問として今日に至っている。英文学と並んで、女性が多く学んだのも、女性を人畜無害化しておきたいという社会的要請に拠るのではないかと、いぶかりたくなるほどの人畜無害であった（ちなみに、女性は人畜無害ではない）。それは、同じ日本をテーマとしながら、常に、新たな問題を提起し、常時、論争を巻き起こし、政治や教育のありようにまで関わってきた日本史学と比較したらさらに分かりやすくなるだろう。国文学にはそもそも問題も論争も学会内のコップの中の嵐以外には存在しない。最近は学会でも論争もないと聞いている（私が入っている数種の学会も論争らしい論争は寡聞にして知らない）。

だからだろうか、大学の教員数では日本史の数倍いるにも関わらず、国文学の社会的影響力は、日本史の十分の一もない。比較不能なくらいである。新聞書評で国文学関係の書物が取り上げられるのは年に何度あるだろうか。簡単に言えば、英文学と並んで、あってもなくてもよい学問のひとつなのである。女性研究者が多いためか、他の学問に較べて女性の大学教員も多い。だからといって、「男女の共同参画」が達成されていると言って胸を張れたものではない。レゾン・デトル（存在理由）が問われなくて済むという場に安穏といる大学教員は男女ともに多いし、また、それが問われない学問でもあるからだ。

　だが、共に明治になって作られたとはいえ、外国の文学である英文学とは異なり、国文学は、日本の文学を対象とするものである。日本を対象とするものがかくも十年一日のごとく無風状態で誰にも影響を与えず、何の問題も投げかけず生き続けてよいのか、という疑問が私には少なくともなくなることはなかった。とりわけ、古典と近代の断絶問題は常に私の中でも、結ばず、切り裂かれたままであった。

　本書は、このような問題意識の下に書かれた論文・批評・エッセイ・コラム・書評を集めたものである。書かれた時期は、昭和の御代から平成二二年までの長きに亙っているが、内容や方向性においては、それほどのぶれはないようである。古典と近代を架橋したい人間の問題提起として受け止めていただきたい。ご批正を期待する。

目次

II　近代・教育・大衆

III ナショナリズム

Ⅳ　古典をめぐる書評

I　近代と古典

政治神学と古典的公共圏

——パウロ・空海・和歌——

我々は「脱魔術化」＝世俗化された近代に生きている、ということになっている。こうした近代の一般的イメージに対しては、「現代国家理論の重要概念は、すべて世俗化された神学概念である」（『政治神学』）と言い放ったカール・シュミットのアイロニカルな洞察が世俗化なんて幻想に過ぎないことを教えてくれるが、むしろ、現代は、新たな政治神学が世俗化をアメリカニズム＝グローバリズムなどの装いに纏い代えて、さらに世界を平準化しようとして、逆にいたるところで混乱と無秩序を作り出しているようだ。時代は既にシュミットの、今から思えば、まっとうな認識を超え出ているのかもしれない。新たな政治神学は、ネオコンの世界観からも諒解されるように、一見、民主主義的正義の顔をして、実は、非近代的な性格を本来的にもっていた宗教の熱狂だけを残して、それを近代化＝合理化して政治と連結した詐術に過ぎないが、根柢に宗教的使命感があるだけに始末が悪いのである。

だからと言っては変だが、この際、政教分離、宗教は個人の心の中のものなどといった近代的お題目は少しの間棚に上げて、古典を切り捨てた近代を相対化するためにも、前近代における、国家と宗教が一体化した世界、および、かかる世界における公共圏のありようを改めて検討してもそれほど無駄な振舞ではあるまい。まずは、海彼の『ローマ書』一三章が孕む問題から始めたい。

1 『ローマ書』の「権威」と「神」

元々熱烈なユダヤ教徒ながら回心後、「使徒」となってしまったパウロの記した『ローマ書』は、律法に対する信仰の優越性と隣人愛を説き、古来、『新約聖書』の中でも特別の位置を占めている。実際に、キリスト教を作ったのは、後述するヤーコプ・タウベスも指摘するように、イエスではなくパウロだろう(1)。ために、オリゲネス『ローマの信徒への手紙注解』をはじめとして、注釈も厖大にある。中でも第十三章冒頭の一・二節は、国家と宗教のあり方を論ずる意味で逸することができない一節だ(2)。

凡ての人、上にある権威に服《まつろ》ふべし。そは神によらぬ権威なく、あらゆる権威は神によりて立てらる(一)。この故に権威にさからふ者は神の定《さだめ》に悖《もと》るなり、悖る者は自らその審判《さばき》を招かん(二)。(『文語訳聖書』)

はじめに、あらゆる人は「上にある権威」に従わねばならない、とパウロは説く。「神への愛」と「隣人愛」を説くのがキリスト教であると思っていた向きには、このドグマ的言説を見て些か面食らったかもしれない。しかし、これに続く「そは神によらぬ権威なく、あらゆる権威は神によりて立てらる」に至ると、ここでいう「権威」なるものは皆神の創作物であることが示される。ここで「権威」と訳されたものの意味内容は、現実的かつ具体的な政治権力であると聖書学では解されているから(3)、国家権力およびそれに類する諸権力がいずれも神に権威・権力の淵源をもっているということだろう。だから「権威にさからふ者は神の定《さだめ》に悖る」ことになるのだ。とは言いながら、一読すると、「上にある」権威・権力には黙って従えと読める言説ではある(4)。

事実、一三章一・二節は、ボダンの主権論にみられるように、絶対主義華やかりし頃のヨーロッパでは王権神授説の根拠とされたのだ。王権神授説とは、手っ取り早く言えば、神をローマ法王経由ではなく、王権と神を直接結びつかせることを弁証する思想である。これは、ローマ法王排除という意味で王権の自立化の第一歩であり、政教分離に向けた世俗化の端緒と評価することも可能だが、王権神授説の根拠が『ローマ書』十三章というのだから、ローマ法王の権威を否定して『聖書』だけを拠り所にしたルターと同趣の思想によっているということだろうか(5)。いずれにしても、ここで展開された「権威」と「神」の関係は、今日では、相容れないと見做されている国家（世俗）と宗教が一体化していることには気づくだろう。絶対主義を国是としたかった王権がこれに飛びついたのも頷ける。

だが、パウロが生き伝道した時代には、まだローマ教会の権威も何もなかったのだから、パウロが王権神授説的意味合いでこの言説を語ったとは考えられない。パウロはパウロの事情と信念があってこれを語ったはずである。パウロが語った理由として、過激化したキリスト教徒の暴走を未然に防ごうとしたことなどが時にあげられるが(6)、そのような即物的かつ現実的な理由だけで、権威に従えと語ったとはやはり考えにくい。パウロの国家観がどこかで作用していたはずである。

一三章の解釈史ならびにヨーロッパ思想における意義については、注に上げた宮田光雄論文を参照していただくとして、ここでは、さしあたり、カール・バルトと内村鑑三の言説をとば口にしてパウロの思想や狙いに迫ってみよう。この二人に着目したのは、奇しくも同時代の近代を反時代的に生き、神を高らかに宣揚しつつ思考した東西の知識人の典型例を示しているからである。

最初に、近代人間主義的なキリスト論を徹底的に批判して、神を絶対的な存在とする神学を構築したバルトは(7)、彼の原点的書物『ローマ書講解』(初版一九一九年、二版一九二二年)で一三章一・二節を以下のように捉えた。

「すべての人は従うべきである」とはしたがって〈すべての人は、人間の計算そのものがどれほど間違ったものであるかをよく考えよ〉ということを意味する。(『ローマ書講

解』下、小川圭治・岩波哲男訳、平凡社ライブラリー、二〇〇一年、二版の翻訳である）

バルトには、一三章から統治者の責任（ルター、カルヴァンなど）や人民の国家・王権への抵抗権（ジョン・ノックスなど）を読み解こうとするプロテスタント特有の視線はない。それは、神と人間との間に絶対的な距離を置き、神の視座から人間世界を見ようとするバルトにとって、国家権力に対する革命も「悪と悪との戦いであ」り、「反逆者は気がつかないうちに陥る闘争は、神の秩序と現行秩序の間の闘争」となるからであろう。「人間の計算そのもの」に示される、近代特有の価値観である数量化・計算可能な未来像を企図して行われる革命やそれに従事する人間への批判が上記の言説には息づいている。

と言いながらも、「現行秩序の積極的、肯定的な根拠づけはただ表面上のことであるにすぎない」とし、「「権威」というものは、すべての人間的、時間的、事物的なものと同様に神によって測られる。神は権威の初めであり、終わりである。」とする言説は、バルトが決して権威を特別視しているわけではないことを物語っていよう。あくまで中心となるのは神である。そこから、「権威は反逆者に対して神の反逆の大権を代表する。権威によって、反逆者は神の反逆の意味が秩序であり、無秩序でないことを学ぶべきである。」というややパラドシカルな響きをもつ言葉が示すように、神の反逆も秩序であるとの見解が提出される。「権威」もそのレベルで肯定されていると言ってよいだろう。そして、付言すれば、バルトには政治神学の介入する余地がないことだ。完全に政治神学を超脱した思考がそこにはある。これがバルトの「近代」性ではないのか。

ほぼ同じ頃、キリスト信徒内村鑑三は、『羅馬書の研究』（単行本の刊行は大正十三〈一九二四〉年、一三章の講演自体は大正一一年五月二十八日）で、バルトとは好対照な解釈を呈示している。

パウロは十二章の愛の教の継続として十三章の対国家の道を説いたのである。人を愛すべし、我を苦むる人をも愛すべし、国を愛すべし、我を苦むる国をも愛すべしと。これ十二章十三章を一貫して流るゝ精神である。（『内村鑑三全集26』、岩波書店、一九八二年）

内村は隣人愛に含まれる愛敵（敵への愛）の延長から、国家への愛を説く。そして、「基督者は神にのみ服従すべきであつて此世の権能に対しては毫も服従する要なしと主張する者をパウロは戒める」と主張する。これは国家に対する抵抗権を強調してきたプロテスタント系の解釈への批判とも読めるが、そうではなく、「全世界にわたれる神の統治を認め、制度尊重、秩序保続の健全なる精神をパウロは茲に鼓吹する」と説かれるように、「此世の権能」（＝「権威」）を立てた「神」が世界を統治するのであるから、その下にある「権能」「制度」「秩序」を重んずるのは当然だということである。神絶対主義ではバルトとさして変わらないように見えるが、内村は、「神の統治」を前提にしつつ、神の統治と現実の権力とが惹起するに違いない矛盾や衝突をあまり意識していなかったようだ。日本政府の統治を信仰の自由が保障されているからといって肯定的に評価するのもこれと通底する意識だろう。とすれば、内村は、「神」と「権威」の調和を説いた、極めて「健全な」保守主義的思想の持ち主ではなかったかと思えてくる。

そこに、後述する仏法王法相依論や「公秩序」観に見られる国家・王権と宗教（仏教・神祇）との癒着・調和を自然と捉える日本的政治神学の影を見ておきたいが、「十三章の権能服従の語は事実的には羅馬政府に対しての服従を勧めたものである」という内村の言説にもやはりいい意味での健全さが窺える。内村はローマ帝国に対して、「地上の政治としては最も完備した政治」であり、一三章に基づいてか、「亦これ神の摂理の中に現はれしもの」と高く評価する。だから、パウロはローマ帝国に「広く高き視点よりして之に大なる好意を寄せてゐ」て、「彼の権能服従論の背景と」なったと強調するのだ。だが、ここに描かれるパウロは、隣人愛・愛敵の権化から必然的に出てくる像《イメージ》とはいうものの、やや人がよすぎはしないだろうか。はたしてパウロは、内村の言うように、ローマ帝国に「好意を寄せて」、言い換えれば、布教のために、「権能服従論」まで持ち出してきたのだろうか。

それに答えるためにも、ヤーコプ・タウベスの『パウロの政治神学』を見ておかねばならない(8)。『ローマ書』解釈は一変したと言ってよいくらい、本書はラディカルな斬新さに満ちているからだ。

タウベスの権威に対する捉え方はほぼバルトと同様だが、彼のオリジナリティーは、『福音書』のイエスが説いた「神への愛」と「隣人愛」をパウロが「隣人愛」だけに縮減したとする点にある。その隣人愛とは、所謂隣人愛に加えて、敵への愛が含まれる。敵については、既に、シュミットが、敵とは、他者であるから政治的な敵（公敵 hostes）であり、私敵（私仇 inimici）でないと述べているが（『政治的なものの概念』）、タウベスは、シュミットの意図をずらして導入し、『ローマ書』一一章二八節（「福音につきて云へば汝等のために彼らは敵とせられ、選《えらび》につきて云へば、先祖たちの為に彼らは愛せらるるなり」）にある、「彼ら」（ユダヤ人）は、福音では敵（これはシュミットでは公敵に相当する）だが、先祖たちのおかげで神に愛されているという文脈と連結して、キリスト教徒にとってユダヤ人は敵だが共に神に愛されているというテーゼをパウロが見出したと解釈したのだ。そこから、たち現われる『ローマ書』は、敵（公敵）が存在しない普遍的な世界を表明するものとなるだろう。そこには「愛」（隣人愛・敵への愛）しかないのだから。そして、愛によって成り立っている世界こそが「神の王国」であり、王国は、「我らも多くあれど、キリストに在りて一つ体にして各々《おのおの》たがひに肢《えだ》たるなり」（一二章五節）が示すように、キリストの一つの身体の「肢」となっている神の子どもによって構成されるのである。タウベスによれば、パウロは、ユダヤ教的偏狭さをキリストの「一つ体」がつくり出す「新世界秩序」を創造することによって乗り超えたという。

だが、敵の存在しない「新世界秩序」（＝神の王国）が成立すると、もう一つの別の普遍性をもって世界に君臨するローマ帝国と衝突することになるのはむしろ必然である。要するに、パウロは、王国内に友敵関係や異物同士の政治神学的融合を峻拒しながらも、今度はローマ帝国という他者との政治的友敵関係を作り出したということだろうか。おそらく、パウロの最終的な狙いは、内村が正しく見抜いたように、眼前に対峙するローマ帝国を神の王国化することであったろうが（それは四世紀に実現する）、ここで、一三章一・二節の問題に戻れば、やや飛躍するけれども、従うべき権威とは敵が存在しない神の王国内に限定されるという解釈もそこから出てくるのではないか。ごく荒っぽく言えば、いつでも激烈な反体制信仰集団が登場しうるシステムが整ったということになる。タウベスを深読みすれば、キリスト教徒の迫害は当然だったかもしれない。

こうしてみると、『ローマ書』はキリスト教における政治神学の全局面を指し示していると言ってよいだろうか。まさに恐るべき古典＝聖典である。

2　「仏法」＝「王法」と「公秩序」

日本における政治神学を考える上で、パウロに匹敵するのは空海だろう。憂国公子と玄関法師が対話するという形式で綴られた『秘蔵宝鑰』巻中「第四唯蘊無我心」には、「仏教と王法と相和すること如何」という憂国公子の問いに対して、玄関法師は、以下のように答える(9)。

人王の法律と法帝の禁戒と事異にして義融せり

(原漢文、『弘法大師全集』、一九九八年の訓読による)

「人王の法律」=「国法」と「法帝の禁戒」=「仏教の戒律」とは「事」(現象)は異なるけれども、「義」は「融せり」とは、言い換えれば、王法と仏法とは溶け合っている、つまり、一つであるということだ。

空海と同時期、「式を立てて民を制するは必ず国王に資《よ》り、教を設けて生を利するは良《まこと》に法王にあり」(『顕戒論』「開雲顕月篇第一」、原漢文、思想大系の訓読による)とあるように、王法と仏法の関係は役割分担で捉えていた最澄と較べても、空海の超越の仕方は尋常ではない。たとえば、インド仏教では、ほぼ例外なく、正法(仏法)が王法の上にあるというテーゼを守っていた(龍樹『ラトナーヴァリー(宝行王正論)』、『金光明最勝王経』、『王法正理論』など)。それは、理想的な君主である転輪聖王とて仏法の代行者に過ぎないとされることからも明らかである。仏法からすれば、これが本来の姿であり、中国では僧の皇帝礼拝拒否問題を何度も惹き起こしていた。だから、空海の王法・仏法一体論は、インド仏教にもない新たな思想なのである。

それでは、空海の仏法＝王法を支える論理は何か。おそらくアナロジーであろう。中国仏教にも儒教の「五常」と仏教の「五戒」をアナロジーした数法相配釈があるが、空海は、数法相配釈を大胆に仏法と王法に持ち込んで、仏法＝王法の構図、即ち、インド仏教とは異なる政治神学を打ち立てたというわけだ。

そこには、コプラ（繋辞）をもっていない日本語の特性も働いていたように思われる。日本語は、A＝Bの関係をそのまま言表化することが困難な言語である。たとえば、「俺は男の中の男だ」と"I am a man among men."とでは、厳密には異なる内容を示している。日本語には「だ」が付くから、A（俺）＝B（男の中の男）の共時的イコール関係が後景に退いてしまうのである。だが、A＝Bの言表化の困難さが逆に、あらゆるものをアナロジーによって安直にA＝Bの構図を可能としたのだ。仏法＝王法の構図もこうして生まれたに違いない。

なお、付け加えれば、前近代日本の言説や論理は、概ね、アナロジー・連想・記憶によって作られている。これを無視した古典論は空しいと言う他ない。

さて、空海のテーゼは、平安末期から勢力を持ってくる「仏法王法相依論」という思想に結実した。黒田俊雄は、空海・最澄は鎮護国家論（仏法が王法の下にある）故に古代的思想であり、仏法と王法の対等関係を説く仏法王法相依論こそが中世的思想であると規定したが[10]、実際は、空海の時点で仏法王法相依論は事実上完成していたと見てよいだろう。仏法と王法は「義融」しているから対等関係なのであり、それを根拠に、顕密寺院（寺家）は国家権力に対して嗷訴を実行しえたのである。

だが、ここで問題としたいのは、仏法王法相依論が実は甚だ脆弱な思想であったということだ。思想自体を疑っていたのは、親鸞などごく一部しかいなかったけれども、現実の政治を動かし決定する力ともっていたとはとても思えない。ご都合主義的に寺家側や一部の貴族が仏法王法の危機を叫ぶのがせいぜいのところであったろう。脆弱さの理由としては、仏法王法相依論をも取り込んだ「公秩序《おおやけ》」としか呼びようのない秩序観が日本の政治神学の基底となっていたからと思われる。「公秩序」とは、院・天皇を中核として、それを寺家・公家・武家が囲遶しつつ仕える構造をもった政治・宗教・軍事・文化が一体化した、中世を通じてみられる正統的秩序の謂である。これに背くと、後鳥羽院・後醍醐天皇といった院・天皇から、法然・親鸞・日蓮という寺家の異端派まで、排除されてしまうのだ。

しかも、「公秩序」内部は血によって連携がなされていた。たとえば、寺家をみると、高僧の多くは、院・天皇、公家（摂関家など）、武家（将軍家）の子弟たちで占められていた。破戒即悟道の人、一休宗純とて後小松天皇の子なのである。それでも、現実の歴史は移り行くから、種々に綻びが出る。だが、「公秩序」の基本的ありようはあまり変化を蒙らず、近代に至った。昭和前期、宮様が軍令機関の長に就いていたように、一部は戦前まで生き延びたと言ってよいだろう。

周知のように、前近代日本で、「公秩序」の核たる天皇の存在自体を疑った者は皆無である。在位中の天皇が悪王と認定され、引きずり降ろされることはままあったけれども、制度・システムとしての天皇の存在は一度も疑われなかった。このような鞏固な秩序構造があっては、空海がいくら仏法＝王法からなる新たな国家像を打ち立てても、簡単に公秩序の中に取り込まれてしまうのである。

3　古典的公共圏としての和歌

京都と吉野に二人の天皇がいる、という南北朝時代は、特異な時代と認定されようが、この時代にも京都では勅撰集が編まれていた。その一つに一八番目の勅撰集である『新千載集』がある。後光厳天皇の命で二条為定の撰になるが（延文四〈一三五九〉年成立）、実際は足利尊氏が為定を撰者として天皇に奏上して出来たものであり、以後最後の『新続古今集』まで武家執奏の形をとる。要するに、足利幕府が勅撰集を作っていたということである。何故に武家が勅撰集を作るのか。それは勅撰集が「公秩序」の要であると認識されていたし(11)、以前から彼らも武家とはいえ、事実上、国政の中核に位置する公家でもあったからである。以前から、武家歌人には関心をもっていたが、『新千載集』を開くと、和歌によって「公秩序」が作られていたと実感できた。和歌のできは今は問題としない。問題は登場する歌人と詠まれた世界である。ここには、この時期までの天皇がほぼ登場している。敵対関係にあった南朝の祖後醍醐天皇と北朝の祖光厳院がいることは勿論、反目しあった京極為兼と二条為世、武家に至っては源実朝・北条執権家（政村・宣時など）から骨肉の争いを演じた足利尊氏・直義に至るまで、さすがに後醍醐以降の南朝の天皇や武士は登場しないものの、恩讐を超えて、現実を無視した敵の存在しない調和の世界が現前しているのだ。また、あれだけ戦乱に明け暮れていてもそれを匂わす雰囲気もない。後醍醐天皇の恋の歌（たのまずは契の末もつらからじなどうたがはぬこころなりけん）を詠んでいると、天下は泰平である。

勅撰和歌集は、足利義教の『新続古今集』で終わりを遂げるが、和歌そのものは、明治に至り、正岡子規が『古今集』批判をするまで、一貫して『古今集』を聖典として、敵が存在しない世界を作っていった。それは、言うまでもなく、虚構である。だが、和歌的公共圏に参加することが、風雅・風流の世界と連なりつつ、宗教をも取り込んだ公秩序＝日本的政治神学および古典を不断に維持し、かつ、再現させていた意味で実体のあるものだったのである。

最後に、一言だけ述べて擱筆したい。かかる政治・宗教・文化構造を壊して、日本は近代化したのだから、古典が見捨てられるのはいわば既定方針であり、短歌・俳句・国文学研究と変容するか、文化財として残るだけとなった。今や文化財としても残るのも厳しい情況であろうか。しかし、近代化＝西洋化（保田與重郎に倣えば、「文明開化の論理」）を志向するや、間髪を入れず、近代日本は、『ローマ書』的な「権威」と「神」に繋がる厄介な問題まで引き受けなければならなくなったのではないか。近代天皇システム、国家神道、さらに文学・思想全般に亙ってその重みに喘いでいたと考えるのは独り私だけであろうか。

（二〇〇四年）

（1）Taubes, Jacob, "The Political Theology of Paul" tr. by Dana Hollander, Stanford, 2004 原著、Die Politisch Theology des Paulus, 1993
パウロに限らず、多くの宗教は、祖師・教祖が新たに作り変えられて定着する。偽イエス・偽親鸞・偽日蓮など例は事欠かない。宗教改革運動とは、これこそ真だとされる偽祖師・教祖を作り出す行為ではないのか。その時、実証主義的な真偽手続きは無意味である。なお、本書は、二〇一〇年、高橋哲哉・清水一浩氏によって『パウロの政治神学』（岩波書店）というタイトルで翻訳された。

（2）宮田光雄「国家と宗教―ヨーロッパ精神史におけるローマ書一三章―」（『思想』九一年・二月、九四年・二月、三月、五月、七月、宮田『国家と宗教』、岩波書店、二〇一〇年に再収）が古代から現代までの一三章における問題をよく整理して有益である。拙稿もこれに大いに負っている。

（3）パウル・アルトハウス『ローマ人への手紙　翻訳と註解』（杉山好訳、NTD新約聖書註解、NTD新約聖書註解刊行会、一九七四年）によれば、「この章句で「権力」と訳した言語はexusiaであるが、その単数形ならびに複数形によってパウロが指しているものは、国家権力とその具体的執行機関たる諸官省である」とのことだから、ギリシア語では、世俗的権力ということになるらしい。なお、初出発表後、刊行された田川健三氏の最新訳『新約聖書　訳と註4パウロ書簡その二／疑似パウロ書簡』（作品社、二〇〇九年）は、一三章一二章を「上に立つ権力にすべての人が従うべきである。神によらない権力はなく、存在している権力は神によって建てられたものだから。従って、権力に逆らう者は、神の秩序に逆らったことになる。逆らった者は、みずからの裁きを招くことになろう」と訳し、註で「この部分はパウロが、国家権力、政治権力は絶対的な善であり、絶対的に従わねばならないものと、むきになって言い立てているので有名な個所。王権神授説は、何も近世ヨーロッパの絶対主義権力王朝のもとではじめて唱えられたのではなく、すでに古代からいろいろ同趣旨のことが言われていた。しかし、それをここまで露骨に、手放しで、嬉しそうに言いつのっている例は、まことにめずらしい」とパウロの権力追随を批判した後で、これまでの近代の聖書学者が賢明に「聖パウロ」を守ろうとして「この語は（exousia）、「権威」と訳されることが多い。しかし、実質的な力のある存在を指すことも多いから、その場合は「権力」と訳すのがいい）、此の世の政治権力の意味に用いられるだけではなく、神話的な「権力」、天にいる「権力」（たとえば天使たち）のことを指すこともあるので、この場合はその意味だという解釈」を実証的かつ論理的に徹底的に批判・粉砕している。国家権力・政治権力の意味でよいと思われる。

（4）古賀敬太『カール・シュミットとカトリシズム』（創文社、一九九九年）、とりわけ「第2章ドノソ・コルテスの政治神学　II　秩序の原型としての教会」にカトリックの一三章に関する認識が述べられている。田川解釈はそのように捉えている。

（5）ドストエフスキー『カラマーゾフの兄弟』の「大審問官」では、再臨したキリストは、大審問官によって口を封じられる。根拠は、キリストの言ったことはすべて福音書に記されているかというものだが、仮にキリストが新しいことを言ったなら、福音書＝『聖書』の解釈を独占したローマ教会の権威は一挙に崩れることになっただろう。

（6）アルトハウスはその可能性を示唆する。内村の弟子、矢内原忠雄『聖書講義Ⅲ　ロマ書　ロマ書三講』（岩波書店、一九七八年）も「基督者はこの異教国の権力に服従すべきや否や。又ユダヤ人たる信者から見れば、ロマ帝国は征服者たる外国人の国家である。かかる国家の支配に対して如何なる心の態度をとればよいか。」が問題となり、パウロは「信仰の立場から国家権力に対する服従の根拠を明らかにし、国民としての義務と信者としての義務との間に矛盾を感ずる者の疑を解いたのであります」とする。

（7）バルトに関しては、富岡幸一郎『カール・バルト　使徒的人間』（講談社、一九九九年）が近代批判者としてのバルトを描き切っている。

（8）注1およびWolf-Daniel Hartwich, Aleida Assmann, Jan Assmannによる「後書」。尚、タウベスの「カール・シュミット」論（『批評空間』Ⅱ－2、一九九四年）に付載された杉橋陽一「ヤーコプ・タウベスについて」は人物を知るに参考になる。

（9）この節については、拙稿「院政期の政治神学」（『記憶の帝国【終わった時代】の古典論』、右文書院、二〇〇四年）も参照願いたい。

（10）黒田「中世における顕密体制の展開」（『黒田俊雄著作集　第二巻　顕密体制論』、法藏館、一九

九四年）

（11）兵藤裕己「和歌と天皇―日本的共同性の回路」（『王権と物語』、青弓社、一九八九年、岩波現代文庫、二〇一〇年）は、「『古今集』の勅撰とは、要するに貴族社会の共同性が天皇の名において一元的に規範化されたことを意味している」と勅撰集と和歌の意味を的確に述べている。

反動的な古典との出会い方のすすめ

はじめに

二〇〇一年度日本文学協会大会（大会テーマ「〈外国語〉としての日本語」）において、「「国文学」と「日本文学」のはざまで」というタイトルで発表をした（『日本文学』五八六、二〇〇二年四月号に掲載）李愛淑《イ・エスク》氏に対して、私は奇妙とも感じられる質問をしていた。まずは、そこから問題の所在を明らかにしてみたい。私の質問はこのようなものであった。

> 例えば私が以前興味をもったインドのことなのですが、英語名でタゴール、ベンガル語ではタクゥルですが、彼などは英語とベンガル語で両方書くわけです。そういうかたちで逆に英語を脅かすのです、英語的な体系を。そういう人もいます。（中略）それから、ただ単に従属的な世界像だけではない、内側から破っていくような動きという、例えば、日本語を使ってそれをやる動きはないのかということを併せてお聞きしたいと思います（前掲誌より再録）。

日本人の研究を土台に据えると、「日本語が権威化し」「日本語の象徴する、権威としての中心に対する従属的なシステムに中に自然に編入される」という日本的コロニアリズム（内面化した植民性）が強くなる、といったカルチュラル・スタディーズとナショナリズムとが合体したかのような立場に立つ李氏の発表に対して、この質問は答えようのない類だったに違いない。道理で、

> 韓国ではまだ例えば日本語と韓国語を使うことによって日本語という問題を明確にしていく、また、それは同時に韓国語という問題も明確にできると思いますが、そういう具体的な試みはなされていないと思います（同上）。

と李氏が答えざるをえなかったのも十二分に頷ける。

だが、ここから、私は、古典・近代＝宗主国（イギリス・日本など）・現地（インド・朝鮮・日本など）の関係群を考えていくヒントを得ていた。それはこういうことだ。

『朝鮮民譚集』（一九三〇年、再版、勉誠出版、二〇〇九年）の解説を記している増尾伸一郎氏によれば、孫晋泰《ソン・ジンテ》が編集した『朝鮮民俗』（三三年・三四年・四〇年の三号で廃刊）は、使用言語として、二号までは日本語・朝鮮語・英語が用いられている（三号は皇民化政策のため日本語に統一されたとの由）。ここで注目したいのは、伝統的な朝鮮知識人の書記言語たる「漢文」が、

この当時では当たり前かもしれないが、排除されている事実である。次に、併合とはいえ、実質は植民地なのであるから、宗主国の言語たる日本語の論文があるのはいいとしても、英語論文があることはやはり見逃せない。執筆者はどの言語を用いるかに拘わらず全員朝鮮人であった。彼らが自分たちの言葉（朝鮮語）ばかりでなく、日本語・英語を用いた意味は、植民地だったからというのでは説明できまい。しかも、一号では、英国の民俗学事情まで出ているのである。つまり、それは、世界に向かって開いていこうという意志があったのではないか。

　朝鮮の民俗に関する論文を世界に向かって開くこと、これは、ある意味で「大日本帝国」の枠組みを越える試みであったと思われるのである。孫《ソン》の『朝鮮民譚集』の末尾には膨大な参考文献が付いている。増尾氏によれば、多くは高木敏雄の『日本伝説集』（一九一三年）、『日本神話伝説の研究』（一九二五年）に拠っているとのことだが、オリエンタリズムと現在批判されてもいる、『パンチャ・タントラ（panca tantra）』の仏訳・独訳といった一九世紀ヨーロッパ東洋学の成果を物語る書物が並んでおり、高木の研究からして既に世界性をもっていたことを示している[1]。

　とはいえ、ここでは、朝鮮半島にあって、日本的枠組みを超えようとしていたもう一つの試みも見ておきたい。それは、石川健治氏の言う「半島知」である[2]。氏によれば、京城帝国大学の公法学（法哲学の尾高朝雄・憲法学の清宮四郎など）の視線は東京ではなく、直接ウィーン（具体的にはハンス・ケルゼンなどを指しているか）に向かっていたという。逆に言えば、孫といい、尾高・清宮といい、疎外された植民地にいることが逆に「普遍的」とも目される世界性をもってしまっていたということなのだろう。

そうした脱日本＝普遍化の傾向は、北海道と並んで近代日本最初の植民地ともいえる沖縄でも言えるかもしれない。沖縄学の父伊波普猷（一八七六〜一九四七）が提唱した「古琉球」なる概念は、挫折を繰り返しながら三十一歳で卒業したとはいえ、伊波が東京帝国大学言語学科出身であることを思うと、古琉球なるものの成立事情を推測（あるいは邪推）させてやまない(3)。それは、政治思想史の小野紀明氏も問題にしている、ドイツにおけるギリシャ憧憬のありようである(4)。言語学でも大きな役割を果たしたグリム兄弟をはじめとして、ヘルダーリン、ニーチェを経てハイデガーに至るドイツの古代をギリシャとする思考を、伊波は、日本と琉球に置き換え、ドイツ＝日本とギリシャ＝琉球という構図で、古琉球なる概念を構築していったのではないだろうか。むろん、単ある仮説に過ぎないが、植民地・周縁の地にあり、そうと認識しているが故に、逆にそこから普遍的なものに向かうのではないか。そう考えるとき、近代以降の知識人がどのように古典を享受していたかもおおよそ分かってくるように思われる。植民地・周縁のインテリが普遍に向かうが、そうした中に古典を自在に扱う、一見、鼻持ちならぬペダントリーもままいたからである。

1　近代における古典との不幸にして特権的な出会い
――深奥を極めた知識人の証――

近代インテリにとって、古典や異文化の教養はどのようなものであったのか。最初に、ラビンドラナート・タゴール（Rabindranath Tagore 一八六一～一九四一年）(5)を彼の小説『最後の詩』(6)の一節から検討してみたい。言うまでもなく、タゴールは、植民地インドに育ち、イギリス留学を経験したインドとイギリス＝ヨーロッパを同時に体現しえた詩人・文人＝インテリである。

タゴールは、この小説で、オミト・ラエなるタゴール自身を徹底的に批判していく若い弁護士を登場させ、自分の世界を揺さぶらせている。オミト・ラエは、ユニヴァーシティー・カレッジ・ロンドン（UCL）で法学を学ぶも一年半で退学したタゴールとは異なり、オックスフォード大学で法学を修めた若きインテリという設定だが、彼がまた自己の分身であるチョクロボロティーなる架空の詩人を作り出して、その詩人の詩によって、タゴール批判を行いつつ、自己の世界を開示していくのである。ここには、二重の騙り＝語りの構造がある。小説自体は、著名なダージリンではない、雨多き避暑地シロン丘陵を舞台にした悲恋物語である。シロン丘陵を選んだところにもタゴールのやや捻った趣味、単純ではない、見ようによっては知的俗物性まで感じさせてくれている。

「文学から忠節《ロイヤルティー》を追放されたいのですか?」(という質問に対して、オミト・ラエは)「そのとおりです。これからは詩人が会長になる時代は、すみやかに幕が引かれるでありましょう。タゴールについてわたくしが申し上げたい第二の点は、氏の著作の特徴は氏の手書きの文字そっくりだということであります――曲線的あるいは波にうねるような線です。薔薇、女の顔、あるいは月の類であります。あれは原始的《プリミティブ》です。自然が書いた手書きの文字をなぞったものにすぎません。新会長に望みたいのは、強い線、直線的な著作であります。つまり、矢や槍先や棘のようであって、花のようでないもの、また稲妻や神経痛の痛みのごときものであります。尖って、角のあるもの、ゴシック教会の尖塔であって、寺院の舞殿《まいどの》の屋根ではありません。それどころか、ジュートの織布工場や製糸工場あるいは官庁の庁舎のようであってもかまわないのであります。……これからは、心を惑わせる定型のあやかしの芸術は捨て去るべきなのです。心は奪い取らなければならないのです。ちょうどラーヴァナがシーターを略奪していったように、もし心が泣きながらいやいやしたところで、それでもお引き取り願わなければならないのです。そご高齢のジャターユが止めに入るでしょうが(7)、そのために死ぬことになるのです。その後しばらくして猿《ハヌマーン》たちの都キシュキンディヤーが目覚めるでしょう。ハヌマーンが一四、いきなりランカー島に飛びかかり、火を放ち、心を元の場所に連れ戻してくる手はずを整えるでしょう。そのとき、またテニソンとの再会があり、私はバイロンの肩を抱いて涙を流すことになるでしょう。またディケンズに、「許してください。幻想から解放されるために、あなたに悪態をつきました」と言うでしょう。……ムガル皇帝の時代から今日に至るまで、この国の魅せられた職人たちが協力して、もしインド中あちこちに、ひたすらドームを頂く石の葱坊主をこしらえていったとしたら、紳士ならだれしも、二十歳になったその日に出家するのをためらったりはしなかったでありましょう。タージ・マハルが好きになるのは、タージ・マハルに夢中になるのをやめる必要があります」（第一章　オミトのこと）

タゴールの批判をするために、インドの古典を代表する『ラーマーヤナ』を引くのもどうかと思うが、オミト＝ラエは、それに収まらず、テニソン、バイロン、ディケンズといった一九世紀イギリス文学（＝近代文学）を代表する面々まで登場させて、タゴール批判を展開する。そして、最後はインド＝イスラームの代表的建築たるタージ・マハルまで出す。これはやや一般性に堕した感もあるが、ここでも「タージ・マハルに夢中になるのをやめる必要があります」というアイロニカルな言説を吐くことは忘れない。インド古典・近代英文学・インド＝イスラームの建築がわけもなくこうして並んで出てくると、現代日本に住まう我々としてはただただ面食らうだけだが、タゴール自身はそのような書き方を別段何とも思っていないだろうし、彼の分身たるオミト・ラエにしても、オックスフォード大学を出ているのだから、この程度のことは知っていると、否、ヨーロッパ的教養とインド的教養が合体した人物であると造形されているから、問題はなかったろう。また、これを読む教養あるベンガル人も、そんなものかと思っていたに違いあるまい。

ちなみに、一九一三年、ノーベル文学賞を受賞した『ギータンジャリ』（英文版）の序文は植民地アイルランドで育ったW・B・イェーツが書いている(8)。イェーツの古代・中世アイルランド幻想とタゴールの描くインド（＝ベンガル）幻想がどのように響き合ったかは不明だが、ともかく、植民地人ないしは周縁出身の博覧強記のインテリの中にタゴールを加えてもよかろう。

そうなると、俄然というか、一九二二年に『荒地（The Waste Land）』を発表して詩壇を震撼させたT・S・エリオットに注目せねばならなくなる。エリオットもアメリカのセントルイス生まれで、アメリカを捨て、イギリスに渡ったという意味で、ある種の植民地人に近い感覚をもっていたにも拘わらず、文化・文明としてのヨーロッパそのもののような人物であったからだ。出世作『荒地』の序文と自注を見ておこう。まずは奇妙な序文である。

Nam Sibyllam quidem Cumis ego ipse oculis meis
vidi in ampulla pendere, et cum illi pueri dicerent :

Σιβυλλα τιθελεις; respondebat illa: *αποθανειν θελω*'

For Ezra Pound

Il miglior fabbro.

全体としてエズラ・パウンドへの献辞（これとて、パウンドの後に記された「まされる芸の巨匠」と意味する「Il miglior fabbro.」はダンテの『神曲』から採っているとはいえ）となっているが、その前のラテン語とギリシャ語が混淆する文章は次のような内容である。

クーマエで巫女のシビュラが壺の中にぶら下がっているのを、私はこの眼で見た。シビュラ、何がしたいの、と子供たちが聞くと、あたしゃ死にたいよ、と答えたものだ。

（福田陸太郎・森山泰夫注・訳『荒地・ゲロンチョン』、大修館書店、一九六七年による[9]）

ペトロニウスの『サチュリコン（Satyricon）』からの引用だが、アポロに頼んで永遠の生を得たシビュラは、若さを保ちつつという条件を付け加えなかったので、老いさらばえながらも死ねない、という苦悩を永遠に抱え込むという仕儀となった。それが「あたしゃ死にたいよ」という台詞の意味するところである。しかし、これをなぜわざわざ序文に掲げるのか。パウンドを称えてか、そうではあるまい。本編のテーマを先行的に開示するという目的があったためではないか。

まぼろしの都市（Unreal City）
冬の夜明け、茶色の霧をくぐって
大ぜいの群衆がロンドン橋の上を流れて行った。
死はあんなに大ぜいの人々を滅ぼしたのか。

「I、死者の埋葬（THE BURIAL OF THE DEAD）」の一節（60～63）だが、一読、『荒地』には「死」が横溢している。しかし、実のところ、現代とは、シビュラ同様、「死にたいよ」と文句を言いながら死ねない、生ける屍が横溢する世界なのではないのか、エリオットは序文でこう示唆しているのではないか。

　それでは、エリオットはここで、現代と古典の同一性を言っているのか。これも違うだろう。彼は、古典を断片的に引用あるいはコラージュして（先程の「Unreal City」はボードレール『悪の華』のコラージュであることを本人が「自注（NOTES）」で明かしているが[10]）、即ち、古典引用・コラージュあるいは古典のモザイクによって現代人の不安・苦悩を描くというアクロバットをやろうとしたのだ、と思われる。「情以レ新為レ先、詞以レ旧可レ用」（『詠歌大概』）を和歌で実現しようとした定家と時代を超えて共通する（結果的に共に極めて不安定な世界を創造してしまったようだが）。しかし、どうしてこんな手の込んだやり方をしなくてはならないのか。

それを考えるためにも、ここで、エリオットが施した「自注」を見ておきたい。自注401[11]で、

401. 'Datta, dayadhvam, damyata' (Give, sympathize, control). The fable of the meaning of the Thunder is found in the *Brihadaranyaka—Upanishad*, 5, 1. A translation is found in Deussen's *Sechzig Upanishads des Veda*, p.489.

と注している。エリオットは、一見、意味不明の「DA/Datta」の「Datta」について、『ブリハッド・アーラヌヤカ・ウパニシャッド』が典拠であり、パウル・ドイッセン（Paul Deussen 一八四五～一九一九）の翻訳に基づいていたということを明かしている。パウル・ドイッセンは、ショウペンハウワーの弟子であり、ニーチェにも影響を与えたドイツのオリエンタリストだが、エリオット以上のペダントリーであったとも言いうる、ブエノスアイレスのヨーロッパ人ボルヘスが「時間とJ・W・ダン」（『続審問』、一九五二年所収、岩波文庫、二〇〇九年による）の中で、ダンの怪しげな著書（『万物不滅論』、一九四〇年）はドイッセンの『新しい哲学』（一九二〇年）の「筋立て」で書かれたものと告げてくれている。エリオットと同時代人であるダンも、ドイッセンのもたらしたインド哲学に影響を受けているとなると、ここ

での言及は、当時の知的世界ではなるほどと思わせるものであったかも知れないが、それにしても、どうしてここで、ウパニシャッドの一句を突如もってくる必要があったのかとなると、DA Datta にある音（ダ音）に惹かれたらしいことは推量できるものの、結局、理由は皆目分からないといってよいだろう。

『荒地』の最後も、

ダッタ。ダヤドヴァム。ダームヤタ。
　　　シャーンティ　シャーンティ　シャーンティ

(Datta. Dayadhvam. Damyata.
　　　Shantih shantih shantih)

という通常のイギリス人では理解不能な呪文的言語で閉じられる。自注で記された Datta 以下が文面に表れ、Shantih と頭韻を形成している。エリオットは、自注 433 で

433. Shantih. Repeated as here, a formal ending to an Upanishad. ‘The Peace which passeth understanding’ is our equivalent to this word.

と注解している。ここでもウパニシャッドが引用され、末尾に置かれる言葉とされた後で、人知を超える平和がこの言葉に該当すると説かれる。「'The Peace which passeth understanding.'」が、、、で括られているように、欽定訳『新約聖書』「フィリピの信徒への手紙」第四章七節「And the peace of God, which passeth all understanding（共同訳「そうすれば、あらゆる人知を超える神の平和が」）の引用である。こんなちょっとした注解にも、彼らしいこだわりが見られて興味を惹くが、ともかく、『聖書』的言説によってシャーンティの意味を説明していくのである。

しかし、ここまで記しても、何故ウパニシャッドか、最後はなぜシャーンティか、やはり分からないのである。シャーンティを平安としてそのまま受け取ることは可能なのだろうか（「そんなことはあるまい、いや、しかし、ひょっとして」といったところか）。こうしてみると、やはり同時代人であるタゴールの分身オミト＝ラエの方がまた開かれているのではないか。『ヨーロッパ文学とラテン中世』でヨーロッパの近代の地盤としての中世を明らかにしてくれたE・R・クルツィウスは、同時に文芸評論家でもあり、「T・S・エリオット」（初出一九二七年）を記している(12)。

エリオットの文学のような文学を、私はかかる視界のうちにとらえる。エリオットは言葉の最も厳密な意味においてアレクサンドリア派の詩人である――今日人は彼をそう見ているにちがいないし、またそれでよいのだが。彼はまず学者詩人である。諸国語に通じ、諸国文学に通じ、さまざまの技法に通じている。彼は自分の作品の引用句の宝玉をちりばめ、記憶に残った書物の一節を飾りつける。つまり彼はアレクサンドリア派の人々やローマ人達と全く同じことをしているのだが、註解のなかですぐ種を明かしてしまう所がちがっている。彼の詩は末期ラテン、十四世紀イタリア、エリザベス朝、世紀末フランスの詩の精髄によって養われている。文献学者達は彼の作品において、このモザイク技法の芸術的な意味を、すなわち個の体験が意識的な回想のなかで記録される時、いかに高められ、光彩を放ち、照射されているかを理解するすべを学ぶこともできよう。時代と様式とは溶け合って、魔術的な質量となる。これは通人の文学であり、また通人にしかその秘奥をうかがわせないだろう。しかし通人であること、文学の通であることは、その文学自体が取るに足りないものである時にのみ、軽侮に価するものとなるに過ぎない。なぜならば伝統のない文学とは、歴史のない運命の如く、理解もされず把握もされぬものであるから。それにあきたらなさを感じ、いなさらに、文学と人生とは相対立するものだと主張しさえすることもできるのは、いわゆる独創的天才ばかりだろう。文学は人生の一形式である。人生の享受、認識、克服の形式である。

『荒地』が刊行されて五年目の評論であるが、見事にエリオットを語り得ているのではないか。ここで、本章の問題意識で注目するのは、「通人の文学であり、また通人にしかその秘奥をうかがわせないだろう」という箇所である。その後で、詩の晦渋さと自注に触れて、クルツィウスは、

この晦渋さでもって詩人達は、一知半解の徒を寄りつかせぬと同時に、象徴を強化し、秘密を濃縮しようとする。この晦渋さゆえにトルバドゥールは、そしてまたダンテも、彼らの作品のあるものにみずから注解を加えた。エリオットが『荒地』に註を添えたのは、ただこの古く尊いしきたりを新たに受け入れたにすぎない。

とエリオットを弁護する。しかし、「秘密を濃縮しようとする」行為と「註解を加え」る行為とは、やや矛盾するのではないかとも思われるけれども、エリオットのことだから、ダンテに倣ったことは大いにありうるだろう。それでも、この註解自体を読んでもさして理解が進まず、より「秘密を濃縮」させている面もあるのではあるまいか。
　とはいえ、エリオット、ボルヘス、クルツィウスといった当代一流のインテリ達の古典引用、古典論が、吉田健一の批評同様、決して所謂「啓蒙」になっていないことだけはここで強く確認しておきたい。エリオットの自注は啓蒙か。まさか、啓蒙だったら、『聖書』を捩ったりはしないだろう。「通人の文学」であれ、何であれ、彼らにあるのは、最上の知の

持ち主だけが、誰も知らない古典世界の中で縦横に遊び、それらを捩ることができるという認識だろう。これが近代における古典受容のある種の典型ないしは極北ではなかったか。たとえば、魯迅の弟であり、兄同様に日本に留学していた周作人（一八八五～一九六七）も同様なタイプの知識人ではなかったか。そういえば、周作人もやはりエリオットと同時代人であり、ある種の植民地人なのである。

> カザノヴァは言も行も放蕩の人であったが、バイロンの友人トマス・ムア（アイルランドの愛国詩人）は簡文帝のそれのような理想を大いに抱いていた。ある人がフランスの画家ヴァトーを評して「蕩子の精神、賢人の行径」と言っているが、この言はすこぶる面白い。（「文学の放蕩」、『周作人随筆』、松枝茂夫訳、冨山房百科文庫五三、一九九六年）

周作人の手にかかると、カサノヴァ、トマス・ムア、簡文帝がそのまま繋がり、意味づけは、フランスの画家ヴァトーに委ねられてしまうのである。こうした態度が嫌らしいひけらかし《ペダントリー》趣味になるかどうか、彼らがほんの少し気にかけたのはここではなかっただろうか(13)。

植民地人インテリが繰り広げる、アンチ啓蒙としての古典的教養、古典的字句の捩りやコラージュ、様々な異文化を並列させかつ場合によっては合体させるかの言説は、通常の人間から古典を引き離す効果をもっただろうし、ちょっとした教養をもった、あるいは、それに憧れを抱いていた人間（所謂文学青年など）には、干天の慈雨ならぬ「おいおいお前さん達はまだまだ甘いぞ」という天の声、もしくは、知の意味と至福を伝える神の声の役割を果たしたに違いないが、彼らは、ここまでやらないと、普遍性に乗ったり、はたまた反転して、近代の不安を描出したりすることは不可能だと思っていた。

近代における古典の享受を歪めてしまった原因は、実は植民地人インテリのもつ過度な意識だったのだろうか。だが、これが孫晋泰《ソン・ジンテ》からタゴール、エリオット、ボルヘス、周作人まで巻き込む近代という時代であり、その中で、古典・伝統をどう取り上げるか、どう活かしていくかという問題だったはずである。とりわけ、「詩人が表現しなければならないのはその個性ではなくて、或る種類の媒介の作用であり、それは媒介の作用であつて個性ではないので、この作用によつて各種の印象や経験が特異な、思い掛けない形で組み合わされるのだ」「伝統と個人の才能」（福田恆存訳）と考えているエリオットにとっては、強烈な個性を媒介の作用にさせるまで、古典を切り刻みコラージュしていくしかなかったのだろう(14)。近代における古典享受の問題と植民地人にして類い稀なる知性・教養の持ち主の関係は追究すべきことが多々ありそうだが、ペダントリーとも解しうる彼らの振舞に、古典の行き着いた姿（その後には、現代語訳古典、漫画古典、宝塚のレビューくらいしか残ってはいまい）があることは確かであろう。

2　古典との出会いを不可能にした近代教育

それでは、日本の近代では古典はどうだったのだろうか。こうした疑問については、『鎖国』・『風土』などで日本イメージを今日においても決定しづけている和辻哲郎、和辻に複雑な嫌悪感を抱き続けた保田與重郎、さらに、花田清輝・石川淳・澁澤龍彦・三島由紀夫といった文人・作家たちがすぐ想起されるだろうけれども、ここでは、インテリ予備軍を作っていた中等学校の教育の実態を見ておこう。日本と異なり、ヨーロッパでは、戦前から最近まで古典教育が重視されていたし、現在も、部分的には重視されている[15]。

転向左翼の典型であり、大分市に生まれ育った林房雄（一九〇三〜七五）は、著名な「近代の超克」座談会が載った『文学界』昭和一七年（一九四二）九月号に、「勤皇の心」というエッセイを寄せていた。一瞬、タイトルに惑わされるが、そこでは、大正期の中学生の生態がこのように告げられている。

中学校のある丘への行きかへり、赤土の道に破れ靴を踏みしめながら、哀れな中学生たちは英語のカードを暗記していた。裏を読み表を読み、水を飲む小鳥のやうに空をあふぎ、I am an Englishman と諳誦した。（中略）

なるほど、国語の教科書の中に一頁か二頁の祝詞の章があり、古事記の章があり、万葉の抜萃はあつた。だが、教師は一通りの解釈で講義し飛ばし、生徒もたゞ聞いてたゞ忘れた。辞書をひき、カードをつくり、登校の行きかへりに赤土道でころぶ努力の百分の一も、教師はこれを求めず、生徒も行はなかつた。（中略）

かくして、外国語に笑はず、母国語に笑ふ中学生は、高等学校に入つた(16)。

林が嘆く中学生の姿は、戦後においても全国の進学校の中学・高校の生徒でも同じように見られたのではないか。中等学校の国語が文学主義ないしは教養主義になったのは、本書「文学は「教科書」で教育できるのか」でも指摘したように、西尾実編『国語』（一九三四年、岩波書店）からであり、戦後の文学教育の起源もここにあるように思われる。文学教育は「文学主義」をもたらしたかもしれないが、決して古典主義、あるいは、古典尊重には至らなかったことは一応押さえておいてもよいだろう(17)。昭和に入って古典尊重を言い出したのは、所謂日本浪曼派であり、これとて、西洋近代に対する反発が根柢にあるので、古典は黙って学ぶものという江戸時代までにあった習慣的態度から生まれたものではない(18)。

「外国語に笑はず、母国語に笑ふ」中学生がどうして生まれてきたかはやはり考えねばならないのである。これは日本近代とは何であったかを問うことにもなるからである。これも前掲論文でも指摘したが、国語教育史および近代日本語形成史の中でこれまでそれほど論じられなかったものの、熊本の陪臣の子であった井上毅（一八四三〜九五）が文部大臣在任時に行った教育行政は古典教育においては決定的な重みをもっていたと思われる。つまり、「笑ふ」中学生の原型には井上がいたということだ。

井上の遺稿集である『梧陰存稿』（梧陰は井上の号）には、彼の古典や国語に関する意見が集められている。井上は、『梧陰存稿』「国文の部小言」でこのように自己を回想する(19)。

己れ年少き比は好みて漢文を学び慭《なまじ》ひに彫琢の業を勉めたりしが、中年の折より翻りて其の非を悟りて、文部の職を受くるに当り、公衆に向ひ漢文の廃止すべき事を明言し、己れの職務に拘らず、一個人として有志の人の末列に加はり誓ひて、国文興起の盛運を扶くべしとの微志をも公にしたるは、さりともとおもふ心の切なるより、おふけなくも嗚呼《をこ》の言を述べたるにこそありける（句読点、濁点、訓みは私に付加した。以下同じ）。

ここでは、「漢文の廃止」に代わって「国文興起」が強調されている。だが、井上のいう「国文」とは、決して古典文ではない。

三鏡又は古今の注解など爛熟したる一の狭隘なる門戸中の雕虫事業にして一般の百科学術経済政治社会に何等の関係あるべくもあらず。痛く言へば漢文にも劣るほどの不用物にぞある。（同上）

とあるように、古文は漢文以下の扱いである。ならば、井上が考える「国文」とはどのようなものか。

次に国語国文の進歩を謀るためには、今日の学術社会の広博なる思想に応ずるために広く材料を漢文漢字にとるのみならず、又欧州の論理法に取らざるべからず。国文を以て文明の進歩と提携随伴して大にしては経天緯地の雑篇長作となり、小にしては工芸百科毫末の微細に至るまで叙述してもらさゞらしむるに至らしむるには、決して狭隘なる区域の内に於て古言古語を愛重するのみの働きにて為し得べきことにあらざればなり。

（「国語教育」）

簡単に言えば、西欧論理で記される国語ということだろう。古文などは、

古文古語固より尊重すべし。但専門として尊重すべし。之を一般の国民教育として用ゐるべからざるなり。（同上）

という扱いであり、国民教育から外さねばならないとまで井上は断言するのである。つまり、井上が考えていた国民とは、文明開化にふさわしい西欧の論理法に基づいた国語を身に

つけた国民なのである。

幸か不幸か、井上は文部大臣を辞職してすぐに没し、その後も古文・漢文は正規の授業から一度も脱落せずに、今日に至っている。しかし、実情は、林房雄の嘆きにあるとおりであった。既に事実上捨てられていたのである。古文・漢文は大学入試のおかげでなんとか生き延びているのが現状だろう。

一部に知られているように、保田與重郎は「国文学」なるものにひどく冷淡であり、努めて批判的であった。それは、国文学が、保田のいう「文明開化の論理」で構築されていたからであった(20)。井上のいう「但専門として尊重すべし」の具体化が「文明開化の論理」＝西欧の論理と方法（文献学と作者論・作品論）の国文学ということになるだろう。古代の中心地にして中世以降は周縁に追いやられた大和・桜井で生まれ育った保田にしてみれば、郷里の風土からも、国文学を拒絶したかったかも知れないが、佐伯啓思氏も指摘するように、保田が育った時代にも既に往事の大和（＝万葉）の面影などなかったに違いない。単なる反近代（「遅れている」とも言われる）の象徴として桜井を顕彰したに過ぎないだろう(21)。

保田はドイツロマン派から日本浪曼派へ、そして、桜井＝万葉集という形で回帰してくるが、仮に保田がエリオットのように、距離を捨てて、古典を担ぎ出していたらどうなっていたか、やや興味が持たれるが、それはともかく、日本全体が、とりわけ教育が古典を捨てて顧みない状況の中で、古典を賞揚しようとすれば、「日本」が必然的に立ち上がってくることになる、これははっきりしていよう。別段、日本が立ち上がることは問題ではないが、ここで立ち上がる日本は、近代日本のネガとしての作られた「純粋日本」（あるいは、保田が言う「イロニーとしての日本」）なのだ。これが問題なのである。そこが、孫晋泰《ソン・ジンテ》からエリオット（彼自身王党派と言ってもよい保守主義者だが）あたりの古典論とは根本的に異なるところである。古典を捨てて近代化したが故に、古典を強いて選ぶと必然的に「日本」（＝「勤皇の心」でもよい）に回帰せざるを得なくなる。これが日本の近代なのだ。井上毅がかくなる近代を想像していたかどうか（おそらくもっとすっきりとした理性的な近代国家を想定していたのではないか）。

とすれば、古典を捨てた近代国民国家の枠組みを超え、他方、近代の反措定としての古典―それは過剰な日本回帰をもたらしてくれる便利な装置だが―といった地平とは別のところで、しかも、植民地人インテリの行った博識・ペダントリーに基づく特権的な古典操作にも陥らないというはなはだ都合のいい場において、古典および日本とどのように出会えるのか、これが本章の最後にして最大の問題になってくるだろう。

3　おわりにかえて――反動的な古典との出会い方のすすめ――

今さら言い古された物言いながら、古典と近代文学の共存、あるいは、併存でも共栄でもよいが、それらは悪い夢であり、冗談であり、無駄話である。両者を重ね合わせても、そこから、日本文芸の永遠、恒久的な伝統を見出されることはよもやあるまい(22)。そこまで古典世界と近代文学・現代文学は切り離されているということでもある。

となれば、古典との出会い方とは、まず〈文学〉との出会い方にはならないことを前提として考えていくしかないだろう。〈文学〉との出会いではないとすれば、何か。簡単に言えば、教育の場を通しての出会い方になるだろう。その時、キーワードとなるのが、「国民国家」なる近代国民とは次元を異にする、前近代日本と地続きの〈国民〉であり、そのような〈国民〉が作り出してきた〈国民文化〉としての古典という構えである、というのが私の主張である。

〈国民〉とは、ここでは日本国籍をもつ人のことではなく、古典日本文化を一応身につけた人間の謂である（だから、法的概念・権利関係を示す国籍などさして問題ではない。ドナルド・キーン氏などここでいう〈国民〉に入るだろう）。〈国民〉も、言うまでもなく、幻想の所産であるが、「国民国家」の「国民」に拘っている限り、日本の場合、過去から切り離されて、近代までにしか視野が及ばなくなるのである(23)。こうした場合、立ち上がる「日本」も近代のそれでしかない。そうではなく、前近代から現在に一貫する文化（これまた贅言ながら幻想である）を「古典」として、それを軸として近代国家を超えた〈国民〉国家・脱近代の〈日本〉を作り出す、これが教育の行う古典との出会い方の狙いである。

そんなことをして何になるのかという質問もあるだろう。それに対しては、こう答えたい。どうして植民地人インテリは、古典・教養を振りかざすのか、それしか彼らを支える物がないからだろう。いわば、普遍人になりつつ、近代と古典を結びつけようとするのである。幸い、日本は歴史のある国である。古典テクストは、四大古典（『古今集』・『伊勢物語』・『源氏物語』・『和漢朗詠集』）をはじめとして、歴史的に確定している。それらをここで復活させ、近代化された日本、さらにそのネガというべき国学的反近代の「純粋日本」ではない、〈古典日本〉なる〈日本〉を〈国民〉のハイマートとするのである。こうして、漸く〈国民〉はいわば歴史的アイデンティティを身につけることができるようになる。そして、そこから立ち上がる〈日本〉も、妙な輝きや妙な喪失感を伴っていない、連続する日本である。むろん、近代的夜郎自大とも近代的自虐史観とも無縁である。

かかる新たな〈国民〉を作っていけば、はじめてこの国に、正統と異端、主流と傍流、古典と近代の対立と融合が生まれるだろう。さらに、無理して日本を立ち上げなくても、無理して日本を卑下しなくても済むようになるだろう。〈日本〉は古典が担保してくれるからである。

それならば、具体的にはどうするのか、以下はこれまで以上に夢想だが、記しておきたい。それは、教育の場に古典を逸早く導入して、半ば強制的に古典を習得させることに尽きる。言うまでもなく、明らかな先祖返りであり、完璧なまでに「反動的」である。古典によって定義づけられる〈国民〉・〈日本〉は数学で言う実数である。故に、反動的ならざるを得ないのだ（宗教もその意味で反動的である）。

それでは、そうした場合の古典テクストは何が選ばれるか。『百人一首』＋四大古典（『古今集』・『伊勢物語』・『源氏物語』・『和漢朗詠集』）しかあるまい。これを核において、小学校時代からほぼ全員に百人一首を暗記させるくらいに教育していく。中学以降も四大古典を軸において、加えて、〈国民〉の第二の古典と言いうる『平家物語』・『太平記』を教える。そのためには、国語の授業時間を倍増して、古典と現代文と同じ時間くらいにして、古典を日常化させるのである。

それによって、どうなるだろう。はっきりと予想できるのは、古典嫌いは今よりも確実に増えるはずである。何の役にも立たない古典を学んで、という世論も形成され、軽薄なマスコミや一部評論家はそれに乗って一斉に攻撃してくるだろう。学力のない教員は指導にあっぷあっぷで古典学習の早期化に反対するようになるだろう。

だが、古典なるものが、否が応でも意識されること、場合によっては身体化されること、これらによって〈国民〉の歴史を作り上げた文化なるものが言語（音声・文字）レベルで分かること、そこから、歴史が繋がっているか、切れているか（明らかに切れているが）を含めて、古典日本を含めて〈日本〉なるものをここから実感し、見つけ出すことが可能となる。これに歴史教育をうまく絡めると、古典と歴史を知った日本人の形成が可能となるに違いない。ヨーロッパでは当たり前のことながら、この国ではこうしたことすらできていないのだ。

歴史オタク・古典オタクから、〈国民〉になるためには付随せざるをえない古典・歴史への転換、これが〈文学〉との出会い方をその後どのように変えていくかは分からないけれども、西欧文学の影響もなくなった現代、古典を身につけることは新たなものを生み出す可能性は一応あると言っておきたい。少なくとも、古典に根付いた〈国民〉は根無し草《デラシネ》ではないのだから。

とはいえ、かかる反動的な国語教育が持ち込まれる可能性は、ここで述べた夢想が実現する可能性の数十分の一もなかろう。よって、出てくるのは、エリオットならぬ古典オタクくらいのものだろうが、三島由紀夫が生前予言した「無機的な、からっぽな、ニュートラルな、中間色の、富裕な、抜目がない」(「果たし得てゐない約束—私の中の二十五年」、『決定版三島由紀夫全集三六』による)国ですらなくなりつつある今、少しはまじめに古典・〈日本〉・〈国民〉を考えてもよいのではないかと思うだけである。〈文学〉と出会うという幸福な時代も既に終わっているのではないか。

(二〇一〇年)

（1）辻直四郎『サンスクリット文学史』（岩波全書、一九七三年）に詳細な書誌と西欧における研究史が記されている。なお、翻訳は、早くも大正一五年（一九二六）に『世界童話大系』の一巻として松村武雄訳で出ている。

（2）「コスモス—京城学派公法学の光芒」（『帝国日本の学知』第一巻所収　岩波書店、二〇〇六年）

（3）『古琉球』の初版は沖縄公論社、明治四四年（一九一一）に出版されている（外間守善岩波文庫版『古琉球』解説、二〇〇〇年）。

（4）『政治哲学の起源—ハイデガー研究の視角から』（岩波書店、二〇〇二年）

（5）ベンガル語では、ロビンドラナト・タクゥル。タゴール（英語）＝タークル（ヒンディー語）＝タクゥルは、ガヤトリー＝チョクロボロティー・スピヴァクと同様、ベンガルのバラモンの家名、原意は地主など。インド近代文学の父の一人であるプレーム・チャンド（一八八〇〜一九三六）には『タークル・カー・クアーン（地主の井戸）』という短編があり、それは、自分の井戸に猫が落ちて死に、やむなく地主の井戸から水をくみ上げようとして見つかり、痛い目に遭わされる小作人の話である。これもヨーロッパ（イギリス）の自然主義文学の影響下にあるか。

（6）一九二八〜二九年に、ベンガル語月刊誌『プロバシ』に連載。二九年八月〜九月に単行本として出版。翻訳文は、臼田雅之訳、北星堂、二〇〇九年を用いた。

（7）『ラーマーヤナ』によれば、ラーマの妃シーターをラーヴァナがその本拠地ランカー島へさらっていこうとしたとき、鳥の王ジャターユはそれと阻もうとしてラーヴァナと戦い、翼を折られて死ぬ。

（8）イェーツにしても、オスカー・ワイルド、シングといったアイルランド出身の作家・文人たちは、ジョイスを除いてイギリス国教会徒であり、植民地における支配階級であった。だから、アイルランド語も話せない。イギリス人以上にイギリスのことを知っている人たちだったろう。

（9）参考のために、英訳を載せておく。"For I once saw with eyes the Cumean Sibyl hanging in a jar, and when the boys asked her, 'Sibyl, what do you want?' she answered, 'I want to die,'" (Greek), "T. S. Eliot THE WASTE LAND AUTHRITATIVE TEXT CONTEXTS CRITCISM, ed. by Michael North, University of Calfornia, Los Angeles, 2001"

（10）『今昔物語集』論では卓抜な本田義憲の「解説」（『新潮古典集成　今昔物語集2』、一九八九年）には、「『今昔』は羅城門の荒廃の物語を録する。ある女を群盗の女頭領とも知らず、その情夫になった男が、群盗に加わって二、三年の後、「はかなき世の中（男女の間）」をつげる彼女の意も知らずにしばらく外出して、さて帰ろうとしたときに、供の者も馬も来ず、急いで帰ると、家も蔵もすべて跡形もなかった、その物語を録する。非在の都市《アンリアル・シティ》。」とある。ここでは平安京がUnreal Cityとなっている。

（11）該当箇所の本文と訳文を上げておく（後の数字は行数）。
DA 400

Datta: what have we given?
My friend, blood shaking my heart
The awful daring of a moment's surrender
Which an age of prudence can never retract
By this, and this only, we have existed
Which is not to be found in our obituaries
Or in memories draped by the beneficent spider
Or under seals broken by the lean solicitor
In our empty rooms

（ダー

ダッタ（施せ）われわれの施したものは何だろう
友よ、私の心臓は血に揺らぎ
一瞬身を任すあの恐ろしい暴挙
老いの分別をもってもこれは制し得ない
これにより、ただこれによってのみわれわれは存在して来た
これはわれわれの死亡記事にも
また慈悲深いくもが垂れ布で蔽ってくれる記念碑にも

また主《ぬし》のいない部屋で痩せた弁護士が開く封印の下にも
遂に見出されることのないものだ（前掲書による）

(12)『ヨーロッパ文学評論集』（川村二郎他訳、みすず書房、一九九一年、原著一九五四年）

(13) 上述した石川健治氏（一九六二年〜）は今もペダントリーを実践する最後の砦的人物である。自著『自由と特権の距離　カール・シュミット「制度体保障」論・再考』（日本評論社、一九九九年）「初形と謝辞」において、「わずか一頁の学生向けの判例解説を書くにも訴訟法学者J・ゴルトシュミットにまで遡り、憲法講義の数分の話題のために民法学者O・フォン・ギールケの大著を繙読しなければ気が済まず、憲法テクスト上のたった一つの概念を眼の前にしてK・C・F・クラウゼをはじめとする一九世紀の忘却された思想圏に遊んでいた」と記す精神は、オタクというよりも、エリオット的な文人のそれであろう。

(14) 吉田健一訳「伝統と個人的な才能」（『現代世界文学全集26カクテル・パーティ』、新潮社、一九五四年）による。

(15) イタリアでは、成績上位七%の生徒は「古典高校」に進学し、ギリシャ語・ラテン語を叩き込まれるらしい。それでも、かつてに較べれば、やや甘くなったとのことである。

(16)『近代の超克』（河上徹太郎編、一九七九年、冨山房百科文庫）による。

(17) なお、この箇所は拙稿「国語軽視の根深い病理」（撃論ムック『誰もしらない教育崩壊の真実』、二〇〇八年）と一部重複する。

(18) 保田などが盛んに言挙げした国学とて、もともと漢学・儒学・宋学に対する反発から生まれたものである。それは、『古今』・『伊勢』・『源氏』・『和漢朗詠集』を四大古典、『詠歌大概』・『徒然草』を新古典として尊び学んだ、室町以来の古典意識とは大きくくずれているのである。

(19) 本文は、『井上毅伝　史料篇第三』（國學院大學図書館、一九六九年）による。

(20) 保田與重郎「日本的世界観としての国学の再建」（『近代の終焉』、小学館、昭和一六年・一九四一年、全集一一巻所収）他、近代国文学批判はいろいろなところで繰り返し主張されている。

(21) 佐伯啓思『日本の愛国心』（NTT出版、二〇〇八年）

(22) 三島由紀夫『豊饒の海』などにそれを見出しうるが、それが根付くことはなかったのではないか。

(23) 今日においても、相変わらずテレビ等で幕末物が人気を呼ぶのは、国民国家幻想からまだ自由ではないからではないか。戦国物も大概は国家統一の信長・秀吉・家康に収斂する形で終わるから、これも国民国家幻想の亜種だろう。まだ時間の流れのない時代劇の方が脱国民国家的世界を描いているか。

国文学に「偉大な敗北」はあるか

——人文科学の総崩壊を目前にして——

1　カルスタとアナロジー

石原千秋『大学生の論文執筆法』(ちくま新書、二〇〇六年)は、清水幾太郎『論文の書き方』(岩波新書、一九五九年)以来、営々と書き続けられた論文執筆のノウハウ本では、ウンベルト・エーコ『論文作法——調査・研究・執筆の技術と手順』(而立書房、一九九一年)と並んで、今求めうる最良の書物だろう。随処に技術論的なヒントがあることも、長所だが、なによりも、近代文学研究の現状や思想情況に対する石原氏の考え方が直截に表明されていて、それがこの書物の現代性を端的に物語っており、平たく言えば、時宜に適っているのだ(1)。

そうした中で、カルチュラル・スタディーズ(=カルスタ)について、石原氏が以下のように論じているのは、これから述べようとする本章の主題と鋭く直交する。

カルスタはアナロジーの論理によって事実をつないでいく。〈あれとこれは一見まったく異なったレベルの出来事だが、構造が似ている〉と指摘することで、あそこにもここにも同じ権力を働かせているような見えない権力構造に思わぬ見晴らしを与えてくれることがある。これがカルスタ最大の武器だ。ただ、実際には単なる情報の羅列でしかない論文が大量生産されていることは、先に述べた通りである。（「五・一　カルチュラル・スタディーズの論理」・八〇頁）

近代文学研究の現状に疎い私は、「情報の羅列でしかない論文が大量生産されている」現状を想像することしかできないけれども、カルスタが「アナロジーの論理によって事実をつないでいく」という指摘には、思わず眼が釘付けになった。カルスタには似合わない言辞を敢えて用いると、「本質的」といってもよいくらいの重要な指摘である。

私自身は、これまで、カルスタは、フェミニズムと並んで、マルクス主義的思考の最終形態ないしは最後の足掻きだと見做していた。この認識は今も基本的に変わらないが、これに加えて、カルスタとは、学問というよりも学問を名目にした政治的「運動」であり、その思想傾向も、マイナー的存在（被支配層・非白人・サバルタンなど）をもってメジャー的存在（支配層・白人・ブラフマンなど）の文化を相対化した面は高く評価できるものの、ややもすれば、相対化を超えて反転させ、俗流マルクス主義者や山田洋次氏・灰谷健次郎などの作品によく見られる「貧しい人はよい人だ」的な認識レベルに堕するばかりか、反転に胚胎するある種の原理主義的姿勢を特化させるケースがままあるから、自分とは無縁の存在だと捉えて、偉そうに言えば、黙殺してきた。

たとえば、E・サイードの『オリエンタリズム』は後半重複が多いという難点はあるものの、時代を画する名著である(2)。しかし、その尻馬に乗って、仏教学研究の一部には、西欧近代のインド学・仏教学者をひとしなみにサイードの定義する「オリエンタリスト」と断定しているケースがあるとアメリカ人の仏教学研究者から聞いたことがある。だが、そのような断定は一面的な把握に基づく切捨てでしかない。ましてや「学問的」な態度でもない。

一九世紀から二〇世紀にかけてのドイツ・フランス・イギリス、さらにロシアのオリエンタリストたちの「偉大な」としか形容できない業績群を一瞥すれば、植民地主義やアジア蔑視に基づくものはなかったとは言えないだろうが、その多くは植民地主義やサイード流のオリエンタリズムとは無縁の価値中立的な「学問的」なものであったことが諒解されるはずである(3)。今日、高い研究レベルを誇るインド学・イスラーム学は、彼らオリエンタリストの先駆的な業績なくして決して達成できなかった。それは、近代日本における中国・朝鮮・モンゴル・チベット研究においても同様のことが言えるだろう(4)。

オリエンタリストたちは、近代的学問、とりわけ実証主義に基づく文献学が成立し、時あたかも英仏を中心として植民地獲得競争が激烈になり、ドイツ・イタリア等でも国民国家が形成されていった一九世紀後半において、持ち前のギリシャ・ローマさらに聖書といった西洋における古典的素養を存分に活かして、西洋《オクシデント》の起源や西洋《オクシデント》にとっての他者を考察させるにたるインドやイスラーム探究に向かっていったのだと思われる。その根柢に、グリムの言語学のようなロマン主義が濃密に揺曳していたことは改めて言明するまでもない(5)。

ここで、私が知る数少ないオリエンタリストの一人、ハインリッヒ・リューダース（Lüders H. 1869—1943）の Die Sage von Rsyasringa,〈『リシャシュリンガの物語』〉(*Phiologica Indica, Göttingen*, 1940、初出は、一八九七年）を例にとると(6)、この論文は、今も一角仙人（＝リシャシュリンガ）研究においてまず参照すべき基本論文であり、とりわけ、三〇〇以上あるサンスクリットの韻律法則の乱れから、『マハーバーラタ』所収のリシャシュリンガ物語における増補箇所を認定していくくだりなどは、近代実証主義の申し子たる「文献学」のよさ、というか学問の妙味と快楽が全面的に開花している傑作である(7)。

リューダースは、この劃期的な論文を二十八歳の若さで仕上げている。想像を絶する学力と言うべきだが、むろん、問題はそこにはない。仮にリューダースをはじめとする東洋古典文献学者＝オリエンタリストたちの学問を否定してしまったら、近代的学問そのものを否定せざる得なくなる、という方が問題なのだ。加えて、近代の否定は、それはそれで別段構わないけれども（私が古典を学んでいる理由の一つは近代的価値・思考を批判＝相対化するためであるが）、近代的学問の否定の結果がステレオタイプと化したカルスタに基づく、これまたキリスト教原理主義に淵源をもつ近代的な原理主義的裁断となるようでは、「運動」と一体化した「学問」なるものの哀れな末路まで想像されてしまうではないか。あるいは、相対主義の泥沼が最終的に生み出すのは原理主義だった、というアイロニーを我々は渋面を浮かべつつ噛み締めなければならないのではないか。

そのような私のカルスタ認識を、石原氏は「カルスタがアナロジーの論理によって事実をつないでいく」という一文で変換させてくれた。そうか、カルスタはアナロジーに拠っているのかと。

それを承けて、氏は、カルスタ系論文が「情報の羅列」を「アナロジーの論理」によってつないでいくから、結果的に「実証」されていない「いい加減」な論となっていると厳しく批判する。「実証」を金科玉条とする歴史学から見れば、まさに噴飯物ないしは「トンデモ本」の類がカルスタ系論文・書物ということになるのだろう。この指摘に対してもほぼ同意する。いやしくも自らの研究を「近代的学問」という制度的存在に昇華させ、ないしは、位置づけたいのなら、歴史学に限らず人文科学はいずれの分野も〈結論〉を保証する「実証」過程・作業は外せない一点だからである。

逆に言えば、近代的学問に纏わる仮説を超えない「正しさ」ないしは「妥当性」とは、実証された事実（これも極めて怪しいものだが、それはともかく）によって担保されているということだ。即ち、少なくとも、実証が欠落している論は、思いつきを超えない、あるいは仮説にもなっていない、という前提が研究者間に共有されていることで、近代的学問はかろうじて成り立っているのである。ために、こちらも「糞実証」とも揶揄される、がちがちの論文がやはり「大量」に「生産」されたし、今もされているが、学問にする、ないしは、学問を気取る、あるいは、学問を演じるためには、実証は不可欠な作業であると言うべきだろう(8)。だが、カルスタ＝アナロジー論（石原氏の指摘は、アナロジーの論理は事実をつなげていくところに限定されているが、ここはやや飛躍して上記のように捉え返してみた。むろん、私の解釈＝私の誤読である）は、古典テクストと対置してみると、頗る興味深い知的地平を提供してくれる。それは、他ならぬ古典テクストが概ねアナロジーの論理で構成されているからである。

2　近代知と古典知

そこで、古典テクストに入らなければならないが、その前に、まず、近代的思考の基本的構造を押さえておきたい。その方が古典的思考（＝古典知）の独自性を十全に理解しうるからである。

近代的思考（＝近代知）を貫くものは、裁判における判決文や自然科学の論文に典型的な要約・主題・線形論理である。ある対象の主題を提示するためには、対象たるテクストなり思想なりの要約が必要であり、要約＝縮減された個々の情報・言説は因果関係を軸とする線的論理で連結される(9)。また、そうしなくてはいけないことになっているのだ。通常は、AはBという根拠があるからCだ、という三段論法的言説形態をとることになる。

だが、それ以上に、要約・主題に関して重要であるのは、仮にあるテクストが三点に要約されるとすれば、要約および、要約から抽出される主題は、テクスト総体と等価であると認識されるコードがあるということだ。つまり、3＝allないしは、1（主題）＝allとなるのが近代的要約であり、主題なのである。そこから、要約された3で全体（＝all）を考えることが可能となり、他者との情報・問題意識の共有、さらに、問題の抽象化・合理化がきわめて容易となる。近代的学問は、近代をラディカルに批判するコンサーヴァティスト西部邁氏も指摘するように(10)、演繹論で成り立っているから、そのためにも要約化ないしは記号化は不可欠な前提となるのである。

だが、そこにこそ実は問題の深層があると言うべきだ。なぜなら、それは、要約された断片、あるいは、記号によって、今度は対象なりを考えるようになり、テクストに存在する要約不可能な論理化できないものを最初から夾雑物として排除してしまう事態を出来させてしまうからに他ならない。これは、自然科学における「実験」、統計学における「調査」と同様に、最初から実験の成果や結果を予測して、それに反する結果などは「その他」や「例外値」として思考対象から外す傾向と等しい認識論的構えであろう(11)。気がつけば、要約・主題・線的論理に乗りやすい、ないしは、都合のよい問題だけが問題として抽出され議論されるに至り、テクストの実態や存在形態とはかけ離れた、ないしは、擦れたところで議論が生まじめに展開される事態となる。これが仮説—演繹—実証からなる演繹論的思考の構造的・

認識論的限界である。

そうした時、テクストの〈作者〉という問題など、それを考察対象内に入れるか、テクスト論として自立させるために排除するかといった議論以前に、要約・主題・線形論理が前景化すれば、そのような邪魔物が前意識的＝自然に排除されるのは、必然的事態ではなかろうか(12)。そうなると、せいぜい、以前やっていたテクストの主題とされるものと作者の人生とをアナロジカルに同定化するという、どちらかと言えば、幼稚な作業しか残らないだろう(13)。

しかし、いや、構造主義・ポスト構造主義・テクスト論等では、主題など問題にされてもいない、という反論もあるだろう。主題に纏わる近代性を拒絶した地平からこれらのポストモダン系の思想や学問が立ち上がっているのだから、その通りである、と答えるしかない。だが、一歩踏み込んで、たとえば、構造主義の始祖レヴィ＝ストロースの神話分析（たとえば、『アズディワル武勲詩』）を見る時、そこに、ある神話が構成要素ごとに彼一流の要約によって断片化＝記号化され、これまた他人には真似ができない手法で、料理＝構造分析され、その後、誰も想像できない形に再統合されていることが容易に発見されるはずである。

ここで、やや強引な「要約」をしてしまうと、反近代主義の旗手としての構造主義およびそれ以降のポストモダン系の思想にしたところで、要約の思想からは決して自由ではないし、それまで主題とされてきたものとは異なる、ある〈総括〉なり〈論〉なりが線形論理に拠らない新たなやり方で要約・断片群を組み合わせることによって構築されている、ということではないか。その意味で、いずれの流派も皆近代という枠組の中で近代を超克しようとしているのである。

但し、これだけははっきりと言える。構造主義以降、ポストモダン系の思想に基づいて研究しようとする者は、レヴィ＝ストロースばりの自然科学・社会科学・人文科学・芸術その他全般に亙って博覧強記でなければ話にならないという事実である。何と言っても、そうでなければ、テクスト外の情況を踏まえたテクストの内部およびテクスト間相互に見え隠れする細かい差異群に気づかないし、仮に気づいたとしても、博覧強記に裏づけられた連想・想起ないしは論理化システムが起動しないと、差異群が作り出す混沌を秩序化することが不可能だからである。何にでも言えることだが、研究方法や理論だけを学んだだけでは、貧しい結果しか齎《もたら》さない。

故に、と言えば、論理的にはやや変だが、我々が作家のものした論文ならぬ、エッセーや回想的文章で、それなりに文学と作家の切り離せない関係を非論理的に、即ち、直観的に受けとって、場合によっては、深い感動に包まれるのも、論文が果たし得ないなにかをそれらが代替してくれているからだろう(14)。土台、演繹論で成り立っている論文という言説において、主題がないものは存立し得ないのである。デリダを代表とするポスト構造主義者がやたらと意味を多重化して文章を難解にするのは、論文なる制度へのアンチテーゼのみならず、現代における前衛芸術（音楽・美術など）に通ずる、絶望・虚無・混沌の中で創造・野望・願望が蠢《うごめ》く危うい地平からしか現代では考えたり書いたりすることはできない、と端から彼らが構えているからではないのか。それは、一方で戦略的でありながらも、極めて知的誠実さに溢れた態度ではある。しかし、その反面、カルスタ以上に他者への開かれ方が狭いから、他者を寄せつけない、独特のジャゴーンに彩られた知の秘儀化を招きかねない。

とまれ、構造主義以降、様々なポストモダン系の思想が廻り廻って、最後に、現われ出たのが万人に開かれていない原理主義と神秘主義だとすれば、そこにアイロニカルな感慨を抱きたくもなるけれども、これ自体は、近代〜ポストモダンにおける知・思考・認識総体に関わる問題として改めて考察に値するだろう。

他方、別のところでも論じているが、古典テクストないしは古典的思考（＝古典知）は、概ね、記憶・連想（＝想起）・アナロジーによって形作られている(15)。故に、古典テクストは、近代知を以てしては、なかなか要約を許さない難物として現前する。たとえば、古典中の古典とされる『源氏物語』は、一応、ストーリーをもつ物語であるから、要約・あらすじを叙述することは可能である。比較的という限定つきなら、容易くと言った方が正確かもしれない。

だが、現在、標準的な校訂テクストの一つである『新編日本古典文学全集』本の各巻の冒頭に冠されている、簡にして要を得た「梗概」には和歌が排除されていることを見るにつけ、本来、演劇にとって不可欠だった歌唱と舞踊を排除して近代演劇が始まったような違和感を感じる人は存外多いのではなかろうか(16)。

改めて言挙げするまでもなく、『源氏物語』は和歌を内部に取り込んでいるテクストである。和歌を抜いて物語は十全には立ち上がらない結構となっている、ということだ。主人公が恋する相手などに和歌で呼びかけたり、独詠したりするのは、現代人の感覚では、異様な振舞いである。だが、そういうものとなっているのが『源氏物語』であり、他の「作り物語」と称されている一連の古典テクスト群なのだ。それは、トーマス・マンが『魔の山』でハンス・カストルプにフランス語でラブレターを書かせたり、ドストエフスキーが『悪霊』でステパン氏にフランス語を喋らせたりするのとは全く異なる次元にある言説であると言ってよい。

テクスト内の和歌ばかりか、物語の外部にある和歌や故事さらに物語内の言説間同士が相互に連想・想起されて構築されている言説が安易にストーリーに従属せず、やや迂遠な道程を辿りながら、巻なりのストーリーと言えるものを、言ってみれば、ゆったりないしはおおらかに構成している『源氏物語』にあっては、非ストーリー的要素は実のところ、物語にとって、不可欠の構成要素なのである(17)。しかし、現代語で、「梗概」を記すとなると、それらは簡単に切り落とされて、線形論理に基づいた分かりやすくかつ骨だけのものに化してしまう。

例を上げるときりがないので、ここで、石原氏の提起した問題に戻ると、カルスタがアナロジーによって構成されているということは、ある種の先祖返りとも見做せるのではないか。氏はおそらくそれを「退行」と認定しているのだろうが、より正確に言えば、実証抜きの自分に都合のよい論証に仕立て上げるための手段がなんでもかんでも繋げてしまうアナロジーである、ということだろう。それは、人間が行なう原初的思考としてアナロジーがおかれているわけでないから、アナロジーの便宜的使用に過ぎない。

とはいえ、アナロジーによって、ポストモダンと古典が繋がるという、これまたアイロニカルな構図は、やはりある種の知的感興を掻き立てるものがある。というのも、そうした行為から思考におけるアナロジーの原初性（第一次性）がうっすらと暗示されているからである。便宜的使用であれ、思考における原初性であれ、アナロジーを用いなければ、人間は思考を拡大したり、展開したり、さらに飛躍あるいは跳躍させたりすることができない、ということを示唆しているとも言えるだろう。

近代知は、中世イスラーム最大の神学者ガザーリー（一〇五八～一一一一）に言わせれば、繋がれ方が根拠薄弱であるとして最低限の論理であるアナロジー（むろん、ガザーリーが認めていたのは所謂「三段論法」である。しかし、それでは、論理が内部に終息してしまうし、問題設定で答えが事実上決まってくる限界をもっているから、彼は神へ直接向かうという神秘主義に走ったのだが(18)）を極力低減化して、要約・主題・線形論理でやってきた。しかし、これによって壁にぶつかり、身動きがとれなくなっている。
そうした時に、アナロジーを新たな武器にして近代知を超えようとする動きも現れている。その一人、美術で言えば、古代美術からモダンアート、さらには日本のEメールの記号文字まで、思想で言えば、トマス・アクィナスからライプニッツを経て現代思想や大脳生理学にまで至るというとてつもない博識が連想・アナロジーによって縦横無尽に切り結ばれ、既に通常の思考を超えているバーバラ・スタフォードの『ヴィジュアル・アナロジー』（高山宏訳、産業図書、二〇〇六年、原著は一九九九年）によれば、「アナロジーが、織り合わされた結合術（combinatorics）を介して上下層序の区分を溶解するのに対して」、「参入者が昇降するべき後退する梯子の一段、また一段を機械的かつ無限にうみだしていった」（一〇一頁）アレゴリーは、

二つの特徴を分け合う修辞装置全体に属している。それらの装置は差異を見出すことで発動するのであって、隠れた類似を手掛かりに働くのではないし、明瞭さよりも「昏さ」を、曖昧さを計算ずくで追求する（六四頁）。

という。仮にそうだとすれば、アレゴリーこそポストモダンの典型であり、デカルト以来の近代知の果てにあるものかもしれない。スタフォードはアナロジーの復権を強く訴えるが、

彼女の戦略にあるのは、単なる古典知の復権に留まるものではなく、アレゴリーでにっちもさっちもいかなくなっている、差異に基づく二元論的思考を打破しておかないと、もう思考そのものが痩せて枯れ果ててしまうという現状に対する深刻な危機感と新たな知への熱い期待だろう。

してみると、愈々以てある情報と別の情報とをアナロジーで安易に繋ぐ日本のカルスタの軽さといい加減さが透かし見えるし、アナロジーとアレゴリーという、やはり二元論に基づいた問題設定の妥当性はともかく、我々は、改めて、アナロジー的思考を古典テクストから汲み取り、そこから、近代知さらにはアレゴリーに基づく古典理解を「正しく」脱構築し、最尖端の歴史学が説くところの歴史の内在的理解と同じ構えで古典の内在的理解を目指すと共に、近代知そのものを相対化していく必要があるだろう。

そこで、最後に、アナロジー的思考を中世の古典注釈を例にとって具体的な議論を行い、併せて、国文学なるものへの微かな期待を表明しておくことにする。

3　古注釈のアナロジーと普遍としての古典テクスト

イスラーム学のみならず、東西思想全般についての類稀な碩学であった井筒俊彦（一九一四〜一九九三）は、遺著『意識の形而上学――『大乗起信論』の哲学』（中央公論社、一九九三年）

で、読む行為の意味を以下のように述べていた。

要は、古いテクストを新しく読むということだ。「読む」、新しく読む、読みなおす。古いテクストを古いテクストとしてではなく……（一一頁）。

井筒の指摘というか思いは、一般的に古典を読む行為のみならず、古典テクストに対する注釈なる行為の根源的な意味を与えてくれよう(19)。即ち、古典テクストを「読みなおす」行為が注釈だ、ということである。しかし、それは、読む行為を批評や学問、はたまた、小中学生の読書感想文のごとき行為とするのではない。注釈とは、テクストを読み、それに対して新たなテクストを別途作り上げる、言い換えれば、注釈自体を小林秀雄の批評のように自立させる行為ではなく、あくまでテクストに潜む本来の意味の解明に向かいつつも、注釈されるテクストからは決して離脱せずに形式上は従属して、「読みなおす」行為に他ならない。

ここに、注釈とテクストとの微妙な、場合によっては、隠微な関係が成立する鍵がある。というのも、テクストを「読みなおお」しながら、実は、注釈者の理解や思想、ならびに、注釈者にとって現代思想とも言える同時代の様々な思想・宗教の中からお気に入りのものを選んで、注釈に紛れ込ませながら密やかに、時には、堂々と表明する行為ともなっているからである。そこまで秘事めいて言わなくても、注釈と思想表明行為がデカルト以降分離していき、「哲学」なるものが自立するに至った西洋と異なり、日本をはじめとする非西洋世界では、思想表明はもっぱら注釈によって行なわれていたという事情を示すだけでよいかもしれない。さらに言えば、注釈によって思想を表明する時代を洋の東西を問わず、思想的＝言語表象的〈中世〉と呼んでもよいのではないか。

さて、ここに『神皇正統記』をものした北畠親房が『古今集』仮名序を注釈した『古今集序註』という書物がある。「博引傍証の上、親房の見解も出している。定家流の説を中心としつつ教長・顕昭の注にも注意を払っている」と井上宗雄も指摘するように⒇、まさに梵漢和に跨る当代一流の学者でもあった親房の知的面目が躍如していると言ってよい注釈だが、内容は、さまざまな思想をパッチワークのようにコラージュしながらも、極めて個性的な容貌を湛えている。

たとえば、『古今集』仮名序の冒頭を飾る、「やまと歌は」に続く

人の心を種として万《よろづ》の言《こと》の葉とぞ成れりける（新大系）

という言説に対する注釈を見ると、我々が通常考える注釈の概念や次元を軽く凌駕した言説が横溢しており、そこから親房の思考の仕組みが読み取れるようだ。親房は、上記の言葉に対して、このように注釈する。

と云は、凡人の心はもと渾沌未分の所より起て、天地と気を同じく、善もなく悪もなく、邪もなく正もなく、凡もなく聖もなく、天真の道のみなり。如レ此さとるは聖人也。天地人と分て、凡聖の心は別に成てより以来、六識盛におこりて本性をさとらず。六識と云は眼に物を見、耳に音をきゝ、鼻に香をかぎ、舌に味をなめ、身に寒温を知り、意に諸法を分別するなり。かの眼耳鼻舌身意をば六根といふなり。色声香味触法をば六塵とも云。一々に分別する心をば六識とも云也。如レ此の差別あれども一心の所レ変也。聖人は一心の源を知るが故に、用に随而六識を使とも一心に疵なし。譬ば鏡の上に万象を浮るが如し。凡夫は一心の本を不レ悟が故に、六識に被レ使て、さまざまの妄念を起す。有無の見に落て、流転三界の苦を不レ離。若《もし》その源をしり、その妄を離れぬれば、聖人と凡夫も一毫の差別なき。是を得法とも悟道ともいふなり。然《しかれ》ば、彼歌も聖人の心根、凡夫の意識、大きに可レ有二差別一。能《よく》悟てよめらん歌は則《すなはち》聖言也。出離生死の因縁となるべし。妄念の上にて、色と躰とに伴てよめらん歌は、狂言綺語の誤あるべし。此故に不レ可二聊爾一。能々《よくよく》思入て初心より可レ被レ向事也。（続群書類従を基に松平文庫本で校合した。句読点・濁点は私に付加した）

親房注の具体的な内容に入る前に、最初に述べておきたいことは、このような言説をもった古今序註が、管見の及ぶところ、他に見当たらないという事実である。鎌倉期にあって一応正統と言える二条派の解釈を載せる藤原為家『古今序抄』（文永一一年・一二七四）は同じ箇所を

歌といふは、こゝろざしをのぶるこゑなり。心にあるをば志となづけ、言にあらはるれば歌といふなり。詩ノ正義ニ曰、情ロ動テ㆓於中ニ㆒還《カヘリ》テ是レ在ヲ㆑心ニ為ス㆑志ト、而形《アラハレ》テ㆓於言ニ㆒還テ是発《ヲコス》ヲ㆑言ヲ為ス㆑詩ト云々。彼ノ詩と今歌とおなじ心なり。（片桐洋一『中世古今集注釈書解題 二』、赤尾照文堂、一九七一年）

と注釈している。『毛詩（詩経）』巻一周南の冒頭にある「情動㆓於中㆒、而形㆓於言㆒。言之不㆑足、故嗟㆓歎之㆒。嗟歎之不㆑足、故永歌㆑之」（『十三経注疏』）に対する『詩経正義』の注釈にしたがって、「心」なるものも捉えていくのだ。情が何かに反応して発動し、それが心に場所を占めることを志とするという解釈である。そこから、「心」＝「こゝろざし（志）」という構図が主張される。そこには、対中国劣等意識が揺曳する和歌漢詩同一論を押し出そうとする意欲は窺われるけれども、「心」自体に対する独自な考察はない[21]。

『古今集』仮名序にある「人の心を種として万《よろづ》の言の葉とぞ成れりける」という言説が『詩経』前掲引用文に先行する「詩者志之所㆑之也。在㆑心為㆑志発㆑言為㆑詩」を受けて成立し

たことはおそらく間違いないだろうが[22]、和歌の歴史において、重要なのは、「心」が和歌の根源におかれた結果、『古今集』以降の和歌が「詞」や「姿」よりもとにかく「心」第一主義の文芸になったことだろう。だが、肝腎の「人の心」がどのようなものであるかは、仮名序の上記に続く「世中《よのなか》に在る人、事、業《わざ》、繁きものなれば、心に思ふ事を、見るもの、聞くものに付けて、言ひ出せるなり」と記すに留まり、既に前提とされているからか、改めて考察されていない。

とはいえ、政治的かつ男性的な意味合いの強い「志」を避けてより一般的な、どちらかと言えば女性的な意味合いが強い「心」を選択したところに、漢詩に対して和歌を定立した『古今集』の深い意図があったはずである。仮名序の著者貫之にとって、「心」就中「人の心」とは、日本人が抱くないしは抱かされる感情や思いの総体で十分だったはずであり、それが言語化されると、和歌《やまとうた》になってしまうという超越的転換にこそ日本の独自性があると考えられていたのだろう。

その意味でも「心」にわざわざ拘った親房注は注目に価するが、これに近い注釈としては、鎌倉末期に成立した、冷泉家流の『古今集』注である『京都大学蔵古今集註』（臨川書店、一九八四年）がある。

この心より、よろづの事は、たゞ人の心よりおこれり。されば、□《仏》法世法、内典外典、皆、如レ此。歌もまた、かくのごとくなるべし。万法は、只心の所レ変ずる也。法相宗の唯識論に、たとへをいだしていはく、綱を蛇と見れば、やがてその綱、蛇となりて舌をいだしはたらく、くいぜ（株）を人と見るとき、やがてそのくいぜははたらきものをいふ。麻を円正実正にたとへ、綱をえだにたとへ、くちなはを見るを変化所執にたとふるがごとくに、たゞ万の事は心をたねとしてもろもろの事は生ずるなり。（句読点、濁点は私に付加した）

ここでは、法相宗の唯識論に立って、万法、即ち、森羅万象はいずれも心の変ずるところであり、心から生まれると主張している[23]。親房注との関連で言えば、上記の傍線部は、親房注の「如レ此の差別あれども一心の所レ変也」と類似していることが指摘できる。

しかし、親房注は、唯識論ではなく、「煩悩即菩提」という相矛盾する概念間を敢えてイコールで繋いだ言葉に典型的な天台本覚論を援用して「心」論を展開している点が特徴的である。親房注に類似する言葉や言説を鎌倉末期に成立したとされる天台本覚論の論書『漢光類聚』から捜ると、

煩悩菩提二相不レ可レ得天真内証本分故。煩悩菩提可レ云処無レ之。故非二煩悩一非二菩提一也。（巻一、大正蔵七四、383a）

本門義在本縁真如云云六塵謂二色声香味触法一也。六境六塵云事。成論云。一切心生三皆由二六塵一。（巻二、同上、390a、但し、「成論」＝『成実論』には一切心以下の文はない）
六塵六作諸心皆是一心三観全体也。故云常用二一心三観一也。既六塵六作二因縁一生レ心。一心三観故。（巻二、同上、391c）

が見出せる。また、「渾沌未分」なる表現は、既に、『神皇正統記』に「但異書ノ説ニ、混沌未分ノカタチ、天・地・人ノ初ヲ云ルハ、神代ノ起ニ相似タリ。」（大系本）とあり、その異書とは、「道家の書をいう」（大系本頭注）とあるが、朱熹の『朱子語類』に「天地始初混沌未レ分時、想只有二水火二者一」（巻第一、理気上・太極天地上、「寒泉」データベースによる）とあるから、宋学的言説も混入していた可能性が高い。

となると、親房は、鎌倉期における仏教思想の主流ともいうべき天台本覚論をベースにおいて宋学的言辞なども用いつつ、注釈していったか、という結論になりそうだが、実はそうではない。親房は、天台本覚論を利用はするけれども、端から本覚論でいう「凡聖」の同一性を認めず、厳しく峻別し、結論に至っては、「能悟てよめらん歌は則聖言也」とあるように、天台本覚論にある絶対平等観とは正反対の聖言と狂言綺語を弁別＝差別する立場に立つからである。

とはいえ、「心」を部分的ではあれ天台本覚論的に把握していくということは、言うまでもなく、貫之の与り知らぬところであり、まさに、井筒のいう「古いテクストを新しく読む」行為そのものであるが、それではどうして彼は、「人の心を種として」からかかる注釈を思い至ったのであろうか。また、「煩悩即菩提」を説く天台本覚論を使いながらも、どうしてそれを裏切り、聖と凡、菩提と煩悩を序列化＝差別化する二元論に立つ、ありきたりの、どちらかと言えば、凡庸な認識に戻ってしまうのだろうか。

このことは、『源氏物語』と天台教学を論じた「パラダイムとしての仏教―『源氏物語』と天台教学」においても論じているが[24]、本覚論を含んだ天台教学を導入したテクストは、『源氏物語』他多くあるだろうが、叡山文庫本系『聖徳太子伝』を除いてほとんどが表層的な理解に留まっているという事実がまず上げられる[25]。要するに、ある問題を論じる時の論じ方として本覚論を用いるものの、本覚論にある絶対界と相対界という二つの異なった次元をイコールでつなぐ［(a＝b)＝(a≠b)］（肯定＝否定）構成からなるレンマの論理が全くと言ってよい程理解不能であったことに加えて、そもそも理解する気がはじめからなかったのである。これは、そのまま、親房の注釈にも適応できるのではないか。親房も天台本覚論を利用しているが、理解には到っていない。自己の結論に至るためのレトリックとして用いているに過ぎないのだ。

となると、改めてもう一つの問題が浮上してくるだろう。親房はなぜ『古今集』仮名序の「人の心」から天台本覚論的な「心（一心三観）」を連想したのか。むろん、そこには、冷泉家流の唯識論的「心」論やひょっとしたら二条派の一人として「心」に拘り続けた京極派に対する対抗があったことも考えられるが、それ以上に、押さえておきたいことは、為家、冷泉家流、親房には、和歌は和歌だけで完結する、ないしは、和歌は他の言説・思想・宗教から自立したものという意識などおよそなかった、ということである。言い換えれば、和歌は、日本さらにこの世を包み込む宇宙の中の場を与えられ、和歌以外のあらゆる言説・思想・宗教にもアクセス可能なある種普遍的な存在として捉えられていた、ということだ。むろん、和歌の詠作においては、和歌固有のルール（和語による歌ことば・本歌取りなど）が厳守されるけれども、他方、和歌を論じるとなると、論理化させる要請がはたらく。その際、過去の歌論ばかりか、自己の周囲にある思想なり言説なりに存外スムーズに彼らはアクセスしてしまうのである。それは、思考の根幹にAとBを同じものとして結びつけるアナロジーが働いていたからに違いない。

また、こうしたアクセス行為が、論として自立していないから自立させるために外部の思想（『詩経正義』・唯識・天台本覚論）の導入かといえば、おそらくそうではあるまい。ある問題をある理論に基づいて、ある抽象的なモデルを拵え提示するという操作は彼らにはできないからだ。その証拠に理論に対する理解が甚だ浅薄である。要するに、アクセス可能な参照枠としての種々の思想や言説があり、そこへ連想を働かせて、アクセスし、適当なものを引っ張ってくるというわけだ(26)。これによって自己の言説はある種の権威化がなされるが、だからといって、もってきた思想の論理に従うかと言えば、従わないのである。

親房がここで言いたいことは、「能悟《よくさとり》て」歌を詠めということか、次の段で改めて、「内の心外の感じて、善悪を弁《わきまへ》、是非を悟に付て、万のことばとなるも、欲あれば欲の心を種とし」と言明しているように、本覚論とはほぼ無関係な通俗道徳論である。しかし、それでよいのである。親房にしてみれば、心を正して歌を詠めばよいと考えているに過ぎないのだから。まさに、そこでは、「心」論の深化など最初から想定されていないばかりか、外部の思想も完全に空洞化しているのである。蛇足ながら付記すれば、善悪といった価値観に触れない『古今集』仮名序の言説とも明確に擦れている。しかし、これが親房の「読みなおす」行為だったのである。

そこから、親房の思考プロセスをまとめてみると、このようになるのではなかろうか。まず、道徳論的な和歌論が前提にある。そこから、『古今集』仮名序の「心」を注釈するに当たり、心↓道徳↓宗教（仏教）にアナロジカルな連想がはたらき、誤解を含んだ上で、天台本覚論を想起する。そして、天台本覚論的な言説・宋学的な語彙などを散りばめて、曲解した一連の言説が彼の「心」論とアナロジーをなすかのように展開されながら、本覚論の方向には進まず、あくまで道徳論で終息する。しかし、それを語る語彙は、あくまで仏教的な語彙を用いている、ということだろうか。

これでは、アナロジーにもなっていないし、何よりも思想に価しない、単なる寄せ集めのガラクタだ、と批判するのは勝手である。その通りだろう。アナロジー的思考を部分的に拝借しているのに過ぎないことに加えて、自己の思想を自分の言葉で表現し構築していくこととはおよそ無縁な言説空間がここにあるからだ。厳密なアナロジーはないかもしれないが、大雑把なアナロジーによって作られている言説と言ってもよい。

だが、カルスタ的近代文学研究におけるアナロジーは、親房よりも少しばかり立派かもしれないが、共に駄目だという烙印を押す前に、我々には考えるべきことがあり、これこそがここで主張したいことである。それは、親房にとって、上記のような言説が真摯に考えるという行為の結果であり、「読みなおす」具体的実践だった、ということである。逆に、その思想的一貫性のなさ＝ごった煮的性格や本覚論に対する理解の不足をあげつらうのではなく、そのように思えてしまう我々を相対化するテクストとして措定してはどうだろうか。そこには、我々が思いもよらぬ自在さと言っても決して過言ではない、アナロジーと連想とがあやなす知の独壇場がある。結論は陳腐ながら、これとて、和歌に道徳論を導入する意味は芸術と道徳を分離して考える我々に不意打ちを食らわすものとして評価してみれば、別の問題が提起されるはずである(27)。

さらに、我々にとってより重要なことは、中世においては、和歌が「文学」として他のジャンルから独立して存在していた訳ではない、ということではないか。そこには、近代的学問である国文学・思想史学・仏教学・神道学・中国学などが混在する古典注釈学と言うしかない知的世界＝古典知がある。そして、それらは皆、アナロジー・連想によって繋がれ、柔らかな一体性をもったものとして親房をはじめとする中世の知識人たちを支配していた。おそらく、それらは思想というよりも、記憶・想起される言説＝言葉として彼らに認知・認識されていたと思われるが、そこで、彼らが理解・諒解したものは、我々とはおよそ異なった理解・諒解のされ方であったろう。このような環境の中で、彼らは、我々から見れば、牽強付会に、彼らから見れば、ごく自然に思考を展開していたというわけだ。そして、こうした思考を解体し、主題・要約・線形論理に編成しなおしたのが近代という時代ではなかったか。

とすれば、人文科学総崩壊の時代に生きる我々としては、近代を超えるものは近代しかないという、よく耳にする言説を繰り返し、さらなる泥沼に嵌るよりも、近代以前の思考・認識にもう一度立ち戻って、じっくりとそれらの語る声に耳を傾けてみるのが近代を超える知的兆しとなるのではあるまいか。

人文学の末席を穢す国文学も、これまで実証主義・作者論・作品論、さらにそれを批判したポストモダン系といった近代西洋伝来の知に拠り過ぎていた。細分化された学問分野などもその一つである。だが、親房注一つ取り上げても諒解されるように、国文学を織りなす古典テクスト群がおよそ近代的な代物ではないのだから、近代に対して「敗北」するのは必然である。この際、近代的学問としての国文学を正しく脱構築＝「偉大な敗北」をするためにも、古典知に回帰して出直すべきではなかろうか。その時、カルスタ＝アナロジー論も今よりは生産性のあるものとして立ち上がるかもしれない。

（二〇〇七年）

（1）褒めているばかりでは芸がないので、疑問点を一箇所だけ記すと、「第二部　線を引くこと―たった一つの方法」は、内容に濃淡があるけれども、杉田敦『境界線の政治学』を論じた箇所は、カール・シュミットに全面的に拠りながら、それを脱構築したい杉田氏の論脈の可能性と問題性が「二項対立」訓練の応用問題としてしか受け入れられていない。入門書の限界とはいえ、やや残念ではある。

（2）サイード以外では、貧しい知見から言えば、サーラ・スレーリ『修辞の政治学』（川端康雄・吉村玲子訳、平凡社、二〇〇〇年、原著は一九九二年）は、支配側の植民者と被支配者のある種の共犯関係を論じていて、偉大な達成を示している。サイードが亡命パレスティナ人のキリスト教徒、スレーリ氏はパキスタン人の母とイギリス人の父との間に生まれたハーフ、共に経済的かつ文化資本に恵まれていた高学歴の亡命者であった。カルスタやポスコロはこのような恵まれている〈故郷喪失者《ディアスポラ》〉しかできないのではないか、という思いは今も私を強く束縛する。と同時に、日本において最もカルスタ・ポスコロ的人間なる資格を持っていた邱永漢はどうしてそのようにならなかったのか、という新たな問題も浮上する。

（3）価値中立などありはしない。その通りである。だが、彼らは、できるだけそれを行おうとしたということである。それが可能な、世間からは閉ざされた、厳しい学問的公共圏があったと言ってもよいだろう。

（4）個々の研究に言及する余裕はないが、とりあえず、日本の東洋学を総体的に論じたものとして、『「帝国」日本の学知　第3巻　東洋学の磁場』（岩波書店、二〇〇六年）を上げておきたい。

（5）これは、前章でも言及したが、沖縄学を始めた伊波普猷の「古琉球」という概念には、伊波普猷が学んだ「言語学」に絡む起源としてのギリシャが揺曳していると思われる。ドイツ思想におけるギリシャの意味合いについては、小野紀明『政治哲学の起源　ハイデガー研究の視角から』（岩波書店、二〇〇二年）に詳しいが、伊波は、ギリシャ＝永遠の古代・起源・原郷とその末裔のドイツという対比を沖縄と日本に置換して、沖縄＝永遠の古代＝起源＝「古琉球」としたのではないか。それをなさしめるのがロマン主義ということになり、ロマン主義とサイードがいうオリエンタリズムとの差異は、伊波の問題以上に、今後の課題となるに違いない。なお、オリエンタリズム全史としての東方憧憬については、彌永信美『幻想の東洋　オリエンタリズムの系譜』（上・下、ちくま学芸文庫、二〇〇五年、原著八六年）が必読文献である。彌永氏はサイードよりもずっと自由で偏らない視点を有している。

（6）リューダースの論文を読んだのは、三十年近く前のことだが、私はドイツ語が読めないので、故我妻和男先生ならびに橋本圭司・万美氏のお世話になった。改めて心からお礼申し上げたい。

（7）反面、物語の起源についての考察は、時代の思想的影響を濃厚に受けていて限界を感じるけれども、起源を求める熱情以上に、分析の鮮やかさは基本論文として今も生命を保っている。

（8）廣松渉が校訂した『ドイツ・イデオロギー手稿復元・新編輯版』（河出書房新社、新装版、二〇〇六年、初版は一九八三年）、それに基づく岩波文庫版『ドイツ・イデオロギー』（二〇〇二年）は、アドラツキー版が偽書に等しいことをマルクス・エンゲルス他のそれぞれの手稿から実証した力作である。まさに近代文献学の金字塔とも言うべき仕事である。廣松のマルクス論は、それまで支配的だった「疎外論」ではなく、新たに「物象化論」を提唱することに眼目があったが、それを言うためにも、このようなひどく手間がかかる仕事が必要だったのだろう。

（9）国語教育において、最初に「又欧羅巴ノ論理法ヲ採用スルコトガ是亦必要デアル」と説いた文部大臣井上毅（明治二六年〈一八九三〉国語教員の夏期講習会の演説、木村匡『井上毅君教育事業小史』、忠愛社、一八九四年に基づく）であったことは、頗る意味深い。井上こそ、古文・漢文廃止論の主唱者であり、『教育勅語』・『大日本帝国憲法』の起草者でもあったのだ。古い歴史と伝統に裏付けられた「祖宗の大権」に従う天皇が統べる国は、西欧的論理による国語が目指されていたのである。

（10）『知性の構造』（ハルキ文庫、二〇〇二年、初版一九九六年）。正確には「なお、「個別の経験的事実にかんする観察から一般的説明原理を導く」ものとしての induction（帰納）は、その不毛さがおおよそ完璧に論証かつ実証されているので、ここでは取り扱わない」(四五頁)と記されている。近代の学問は、「「仮説—演繹」(理論)」を軸に、そして、その「手続に遺漏なきかどうかが確かめられ」るという点で成立してきたことは間違いないだろう。

(11) 科学については、廣松渉『科学の危機と認識論』(紀伊国屋書店、一九七七年、『廣松渉著作集　第三巻　科学哲学』、岩波書店、一九九七年に再収)が科学なるものの認識論的地平と限界を踏まえて的確に論じている。

(12) かかる夾雑物・邪魔物の意味について、城殿智行「ミナミゾウアザラシの不思議—三島由紀夫と中上健次の〈戦後〉—」(『日本文学』二〇〇六年一一月)は、現代の文学・批評・研究および政治・社会情況に対するラディカルな批判を前提して、三島由紀夫・中上健次にとって〈戦後〉とは何であったかを、三島が拘った「ミナミゾウアザラシ」という決して抽象やパターンに還元できないがさして意味もない存在と絡めつつ論じて痛快である。

(13) 私の高校時代、国語の授業では、芥川龍之介の『羅生門』の主題は「エゴイズム」であり、それが芥川の実人生と重ね合わせて論じられていた。これなど幼稚なアナロジーに基づく同定化の典型と言ってもよいだろう。

(14) 戦後の保田與重郎の回顧録『日本浪曼派の時代』(至文堂、一九六九年、『保田與重郎全集第三十六巻』、講談社、一九八八年、『保田與重郎文庫19』、新学社、一九九九年に再収)は、保田の個人的見解にだけ基づいて綴られた昭和前期から戦後にかけての文学運動史・精神史だが、見事というくらいその時代の文学・人物・歴史を活写しきっている。

(15) 拙著『記憶の帝国【終わった時代】の古典論』(右文書院、二〇〇四年)、拙稿「思考・認識システムとしての記憶」(『物語研究会会報』35、二〇〇五年)、〈座談会〉「古典知　想起する力(三田村雅子・小川剛生・今橋理子氏、司会前田)・拙稿「記憶・連想・アナロジー—前近代日本における古典知の回路—」(共に『文学』二〇〇六年五—六月)を参照されたい。

(16) 小林恭二氏のご指摘による。ミュージカルが演劇として本来のあり方を示しているとご教示してくださったことに心から感謝する。

(17) 拙稿二〇〇六年参照。

(18) 論理的・哲学的思考を得意とする人間が神秘主義に向かう例としてもガザーリーは貴重であるが、最終的に知の根源は何もなく、神しかないとする彼の考え方は、絶対・相対(あるいは顕と密)の二元論で世界が構成されていた中世においては、ごく普通のことであろう。ガザーリー『誤りから救うもの—中世イスラム知識人の自伝』(中村廣治郎訳・解説、ちくま学芸文庫、二〇〇三年、『中庸の神学』、平凡社東洋文庫、二〇一三年に改訳され再収。)参照。

(19) 井筒の言説を最初に注釈の問題として注目したのは小峯和明「中世の注釈を読む……読みの迷路」(三谷邦明・小峯和明編『中世の知と学〈注釈〉を読む』、森話社、一九九七年)であろう。

(20) 井上宗雄『中世歌壇史の研究　南北朝篇』(明治書院、改訂新版、一九八七年、初版七一年)参照。さらに、片桐洋一「北畠親房の「古今集」注釈」(『中世古今集注釈書解題三』、赤尾照文堂、一九八一年)があるが、仮名序注には触れていない。

(21) 拙稿「和漢と三国─古代・中世における世界像と日本─」(『日本文学』、二〇〇三年四月、拙著『古典論考─日本という視座』、新典社、二〇一四年に再収)、同「日本意識の表象─日本・我国の風俗・「公」秩序─」(渡部泰明編『和歌をひらく　第一巻　和歌の力』、岩波書店、二〇〇五年所収)参照。

(22) 但し、貫之が、「六義」についても「唐《から》の詩《うた》にも、かくぞ有るべき」とするように、『毛詩(詩経)』の影響を隠し、ある種の普遍としての詩歌なり六義なりを想定して、それらが日本と中国に分有されていたとする日本中国同一対等意識をもっていたことは、為家の劣等意識を前提とした和歌漢詩同一観と比較して注目される。

(23) 唯識に対する理解は平均レベルには到達しているだろう。また、唯識との関係では、京極為兼『為兼卿和歌抄』との関係が気になるが、ここでは、問題から外れるので追究しない。為兼と唯識については、岩佐美代子「為兼歌論と唯識説」(『京極派和歌の研究』、笠間書院、一九八七年)参照。

(24) 拙稿「パラダイムとしての仏教─『源氏物語』と天台教学─」(『別冊国文学解釈と鑑賞　源氏物語の鑑賞と基礎知識』39、至文堂、二〇〇五年三月)

(25)　拙稿「鬼神」と「心正直」―中世太子伝の蝦夷形象をめぐって―」(『文学』、二〇〇五年三・四月号、五・六月号)参照。

(26)　決して普遍的原理に遡及されない、ないしは、それを目指さない思考態度については、寺田浩明「清代刑事裁判における律例の役割・再考――実定法の「非ルール的」なあり方について」(大島立子編『宋―清代の法と地域社会』、財団法人東洋文庫、二〇〇六年三月)をはじめとする諸論考が有効な視座を提供する。本章はこれに大きく負っている。

(27)　和歌における道徳論は、その後、東常縁の説を宗祇が聞書した『両度聞書』においても繰り返され、決して弱まらず、浅田徹氏によれば、江戸期歌論に至ると、「歌の良し悪しが人格の高下に置き換えられてしまう」(「和歌と制度―抒情ということ」、『想像する平安文学　第3巻　言説の制度』、勉誠出版、二〇〇一年)こともあったというから、これはこれで考えるべき問題ではある。上野洋三『元禄和歌史の基礎構築』(岩波書店、二〇〇三年)が強調するように、儒学と文学も対立しないどころか、深く関係し合っていたから、道徳と文学も同様の関係にあったと見るのがこの当時の普通のありようであったと思われる。

人文学総崩壊の時代と日文協

「日本文学協会の過去・現在・未来」というタイトルで何か書いて欲しいとの依頼があった。昨年、創立六〇周年を迎えたというから、日文協は戦後の日本の歴史とほぼ重なっている。これまでほぼ一貫して、戦後的なもの、あるいは、戦後民主主義に対して疑問を抱き、どちらかと言えば、積極的に批判し続けていた私にしてみれば、現在、ほとんど影を潜めたとはいえ、戦後民主主義の「理想」に寄り添いつつ戦後の正統思想であった左翼（民主主義は左翼が代表していた。これも日本的変容とも言えるか）の立場を守りつつも、戦後日本の「虚妄」・実態・変容を相対化しえず、占領期に配給され、独自の意味づけがされた戦後民主主義に頑なに固執し、反体制であることに存在意義《レゾンデトル》を見出してきた感のある日文協の過去の歩み（少なくとも七〇年代くらいまで）を単純に言祝ぐことはできない。昨今においても稀に出される「声明」を見ると、なぜか古きよき時代のアジビラを読むようなある種の懐かしさまで抱いてしまう。

他方、ほんの数年間であったとはいえ、少しばかり運営にも携わった身としては、日文協を否定することはできない。それは義理や人間的しがらみに拠るものでは断じてない。何と言っても、日本文学＝国文学の全ジャンルと国語教育を対象とし、同時に、魅力的かつ斬新なテーマをまま特集するなど、日本文学研究における理論的ないしは方法論的先導者であったという疑いようもない事実もあるが、それ以上に、投稿論文の採用に対して、投稿者の個人的な事情や縁を一切排除し、論文の中身（＝実力）だけで判定する（元委員長が投稿した論文を内容がよくないからとの正しい理由で不採用にしたといった潔癖さも含めて）高潔とも形容できる態度を高く評価しているからである。私の好きな日文協がここにある。論文審査とはかくなるものだと私は学んだのである。これは今後も継承されなければならない学的態度であるし、反日文協的な人間である私をちゃんと飼ってくれた日文協には少なくとも恨みはない。ここで出会った素晴らしい人たちのことも付け加えるなら、深い学恩を感じていると言った方が正確である。

起源から引き摺られてきた戦後民主主義的＝左翼的な理念ないしは建前と、何でも自由に発言でき、論文の出来だけを正当に評価することに見られる学的誠実さという内実とが図らずも融合と言うか混在している学会―これを学会と言うのか、運動体と言うのか、共同体と言うのか難しいところだが―が日文協というものだ、と私は考えている。建前と内実を貫通するのは、断言してしまえば、生まじめな態度ということになろうか。それは、戦後の良質な部分だ、と言う人がいるかもしれないが、おそらく戦後というよりも、むしろ近代日本を構築し、そして、破局に導いたとも言えなくもない日本人の生まじめさ（たとえば、明治国家のグランドデザイナー井上毅から凡庸極まる東条英機といった、狡知に欠けた生まじめな人たち）が敗戦後文学研究の世界で最初に日文協で復活したと言えるのではないか。

だから、改めて何かを書くとなると、過去と現在については今述べた感想以上のものはないし、他の方も書かれるだろうから、記すことはない。となれば、日文協の未来がここで問題とされるということになる。言い換えれば、「回顧と展望」のうち、「展望」だけを記そうというものである。

＊

まず、『日本文学』誌上でもたびたび話題となり、危機を叫ぶことが半ば恒例行事化しているきらいもある、日本文学＝国文学（研究・教育）の危機について考えることを述べたい。それは日文協の未来と直結する問題だからである。

日本文学＝国文学の危機とはどういうものなのか。これまで危機の実態として上げられてきた事例の多くは、短大・大学の日本文学科の廃止・閉鎖や日本文学関係の授業の減少等といった点に現われている、研究・教育環境の規模の縮小という事実であったと思われる。近年では、研究者養成大学の一翼を占めていた東京都立大学が首都大学東京に変わり、その際、日本文学科が消滅したことが象徴的な出来事として記憶に新しい。

こうした日本文学関連の学科・授業の縮小ないしは消滅という事態は、当然ながら、数量的な事実として研究・教育の縮小・減退を招来しよう。そして、それは、大学という研究者の受け入れ先のさらなる減少となるから、専任教員になる道をいよいよ狭くして、研究者の層をますます薄くするという縮小再生産の悪循環に陥り、研究の質までも劣化させる事態と結果するだろう。これは、たしかにきわめて深刻な危機である。「日本文学も遂に印哲と同様になったか」と茶化し気味に呟いた知人がいたが、専任になることが極度に厳しいながらも少数精鋭で世界レベルの勝負をしている印哲（indology）に対して、いい時代の名残からか水増し気味でのんびりとやっていた面も否定できない日本文学が今後質を維持できるかとなると、冗談では済まされなくなってくるだろう。

言わずもがなのことながら、文科省ならびに大半の大学は、かかる危機的事態に対しておしなべて無策無作為であるどころか、もう女子学生も選ばなくなってきた日本文学など人文系学科は一部の大学を除いていらないと思っているのか、積極的に消滅に手を貸してきた。日本ほど、自国の文化・文学・歴史に冷淡な国はない。それは国ばかりか大学も同じ穴の狢である。

そして、大学の専任教員も同罪は言い過ぎとしてもやはり批判の対象となるのではないか。日本では、大学の教員は一旦専任として採用されると、犯罪行為ないしはそれに類した問題を起こさない限り、今後予想される大学倒産による解雇を除いて、身分は原則的に定年まで保証されている。教員でいる間、論文執筆・研究発表といった研究活動をしなくても、そのことによって罰せられたり、降格されたりすることも原則的にはない。また、研究する人もしない人も同額の研究費が支払われるところが多数派であろう（最近、研究費は科研費主体に推移しつつあるようだが）。その意味で、専任教員（大学間の待遇の差異や格差について今は問題にしない）は現代の特権階級と言ってよい。

だが、教員の雇用を任期制・契約制（任期・契約の基準はひとまず置く）にして、専任のない若い人たちのみならず専任教員にとっても、大学を教員間が研究・教育で相互に切磋琢磨し合う、厳しくはあるが充実と張りのある開かれた職場にしようという提言は今に至っても少数意見である。研究・教育・公務、いずれも不得手な一部の専任教員が無職・非常勤の若手を抑圧する構図は一向に改まっていない（助手・助教や新任教員だけを任期制にするというのは本末顚倒も甚だしい）。ドイツ法の村上淳一氏によれば、彼の地の大学では学界スターが宿命づけられている「正教授」が研究を放棄したくなったら、助手になるとのことである。この事実を見ただけでも、ドイツが日本よりも学問、就中、その質を大事にしていることが分かろうというものだ。

今日、三十代で専任教員に就ける人は、僥倖と言ってよく、四十歳を超えても専任職に恵まれない人がかなりの数に昇っている。むろん、私が対象としているのは、全国の大学に散在する、過去五〜十年間で論文等がほとんど見当たらない専任教員よりもずっと業績がある人たちのことである。こうしたアンバランスな現状は、ある種の社会犯罪的行為が定着していると見做しても間違いではない。

これに加えて、もう一つ言っておきたい。一般的に、学問的能力もある優秀な若い人（所謂、成績のよい秀才と呼ばれるような人）は、時代の先を見るのが得意であり（これをせこくてずるい態度とも言えるが、それを批判しても始まらない）、将来性が希薄なところには集まらない傾向がある。研究者の数は多いものの学術の世界では一貫してマイナーだった日本文学の世界は、法学のように成績のよい秀才でないと研究者になれないフィールドではなかったけれども、最近の大学院入試の惨状を聞くにつけ（多くの大学院では定員割れであり、競争率もなきに等しいという）、優秀な人間が集まらない場と化しつつある。つまり、先を見るに敏な若き秀才にとって、日本文学は魅力がない対象となっているということだ。優秀な人間の発生率は、どの世代で切ってもそれほど変わらないだろうから、こうした事態は、前述したように、質の著しい低下を招くはずである。

それでも、若い有望な人はいるし、これからも出てくるだろう。だが、四十歳を超えるまで無職・非常勤に耐えられるとなると、家庭的に恵まれているか、生活力に長けている人だけが研究を継続できるということになり、現状を変え、未来を少しでもよくするには、研究者を受け入れている大学・研究機関の雇用システムを抜本的に変えていくしかない。それによって、専任教員から失業者・転職者が続出しようと、これは本人の責任に帰すしかないだろう。

日文協も日本文学の今後を睨んでこの問題に積極的に関わっていくことを切望する。

だが、日本文学の危機とは、実は、ここまで縷々述べてきた、日本文学科の消滅、大学の専任職の減少、予想される研究の質の低下といった範囲に収まる次元の問題ではない。問題は、日本文学を含めた人文学全体が危機に陥っており、それを克服する手段・方法が今のところ見出せない、といったところにある。

*

近年、日本文学を学ぶ学生の数は人口減による減少はあるものの、減るどころか維持ないしは漸増傾向にあるという。その代わりに、外国文学の実態は悲惨の一語に尽きる。たとえば、現在、第二外国語で学生に最も人気があるのは中国語だが、中国文学科となると、どこの大学も苦戦を強いられている。中国には興味があるが、文学、ましてや漢詩・漢文はまっぴら御免ということなのだろう。かつては、ブランド志向と連結して女子学生に人気があったフランス文学も今では閑古鳥であり、ドイツ文学・ロシア文学となると、目も当てられない。英文学もかつての勢いはなくなった。健闘しているのは、独り日本文学のみというのがどうやら文学系学科の現状ということらしい。

かつて、私は、国や民族名を冠した○×文学科の中で最後に滅びるのが国文学科だと書いたことがあるが、現実はまさにそうなってきつつある。この原因は、一般家庭から世界文学全集が消えて久しいように、文学信仰を多分に含みもった所謂教養主義が消滅したことと半植民地状態が長く続いた戦後日本が遂に他者に興味を喪失してしまったこととに拠ると思われる。

それはこういうことである。人文学を学びたい学生の総数や比率は確実に減っている（昔から多かったわけでもない）。しかし、その中でも、外国文学を学びたい学生は、教養主義や西洋崇拝が消滅したことによって激減し、文学といえば、教科書・小説で読んだことがある日本文学を選択することになるといった事態である。これは、若者が愛聴する音楽が洋物（ロック）から和物（Jポップ）に転換していったこととも通底する動きとは言えまいか。要するに、戦前・戦後に見られたモダニストの「日本回帰」などでは全くなく、外国という憧れの対象でもあった他者がなくなり、文学＝日本文学という内向きの構図が出来上がっただけのことだ。それは、ナショナリズムなきナショナルな態度の定着と言ってもよいだろう。日本文学は少ないパイの分け前の恩恵に浴しているに過ぎないのである。

だから、残り物（滓）に福ありといって喜ぶのは禁物である。人文学崩壊の背景には、グローバリズム（実際はアメリカニズムだが）の進展によって、本来なら、グローバリズムと連動するはずの人文学が排除され、役に立つ・儲かる以外の価値を認めない無価値・無知社会でよしとする、まさにグローバルな潮流があるからだ。日本文学が他の分野に比べてやや繁栄しているかに見える現在も一時のコーヒーブレイクと見做す方が健全な認識と言うべきだろう。

それではどうすればよいのか。今さら、教養主義やマルクス主義的な世界観を復活させるのは不可能である。人文学自体をグローバリズムに抗するものとしていくか、その反対に、沿うような形に変えていく、もしくは、抗するでも沿うでもなくグローバリズムを根底から相対化しつつ新たな人文学を構築するという第三の道しかないのではなかろうか。美術史の専門家となっているが、古代からポップアートまでを縦横に論じながら、ライプニッツからポストモダン、果ては、大脳生理学までに足を踏み込んで、近代的思考を正しく脱構築してやまないバーバラ・スタフォード（『ヴィジュアル・アナロジー』、高山宏訳、産業図書、二〇〇六年、原著一九九九年など）は新・人文学の最先端というべき研究者だろうが、皆が彼女の真似などできないし、また、真似することに意味があるとも思えない。

これは、「国文学」の成立以来一貫して西欧思想を輸入し、そのたびごとに勝手に消費して、忘れ去ってきた（ポストモダンなどどこに行ったのだろうか）日本文学の研究史を瞥見すれば、説明不要である。今後もこうした消費と忘却を繰り返すようでは、日本文学の発展どころか、人文学の再構築も覚束ないだろう。

＊

最後に、以上を振り返りつつ以下のことを提言したい。大学の制度改革を含む運動に着手し、若手を見出しつつ研究の質は断固守り、同時に、グローバリズムと伍していける、日本文学研究にとって「日本」の定位とそれに基づく自前の思想とによって、人文学を書き換えるようなプロジェクトを立ち上げ実践していただきたいのだ。こうした「運動」は学会では日文協しかできそうもないからである。そして、それが人文学・日本文学・日文協の未来を頽廃と暗黒の世界に誘き寄せない数少ない道の一つであると密かに確信している。

（二〇〇七年）

II 近代・教育・大衆

文学は「教科書」で教育できるのか

1　問題の所在

誤解を招かねないタイトルをつけたものである。文学は教育できるのかという問題の立て方自体に「できない」というメッセージが既に含意されていると読まれるだろうし（大学の文学部に国文学科等「……文学科」が置かれているのは、教育できるという建前になっているのだろう）、教育手段を限定する「教科書」まで付いているのであるから、どうみても、「文学教育」否定論、ないしは、「これからの文学教育の地平」という特集に真向から挑戦する内容かと訝られるタイトルではある。

たしかに、私個人としては、初等・中等教育における文学教育に対して、その効果や可能性を含めて、どちらかと言えば、否定的な立場をこれまでとってきた。理由としては大略三点が上げられる。

第一に、近代に入って輸入された「文学」は、職業作家の誕生とその宣伝・販売・再生産を担う出版界、および両者からなる文壇によって支えられ、商売が成り立つために多数の読者（＝消費者）を必要とする、といった文芸公共圏を不可欠とするメディアであるけれども、基本的に読者が一人で享受するものとして作られており、わざわざ教師が教室という場で生徒集団に向かって教える筋合いの類でないこと（但し、文学テクストに興味をもつ生徒を増やす効果はある。が、その逆もある）。

第二に、「文学」・非「文学」に関わらず、国語教育の現場で今も行なわれている、「段落分け」→「あらすじ」から「主題は何か」「作者の意図は何か」に進んでいくテーマ主義・要約主義さらに正解主義に基づく指導法には根源的な疑問があること（但し、論述試験に強い生徒を作る可能性はある）。

そして第三に、今日において、文学は、親戚筋の文芸批評が社会批評や思想に大きく傾いているように、それ自体として成立しにくくなっており、文学教育の目的自体が不明瞭になっていること（但し、自明性や目的などないのが文学だと逆説的に示すことができる）。以上である。

だからと言って、文学教育を否定するあまり、国語教育は、借用書の書き方、プレゼンテーションの仕方などなどといった社会生活上役に立つこと（？）を習得させれば十分だ、とも考えていない。こちらは、文学教育以上に反対である(1)。文学教育もその中に含まれる国語教育の第一の目的は、このような表層的かつ技術的な次元にあるものではなく(2)（その効用は否定しないが）、初等教育における基礎的な「読み書き」の習得を終えた中等教育以降では、古典を中核とした日本の言語文化を後代に継承させ、日本とは何か、日本人とは何かを常に想起・思考させることにある、と古典学徒の一人として考えているからである。

それは、単に、狭義の「国語力（＝日本語力）」の強化や所謂「古典的教養」への復古を意味しない。そうではなく、国語教育の目標は、理想論もしくはアナクロニズムとの誇りを敢えて無視して断言すれば、古典を身につけることを通して、近現代の思考システムとの深刻な違和感を惹起させて、日本に対する多元的視点、近現代に対する古典的思考システムに基づいた批判、さらに、それでもなお日本人であることを引き受け、アイロニカルな共感をもって対処する覚悟、といった精神的な構えを具えた、即ち、国語＝日本を相対化しつつもそれを己がものとして思考する人間の養成にあるのではないか。そこから、国語と自国の歴史が教育の基幹に置かれるべき一等大事な科目となるのは言を俟たない(3)。

とはいえ、個人的な思いや妄想とここで俎上にのぼせる問題とはさして関係はない。また、文学は教科書で教育することができるのか、ないしは、できるなら、どのような成果が達成できるのかといった、可能／不可能、効果の有／無に還元される本質論や方法・技術論も今は問わない（問えないと言うべきか）。それでは何を問うのか、と言えば、まず、「文学教育」なるものがあるとして、それを制度的に成り立たせている土台ないしは下部構造の問題である。具体的には、教育手段としての教科書、制度としての国語という教科の地平から立ち現れる制度性・権力性・エロス性・自由（恣意）性などといった問題群となる。なぜなら、前述したように、文学教育も国語教育の一環であり、それ以上でも以下でもなく、教科書・国語の上に乗っている、挑発的な言辞を用いれば、上部構造の一つに過ぎないからだ。なにも問題を複雑化（＝紛糾化）あるいは単純化させるために、マルクス主義に則って弁じているのではない。文学教育を、教科書・国語という制度に乗ったもの、つまり、教科書・国語・文学教育という三竦みの構図を改めて考えてみたいだけである。

そのために、二節以下の考察の前提となる原論的議論をしておかねばならない。

学校教育を考える際に、意外に見落とされているのは、それが、通常の場合、学校という公的空間で行われる公教育である、という当たり前の事実である。しかも、それは、教科書という生徒全員が強制的に読まされるテクストによって遂行され、高校以上になると、成績が及第点に満たない場合、留年・退学を余儀なくされてしまうという権力行使を伴うシステムなのである。このようなシステムに置かれている教師と生徒間の関係は、ヘーゲル的に言えば、主―奴、多少和らげて喩えてみても、上司―部下といった上下関係にあることは言わずもがなだろう。それは、言い換えれば、対等という幻想によって生まれるとされる友情・友愛などが決して発生しない関係にあるということだ。そこから、授業とは、上―下関係によって第一次的に秩序化された教師と生徒が、柄谷行人氏の言うところとは逆の序列をもった「教える―学ぶ」関係に具体化されて、反復・継続されるという公的時空である、となるだろう(4)。これは、評判の悪い「ゆとりの時間」であっても、授業となれば、維持されていたはずである。

だが、かかる上下関係を軸にした公的時空といった構造的制約と並んで、否、それ以上に、学校や教育現場が厄介なのは、教師と生徒が建前的な上下関係には収まらず、本音的な関係も併せてシステム内に組み込まれており、両者が表裏一体の共犯関係を作らないと、うまく機能しないようになっていることである。

ここで、教師―生徒関係の建前と本音の二重構造を、唐突な印象を受けるだろうが、歴史学・政治学に跨る権力―支配論で説明してみたい。中世史家の佐藤進一氏は、初期室町幕府における将軍権力の特質を、主従制的支配権をもつ足利尊氏と統治権的支配権をもつ同母弟・直義とが分けもつ二元性にあると捉えた[5]。だが、この二つの支配権は独り室町幕府に限定されるものではなく、あらゆる権力―支配には常に付き纏うものであり、通常は、権力者が一人で二つの支配権を身に纏っている。それは教師という小さな権力者も同様である。

たとえば、学校において、教師と生徒を上下関係におくのは、法による支配である統治権的支配権に属するものだが、主従制的支配権が受け持つのは、理念としての「麗しき師弟愛」、これを控えめに表現すれば、教師と生徒の信頼関係となるだろう。尊氏が握っていたとされる主従制的支配権とは従者に対する人格的支配の謂である。それは、簡単に言えば、親分・子分関係であり、両者間は、理想的なレベルでは、『平家物語』に表象された木曾義仲・今井兼平間にあるような、ある種の濃密な一体感情（＝「愛情」）と言いうる非対等的な信頼関係（＝「君臣和合」）で結ばれていた[6]。

制度的上下関係を抑圧・支配と意識させず、心情・意識的に一体化させていく原動力がこの信頼関係であり、いくら否定しようが、こうした信頼関係が少しでもないと、通常、授業や指導はうまく運ばない。そして、教師と生徒間の信頼関係の内実を突き詰めていけば、義仲・兼平間と同様に、小浜逸郎氏の言う、親しみの感情や気遣いを他者に向けていき、場合によっては他者と共有される「エロス的」関係に他なるまい(7)。これが教育の核心をなすとされる「徳育」の基礎条件となるのではなかろうか。

こうしてみると、学校教育における教師・生徒間双方にもたらされる至福と絶望は、制度的上下関係とエロス的信頼関係が不分離であることに原因があることが分かってくるだろう(8)。教育が単なる技術主義に収まらないこと、「放送大学」のような教師と生徒が直接対峙しない授業がさして効果が上がらないこと等は、両者の不分離を物語って余りある。だからと言うのではないが、誤解を恐れず推断すれば、学校とは宗教教団に極めて近い構造をもつ前近代的なシステムに依存しているのだ。教団内の師—信者の関係がそのまま教師—生徒にスライドされ、師・教師は、教えを垂れ、信者・生徒を愛し厳しく導いていく。他方、信者・生徒も師・教師の教えを学びつつ敬愛(崇拝)する。両者の間には、義務教育に当て嵌まる権力による強制を除いて、ほとんど差異がないのである。

しかし、制度的上下関係とエロス的信頼関係を完全に分離する、即ち、近代化=合理化できるかといえば、不可能だろう。実質としての近代化は、人間が自立した個人にならないと成立しない。その場合は、純然たる知の伝達と教師・生徒(学生)間の対等な討議・対話が教育の内実となるだろうが、大学院でもこうした環境が一部を除いて満足に実現していない現状を見るにつけ、初等・中等教育では端から望み薄である。だから、無理を承知でやるよりも、近代化＝合理化すること自体がよいわけではないことを銘記した方がよい。改めて言挙げするまでもなく、『教育基本法』が謳う「人格の完成」はお題目的目標であるとしても、徳育に関わる権威やエロス性を完全に排除することは、教育否定になるからである。制度的上下関係とエロス的信頼関係の融合は、程度の問題はあるけれども、教育が成り立つ上での宿命であると決めてかかって考えていくより仕方がないのではないか。

以上のことを前提において、以下、個別的な議論に入っていきたい。

2　教科書というテクスト

一九九三年、筒井康隆氏が「断筆」宣言するに至った事件について、抗議した日本てんかん協会の主張には、なるほどと頷かせるものがあった。かの小説が一般に市販されるのは構わないけれども、生徒全員に強制的に読ませるテクストである教科書として載せるのは問題である、なぜなら病状の叙述が不正確だからだ、という旨の主張だったからである。不正確な叙述が、たとえそれがフィクションを建前とする小説であろうとも、教科書というテクストに載せられるのはふさわしくない、ということだ。協会の主張は、表現の自由を商品としての小説には認めるという意味合いを含んでいるから、べらぼうな要求とは言い難い。逆に、「言葉狩り」に論脈をずらした筒井氏の方に勇み足があったと言うべきであろう(9)。どうやら両者には教科書に対する根本的な認識の違いがあったようだ。教科書というテクストの特質を正確に認識していたのは、むろん、協会側である。

この事件が端無くも暴露してくれたことは、生徒全員に強制的に読ませる公的テクストたる教科書のありようである。教科書が強制的に読ませる公的な、かつ、「正しい」テクストであるからこそ、不正確な情報や誤解を生むような教材は避けられなければならないのである。実際に、筒井氏のテクストに限らず、それに類した是正ないしはリライトは頻繁に行われており、特定の病名や差別語とされる表現が教科書から削除されているケースはまま目にする。但し、教科書販売会社の経営論理としては、できれば批判されにくい教科書を売りたいのだろうから、教科書の公的性格とは無関係に、削除に向かうのだろうけれども(10)。

とはいえ、強制的＝権力的に読ませるテクストである教科書は、文科省の検定制度・教科書販売会社・教科書編集者らの思惑や意図を超えて、本質的な問題を提起するだろう。それは、強制的に読ませる公的テクストである故に、教科書は、イスラーム社会における『クルアーン（コーラン）』、キリスト教社会における『聖書』に近い重みをもつ、権威・規範的テクストとして表象されるということだ（権威・規範的テクストでなかったら、協会の抗議は現われなかっただろう）。戦後、GHQは、教科書の問題があるとされた箇所に墨を塗らせたが、これも教科書が権威・規範たるテクストだったからに他ならない。今日、学校自体が相対化され、学校・教師の権威や重みも低下してきたためか、教科書の影響はそれほどではないと予想する向きもあろうが、建前として権威・規範的テクストであることは微動だにしていないのである(11)。

教科書に備わる権力性・権威性・規範性は、親権を部分的に奪って子どもを義務という名の強制的手段によって学校で教育し、人民の国民化と国民の再生産とによる近代化＝国力強化を企図した義務教育にその淵源がある。つまり、近代における教育とは、国家が行なう強制を伴った権力行使であり、教科書はその際に用いられる重要な手段であった（もう一つが教師であることは贅言を要さない）、ということだ(12)。

とすれば、教科書とは一体どのようなものだったのか、そして、それはいかなる国民を作るべく編纂されてきたのか、さらに、ここで主題となっている文学教育はどのような歴史的条件で生まれたのか、といった歴史的・政治的・文化的な問題を考察することが、なによりも重要になってくるだろう。

そこで、まず、明治〜戦前昭和期において、中学校の検定国語教科書のうち、文学教育と深い関係をもつと思われる現代文（＝非古文）の教材について50以上採られた作者と代表的テクストを一覧しておきたい(13)。

明治期

福沢諭吉（「学問の活用」、「独立心」、121）・井上毅（「ボアソナード君を送る詞」、「岩倉公の逸事」、110）・徳富蘇峰（「知己難」、「故郷」、99）・幸田露伴（「干潟の舟」、「人間五十年」、92）・大和田建樹（「江の島鎌倉」、「旅順の開城」、88）・三上参次（「楽翁公の立志」、85）・久米幹文（「文体弁」、82）・中村秋香（「福島中佐」、71）・徳富蘆花（「吾家の富」、「大海の日の出」、68）・井上哲次郎（「武士道」、59）・坪内逍遥（「思ひやり」、「「ヴェニスの商人」法廷の場」、57）・大町桂月（「鴻門の会」、「山中鹿之助」、55）・芳賀矢一（「忠君愛国」、「祖先を崇び家名を重んず」、53）・志賀重昂（「日本の生物」、「南洋の風光」、53）・高山樗牛（「世界の四聖」、「平家の都落」、52）

【以下、物集高見（「年中の行事」、「源平二氏の衰運」、47）藤岡作太郎（「歌人西行」、「平安京」、46）】

大正期

徳富蘆花（「我が故郷」、「兎狩」、108）・幸田露伴（「雪前雪後」、「克己」、「幼時の二宮尊徳」、107）・高山樗牛（「平重盛」、「日蓮上人」、「世界の四聖」、104）・夏目漱石（「峠の茶屋」、「非人情」、「文鳥」、「猫の作戦計画」、80）・大町桂月（「八道の山」、「文を学ばんとする人に」、60）・芳賀矢一（「忠君愛国」「嗚呼藤岡博士」、69）・徳富蘇峰（「知己難」、「乃木大将の殉死」、「国家と家風」、67）・島崎藤村（「晩春の別離」、「小諸なる古城のほとり」、「日本だ」、58）

【以下、藤岡作太郎（「わが国の絵画」、「国民思想の変遷」、49）、坪内逍遙（「読書」、34）】

戦前昭和期

夏目漱石（「峠の茶屋」「倫敦塔」、「文鳥」、「猫の作戦計画」、129）、高山樗牛（「世界の四聖」、「日蓮上人」、「平家雑感」、「平重盛」、103）、島崎藤村（「文章の道」、「椰子の実」、「晩春の別離」、「小諸なる古城」、97）、五十嵐力（「鳥飼蔵人」、「明浄直」、90）、芳賀矢一（「美しき国民性」、「雪月花」、「文学と気品」、82）、藤岡作太郎（「わが国の絵画」、「吉野山」、73）、徳富蘆花（「大海の日の出」、「我が家の富」、71）、幸田露伴（「五重塔」、「伊能忠敬の晩学」、67）、大町桂月（「清浄の国」、「国家の盛衰」、67）、薄田泣菫（「渡り鳥」、「下腹で猫が啼く」、64）北原白秋（「海道東征」、「建国の歌」、「良寛様」、65）森鷗外（「殉死」、「高瀬舟」、「安井息軒」、59）、相馬御風（「一茶の俳句」、「自然の推移」、59）、徳富蘇峰（「国史にかへれ」、「知己難」、55）

【以下、阿部次郎（「早春の賦」、「静寂」、49）芥川龍之介（「蜜柑」、「蜘蛛の糸」、47）、荻原井泉水（「お遍路さん」、48）、正岡子規（「小園の記」、43）、和辻哲郎（「樹の根」、「心と言葉」、37）国木田独歩（「武蔵野」、35）、坪内逍遙（「都会と田舎」、30）】

一見して、時代を越えて変わらず採用されている著者と、消えていくあるいは新たに参入する著者がいることが諒解されるが、教科書における「不易流行」を示している上記の表から読み取れることは四点あると思われる。

第一に、明治・大正・戦前昭和期を通して、量的に多く採用されている著者は、幸田露伴（266）・高山樗牛（259）・徳富蘆花（247）・徳富蘇峰（214）・芳賀矢一（204）・大町桂月（182）であり、この六人を教科書の定番的著作者と見てよいことだ。そして、見落とせないのは、彼らのテクストの大半が、「秋冬風全く凪ぎ、天に一片の雲なき夕、立つて伊豆の山に落つる日を望むには世にかゝる平和のまた多かる可しとも思はれず」（徳富蘆花「相模湾の落日」『中等教科明治読本』より）に類する、文語体を基調とした「名文」・「美文」であり、近代文語文の典型であったことである(14)。これは古典教材の偏り（『太平記』・『平家物語』・『神皇正統記』といった軍記・歴史系と新井白石・貝原益軒・本居宣長といった江戸の思想家が中心に置かれていた(15)）とも絡む問題だが、ここで最低限押さえておきたいことは、明治〜戦前昭和期の国語の教科書における古典を含む文語文の中で、一貫して明治期の近代文語文が重視されていたという事実である(16)。それを近代国家に見合う形での新たな散文（＝国文）の創造と看做すことは可能であるかもしれない(17)。

たとえば、『戦艦大和ノ最期』がどうして文語体で書かれたのかという周囲の疑問を意識してか、著者吉田満は、「第一行を書き下ろした時、おのずとそれは文語体であった」と初版「あとがき」で記し、その後時を経て、『鎮魂戦艦大和』の「あとがき」で「戦前の行き届いた国語教育の賜物として感謝したい」と付け加えた(18)。吉田のような戦前エリートは例外にはならないとの意見もあろうが、近代文語文は、現代では想像もできないけれども、身体化された自己の文体として一部の生徒には定着していたのである(19)。そして、それを実現する程の教育力を学校教育がもっていた。これらは否定できないだろう。

おそらく、近代文語文は近代日本のスタンダードなエクリチュールだったのだろう[20]。このことは、法律文・公文書・政治家の日記などを見ても明らかであるが、それは「名文」・「美文」の範疇を超えて、柄谷行人氏が『舞姫』論で指摘したように、写実的かつ「内面」を表象しうる近代の文章だったのである[21]。

第二に、戦後の教科書と異なる特徴として、教科書編纂者であった物集高見、落合直文、芳賀矢一、坪内逍遙、藤岡作太郎、藤村作、上田万年、五十嵐力がそれなりの位置を占めていたことである（主として随筆・教訓的読み物と文学史[22]）。彼らの中で、芳賀・藤岡は国文学という学問を作った人物であり、その他も、五十嵐を除いて、東大卒か東大で教壇に立った経歴があるなどというように、当時において権威的知を帯びていた人物であった。芳賀は前述の文語文六人と重複するが、六人に加えて藤岡作太郎（168）・坪内逍遙（121）を定番に加えてよいだろう。

第三に、教材における「文学」の比重の増加をもって「文学教育」が成立したと乱暴に仮定すれば、それは戦前昭和期に始まったことも上記から判明するだろう。大正期に漱石・藤村が上昇するが[23]、戦前昭和期に入ると、漱石はトップとなり、藤村・白秋・鷗外が50以上採用され、50以下とはいえ、芥川龍之介・荻原井泉水が続くようになる。戦後の定番教材である漱石・鷗外・龍之介はこの時期に起源をもつと思われる。そこから、文学教育は、昭和に入って、文語文、教科書編纂者の狭間から一歩抜け出て開花した、と推定できるのである。

第四に、昭和に入って、作家の文章と並んで、大正・昭和にかけて知識人や旧制高校生に影響を与えた和辻哲郎・阿部次郎がそれなりの採用数で登場してくることである。明治期の福沢諭吉・井上毅・井上哲次郎・志賀重昂（さらに加藤弘之・三宅雪嶺等を含めてもよいだろうが）と見合った現象と言いうるかもしれない。何を言いたいかと言えば、上記の定番著者と並行して、教科書が時代の動向に敏感に反応していたということである。それは、福沢諭吉・井上毅の消長を見ると、あまりに明らかである。明治期、福沢諭吉・井上毅は、一位（121）・二位（110）であったが、大正期にはいると、福沢・8、井上・28と一気に減少し、戦前昭和期には、福沢は10と踏みとどまったものの、井上に至っては1にまで落ち込んでしまう。

むろん、時代の変化に教科書が対応するのは、自然であり、今さら井上毅でもなかろうということなのだろうが、教科書教材の不易流行の様を見ていくと、検定教科書に付帯する文部省の意向や教科書会社の販売合戦の影響もあるかもしれないものの、今日の教科書にも通底する、ある種の場当たり的な性格、換言すれば、定番教材（これらがどうして定番となったのかも考察すべき問題をもっていょうが）以外は確固たる方針などがなかったのではないか、と思われてくるのである。

夙に、明治三四（一九〇一）年に施行された「中学校令施行規則」には、「国語及漢文ハ普通ノ言語文章ヲ了解シ正確且自由ニ思想ヲ表彰スルノ能ヲ得シメ文学上ノ趣味ヲ養ヒ兼テ智徳ノ啓発ニ資スルヲ以テ要旨トス」とあるから、明治三十年代には、文学教育は「文学上ノ趣味ヲ養ヒ兼テ智徳ノ啓発ニ資スル」目的で認められてはいた。その路線が拡大し、戦前昭和期で文学教材が増加したのかとも思われるものの、「普通ノ言語文章」とあるのが味噌であり、この曖昧模糊とした規定が定番と非定番を作り出し、ひいては「文学教育」を成立させた原因ではないのか。こういうことである。忠君愛国的な内容をもつ教材も多く含んでいたけれども、明治国家・文部省は、明治三十年代に到っても、国語にさしたる方針などなかった、ということである。となれば、上記の規定を柔軟に解釈すれば、文学教育の素材となる教材を増加させることが可能となる。

その後、昭和に入って、「国語漢文」と教科名は変わるものの、「健全ナル思想醇美ナル国民性ヲ涵養スルニ足ルモノ、文芸ノ趣味ニ富ミテ心情ヲ高雅ナラシムルモノ」（昭和六〈一九三一〉年「中学校令施行規則」改正）とされたけれども、事情はさして変わらなかった。「心情ヲ高雅」にさせると考えられるものであれば、教材はかなり自由度があったのである。

教材の不易流行の様をより具体的に知るために、明治と戦前昭和を代表する二つの教科書（『中等国文教科書』・『国語』）で教材の構成・排列を瞥見しておきたい(24)。但し、紙幅の都合もあるので、一年生・五年生用に限定する。

一年次

『中等国文教科書』（明治39年、吉田弥平編、光風館）(25)

巻一
一　我が国の風景
二　春の旅（一）（大和田建樹）
三　春の旅（二）（大和田建樹）
四　学の海（新体詩）
五　二百三高地の占領（一）（口語文）
六　二百三高地の占領（二）（口語文）
七　花は桜木（諺）
八　都の風俗
九　雨の桜川（徳富蘆花）
一〇　ベンニーとブラサム（一）（口語文）
一一　ベンニーとブラサム（二）（口語文）
一二　二十四気
一三　小世界（言文対照）
一四　二宮尊徳（一）（幸田露伴）

巻二
一　秋の山里（坪内逍遥）
二　風流三題
三　青年時代のウォシントン（一）（口語文）
四　青年時代のウォシントン（二）（口語文）
五　広瀬中佐（新体詩）（巌谷小波）
六　泰山鴻毛（格言）
七　軍隊生活の模様を知らす（言文対照）
八　日光（一）
九　日光（二）
一〇　動物の保護色（一）（丘浅次郎）
一一　動物の保護色（二）（丘浅次郎）
一二　木材の用途
一三　汽船の発明（口語文）
一四　独眼龍

一五　体育（一）（口語文）（北里柴三郎）
一六　体育（二）（口語文）（北里柴三郎）
一七　旅行（新体詩）（大和田建樹）
一八　瑞西の山水
一九　都会と田舎（坪内逍遥）
二〇　笑話二則（口語文）（薄田泣菫）
二一　世界共通（志賀重昂）
二二　一燈銭（書翰文）（久坂玄瑞）
二三　油断大敵
二四　伊能忠敬の晩学（一）（幸田露伴）
二五　伊能忠敬の晩学（二）（幸田露伴）

巻二
日本（詩）（山村暮鳥）

一五　二宮尊徳（二）（幸田露伴）
一六　何のその（箴言）
一七　須磨の浦（新保磐次）
一八　なつかしき山（新体詩）（佐佐木信綱）
一九　フレデリキ大王と新兵（口語文）
二〇　旅行先から友に送る（書簡文）
二一　水泳場より友に答ふ（書簡文）
二二　田園日記
二三　クルップ工場を観る（一）
（口語文）（巌谷小波）
二四　クルップ工場を観る（二）
二五　保険業の発達
二六　有栖川宮威仁親王（一）
二七　有栖川宮威仁親王（二）

『国語』（昭和九年、岩波書店編集部編）(26)

巻一
一　生きた言葉（西尾実）

二　桜（芳賀矢一）　明治神宮（溝口白羊）
三　曙の富士（芳賀矢一）　自然に対する五分時・大海の出日・相模灘の落日（徳富蘆花）
四　明治天皇御製　小春の岡（長塚節）
五　春の使者（横山桐郎）　落葉（島崎藤村）
六　峠の茶屋（夏目漱石）　渡り鳥（松本亦太郎）
七　夕がたの遊（中勘助）　快晴（詩）（河井酔茗）
八　詩二編（生長・海）（千家元麿）　潮待つ間（幸田露伴）
九　蜂の巣（吉村冬彦）　父の物語（新井白石）
白石朋を薦む（漢文教材）（先哲叢談）
一〇　山寺（若山牧水）　親心（柳沢淇園）
一一　八丈島行幸（藤原咲平）　カルサンと米（島木赤彦）
金言（漢文教材）
一二　蜘蛛の糸（芥川龍之介）　トロッコ（芥川龍之介）
一三　屋根（志賀直哉）　武蔵野日記（国木田独歩）
一四　水泳（飯田蛇笏）　時雨（和歌）（前田夕暮・若山牧水・北原白秋）
一五　苺と茱萸（正岡子規）　吹雪（村井弦斎）

一六 上高地（田部重治）
一七 空の色（岡田武松）
一八 湖畔霧道（杉村楚人冠）
一九 良寛さま（北原白秋）
二〇 愛馬（桜井忠温）
二一 用水（遺老物語）
人（漢文教材）（日本智嚢）
二二 かんにん（柳沢淇園）
二三 藤樹先生（橘南谿）
実語教（漢文教材）
二四 野口博士の少年時代（野口英世）
二五 国旗（日の丸由来記）

五年次
『中等国文教科書』
巻九

勿来の関（戯曲）（岡本綺堂）
両雄の会見（小笠原長生）
人間エディスン（澤田謙）
蜃気楼（橘南谿）
庭の黒土（相馬御風）
犬ころ（二葉亭四迷）
国史に還れ（徳富蘇峰）
宝祚無窮（漢文教材）（日本書紀）

巻十

一　花祭（一）（森鷗外）
二　花祭（二）（森鷗外）
三　四時のあはれ（徒然草）
四　荒れたる御堂（徒然草）
五　仁和寺の法師（徒然草）
六　懈怠心（徒然草）
七　頼山陽（一）（朝比奈知泉）
八　頼山陽（二）（朝比奈知泉）
九　人はいさ（短歌）（古今和歌集）
一〇　落花の雪（太平記）
一一　謝大伝（国漢文対照）
（原文李瀚訳文伴蒿蹊）
一二　述懐（本居宣長）
一三　和藤内（戯曲）（近松門左衛門）
一四　国体の清華（穂積八束）
一五　画を示されしに答
一六　文覚と頼朝（一）（源平盛衰記）

理想（坪内逍遥）
張り弓の弦（新体詩）（幸田露伴）
東路の旅（一）（源親行）
東路の旅（二）（源親行）
ベスビオ登山（森鷗外）
おどろの下（増鏡）
新島守（一）（増鏡）
新島守（二）（増鏡）
朗詠八則（和漢朗詠集）
俚諺論（一）（大西祝）
俚諺論（二）（大西祝）

寺門政二郎に答ふる書（書翰文）（藤田東湖）
鉢の木（一）（謡曲）
鉢の木（二）（謡曲）
鉢の木（三）（謡曲）
王子猷（国漢文対照）（世説補、唐物語）

一七　文覚と頼朝（二）（源平盛衰記）
一八　末広がり（狂言）（狂言記）
一九　平泉（芭蕉）
二〇　有王の島下り（一）（平家物語）
二一　有王の島下り（二）（平家物語）
二二　文体論（矢野龍渓）
二三

『国語』

巻九

一　読書に就いて（小泉八雲）
二　大和国原（武田祐吉）
三　倭武尊（古事記）
四　万葉集抄
五　平安京（藤岡作太郎）
六　かぐや姫（竹取物語）
七　都鳥（伊勢物語）
八　宇多の松原（紀貫之）

月と花（一）（三宅雪嶺）
月と花（二）（三宅雪嶺）
花さそふ（短歌）（新古今和歌集）
大原御幸（一）（平家物語）
大原御幸（二）（平家物語）
世界の四聖（一）（高山樗牛）
世界の四聖（二）（高山樗牛）

巻十

制作の方法（小泉八雲）
近世の文学（藤村作）
馬追三吉（近松門左衛門）
大晦日（井原西鶴）
幻住庵の記（松尾芭蕉）
俳文二篇（奈良団賛・蓼花巷記）（横井也有）
みとり日記（小林一茶）
物学び（本居宣長）

九　古今集抄　　　　　　　　　　月の前（上田秋成）
一〇　須磨の秋（紫式部・源氏物語）　芳流閣（滝沢馬琴）
一一　春は曙（清少納言）　　　　五重塔（幸田露伴）
一二　道長の幼時（大鏡）　　　　塩原（尾崎紅葉）
一三　法成寺の造営（栄花物語）　山庵雑記（北村透谷）
一四　源信僧都の母（今昔物語）　自然主義の文学（島村抱月）
一五　新古今集抄　　　　　　　　肯定観の文学（岩城準太郎）
一六　中世の文学（岡崎義恵）　　秋露（夏目漱石）
一七　光頼卿の参内（平治物語）　高瀬舟（森鷗外）
一八　大原御幸（平家物語）　　　愚禿親鸞（西田幾多郎）
一九　新島守（増鏡）　　　　　　国文学の精神
二〇　日野の閑居（鴨長明）　　　生涯稽古（西尾実）
二一　只今の一念（徒然草）
二二　隅田川（謡曲）（宝生謡本）
二三　能面の表情（野上豊一郎）

このように、明治の『中等国文教科書』と戦前昭和の『国語』を並べてみると、一学年という限定が付いているけれども、両者の差異には、共通教材も目につくけれども、時代差を超えたものを感じざるをえない。

一年生の教材を見ると、実用的・教訓的・科学的内容と国民意識の昂揚を説く『中等国文教科書』に比べて、『国語』はなんと「文学」的であることか。五年も同様である。ここでは古典を中心に見ておくと、旧制中学校でも古典学習はほぼ三年あたりから始まっているが（それ以前は近代文語文を学ぶのである）、『中等国文教科書』が『古今集』・『新古今集』・『芭蕉』も入れてはいるものの、残りは、『増鏡』・『太平記』・『源平盛衰記』・『平家物語』という古典の定番で占められ、その内容も、忠君愛国心・克己心を養うものが多かったのに対して、『国語』は幅広く教材を採っている。『古今集』・『伊勢物語』・『和漢朗詠集』と並んで四大古典と称すべき『源氏物語』も、教科書では大正期には採用数1（明治は13）というように避けられていたが(27)、ここでは定番の「須磨の秋」が採られている。これは、昭和六年の「中学校令施行規則」で「中古上古ニ於ケル文章」を採るという方針に沿ったとも言えるけれども、それだけではあるまい。おそらく、前述した「心情ヲ高雅ナラシムル」文学作品を教えよという規則の根柢に教養主義的な古典観があり、それが『国語』を実質編纂した西尾実の意図とも合致したかどうかは分からないものの、明確に反映しているのだろう。

だが、教養主義的な古典観の具体的現われを『国語』に見るとすれば、そこから垣間見えるのは、明治の芳賀矢一以来、営々と築き上げられてきた、近代的学問としての「国文学」

が示す古典の見取り図であった。むろん、「新島守」(『増鏡』)が入っているなど、明治的な路線の継承は一部に残るけれども、一瞬、国文学成立以前の『国文学読本』(明治二三〈一八九〇〉年)に戻ったような錯覚も覚えてしまうが、文学史を押さえつつ、薄く広く満遍なく学ぶように作られた、合理性とある種の洗練さを兼ね備えた編集は近代知を感じさせよう。他方、現代文に目をやると、西田幾多郎の存在に教養主義を見出すのは容易いだろう。戦後の高校国語の教科書に濃厚に漂っていた教養主義的雰囲気は『国語』から始まると見てまず間違いないと思われる。

とはいえ、このようなことは言えないだろうか。近代的啓蒙のプロジェクトは、大正デモクラシーを背景にした教養主義的教育として『国語』という教科書を生み、そこで一応の達成を遂げる。それは、近代国家日本の完成とも、国家・社会の余裕の現われとも表現できるだろうけれども、逆に言えば、国家目標を喪失して今にも漂いかねない日本がつかの間に見た夢だったのではなかったか。昭和九年という満州事変と日中戦争(支那事変)とに挟まれた微妙な時期に国家主義の影が微小な『国語』が刊行されているから夢と言っているのではない(28)。

教育現場における教養主義的教科書の登場した翌年、保田與重郎が、デカダンスを唱えつつ近代を批判し古典への回帰を唱える「日本浪曼派」を立ち上げたことは記憶してよい(29)。また、二年後には二・二六事件が勃発するが、その前後では無産政党(=「民主勢力」)が急激に成長したといった社会的な変化もあった(30)。こうしてみると、『国語』が刊行された昭和九年およびその前後の時期は、昭和初頭の恐慌を脱して、教養主義の滲透を支えるに足る市民社会もどきが少なくとも都市部では成立していたのではないか(31)。と同時に、近代＝教養主義に対する批判や無産政党への期待、さらに総動員体制への傾斜などが目立ってくる点で束の間の夢なのである。とはいえ、国家的使命に代わって、古典や近代の名文・名作を学ぶ環境ができた、ある意味で幸福な時期であったとも言えるだろう。

だが、そこで、学ぶ古典は、教育的配慮以上に、脱イデオロギー化ないしは人畜無害化していた国文学の構図に乗ったものであった。それと並行した思われる文学教育も同様だろう。ということは、文学教育も、教養主義と共犯関係にあったということである。それ故に教科書によって一部の読書家を除く中学生は文学を学びえたけれども、反面、文学が孕む魔性や悪を避けてしまい、「健全ナル思想醇美」的枠組みを越えることはできなかったのではなかろうか。それを戦前・戦後を超えた教育なるものの限界と言ってもよいかもしれない。

3　国語という教科

「国語科」という教科が設置されたのは、明治三三（一九〇〇）年のことだが、国語教育に対する構想は、明治初期から始まっていた。明治一四（一八八一）年、参事院議官であった井上毅は「人心教導意見案」（「準大臣」）を大臣に提案した。そこでは、福沢諭吉に靡く「天下ノ少年」に対する憂いが述べられ、「英仏ノ学盛ニ行ハレ」「革命ノ精神」が生まれたので、「忠愛恭順ノ道」を教えるために「漢学」の必要性が説かれている(32)。ところが、第二次伊藤内閣で文部大臣を務めた井上毅（在任、明治二六〈一八九三〉年三月〜二七年八月）は、これと正反対のことを主張するようになる。

惟フニ元来言語ト文章トハ其系統脈略ヲ同一ニセネバナラヌ性質ノモノデアル。漢文ハ吾人ノ固有ノ言語ト其由テ来ル所ノ淵源ガ同一デナイ。従テ語法語脈文法文脈ガ互ニ相一致セヌカラシテ、漢文ノ吾人ノ国民一般ノ使用ニ応ゼヌハ怪ムベキコトデナイ。果シテ右申ス通ナラバ、吾人ノ国民ハ各々己ノ思想ヲ表明シ及互ニ交通スルタメニ吾人ノ固有竝ニ其国語ニ因縁スル所ノ普通ノ国文、此国語国文ヲ措イテ他ニ依頼スルモノハナイ（句読点を私に付加した）(33)。

ほぼ同じ考えを井上は「国語国文の変遷」という論文でも表明している（『梧陰存稿』所収、これは教科書にも採られた）。

井上の国語国文第一主義が表明された後、編纂された国語教科書は、ほぼその路線になっているから、明治期の教材登場率二位の井上が果たした役割は、事実上、国語という科目を作ったということにある。

だが、問題は、井上の功績ではなく、漢文排除＝国語国文第一主義が唱えられた理由にあろう。井上は「高等教育ヲ卒業シタル生徒」の「多クハ合格的ノ国文ヲ以テ各自ノ意思ヲ表明スルノ能力ニ不足」があるという現状認識をもっていた。そこで、国語国文教育の必要が主張されるのだが、その際、「漢文ト国語トハ到底一致スルコトヲ難イモノダ」から「我国民ハ其固有ノ国文国語ニ於テ永年月ノ間一種ノ事情ノタメニ発達を妨ゲラレツ、経過シ」たという歴史認識に基づいて、漢文は「支那ノ経学（近時ノ語ニテ哲学）ハ道徳」「支那ノ文字ハ国語の材料」として「必要」であるが、畢竟、それだけのことだと限定がつけ加えられた。次いで、古典（「古文古語」）は、「固ヨリ尊重スベキモノデアル。但シ専門トシテ尊重スベキモノデアル。又或ル場合ニ限ツテ一種ノ美術トシテ尊重スベキモノデアル」というように、ありていに言えば、学者に任せておけば済むものであり、骨董品と同等のものとされたのである。

こうして、漢文・古典が排除・軽視されれば、望ましい国語国文とは、「国民一般ノタメニ適用サル、所ノ平易近切ニ又漢字ヲ自在ニ使用スル所ノ便利ナル国文ヲ用フル方法ヲ取ル」ことになるのは、見やすい構図である(34)。加えて、井上は「広ク材料ヲ漢文漢字ニ取ルノミナラズ、又欧羅巴ノ論理法ヲ採用スルコトガ是亦必要デアル」と国語国文における論理性を重視している。別のところで、井上は、「記臆力ヲ過度ニ労スル事」・「退屈ナリ」・「精神ノ働ヲ鈍カラシム」故に「暗記ヲ省クベキコト」（尋常中学校長に対する諮詢事項）を諮詢しているから、記憶軽視と論理性の強調とが同一の意識に基づくものであったことは改めて言うまでもないだろう。

以上から、近代国語教育、即ち、国語という教科の根幹を作ったのは井上毅であったことが諒解されただろう。井上は、日本を近代国家にするためには、それに適しい国語国文の確立が急務であると真摯に思考したからこそ、自身の信条であった漢学重視を変更してまで、上記のような伝統破壊を行なったのである(35)。

ここに、近代および近代化が抱え込む様々な問題の一端が露頭していると思われるが、畢竟、今日の漢文・古典教育の無残な姿のみならず、記憶の軽視・論理の重視によって構成される近代的思考に基づく国語教育の起源もそこに見出すことができるのではないか。

そして、井上も構想していなかった「文学教育」について言えば、文学教育は、最新の文科省「高等学校学習指導要領」では、

「文学的な文章について、人物、情景、心情などを的確にとらえ、表現を味わうこと」
「文学的な文章を読んで、人物の生き方やその表現の仕方などについて話し合うこと」
（平成一五年一二月　一部改正）

とされている。いったい何が目的なのか、さっぱり分からない「要領」だが、要するに文学をじっくり読んで鑑賞せよということだろう。後半の「話し合い」が批評なのか、感想を主張して終わりなのかがはっきりしないが、井上の敷いた路線に変更を加えた戦前昭和の「健全ナル思想醇美」や「心情ヲ高雅ナラシムル」といった徳育重視の考えは消えたものの、文学教育を可能にした昭和九年刊行『国語』に現れた教養主義的な文学観とはほとんど変わっていないようである。

井上は「徳治」に最後まで拘っていたというから(36)、若い頃に学んだ儒学は身体化していた。だが、国語教育に関しては、徹底的な近代主義の申し子であった。その及ぼした影響は、あまりに大きいが、中でも、漢文・古典を周縁に追いやり、近代日本から切り離したことが特筆に値する。そこから、根を喪失した国語教育が、近代によって措定された定番を抱え込みながら、変容を繰り返していくことは既に必定だろう。文学教育もその一つに過ぎないような気がするが、言い過ぎだろうか。

4 おわりにかえて

「これからの文学教育の地平」を全く議論せずに、ここまできてしまったが、最後に、教養主義や鑑賞主義に陥らない文学教育の可能性について、付言しておきたい。

それは、教師―生徒関係を既定する制度的上下関係とエロス的信頼関係のうち、後者であるエロス的信頼関係を軸とした文学教育である。文学とは何かと問われれば困ってしまうが、政治・宗教と並ぶ非合理的な世界であることはその答えの一つだろう。つまり、エロス性が濃厚な世界ということである。萩原朔太郎は芥川龍之介を批判して、「対象への「同情《シンパシー》」が欠けている」と記したが(37)、ここでいう「同情《シンパシー》」とはエロス性とほぼ同義だろう。教師―生徒のエロス的信頼関係に基づいて、今度は、文学テクストとエロス性で結ばれる。その時、これまでとは異なる、かなり深いレベルでの文学テクストとの遭遇が可能になるだろう。

とはいえ、このような方法は、きわめて危険な、ある種の憑依現象に近い世界を公的空間たる教室内に作り上げる可能性がある。また、エロス的信頼関係の構築もできない現状では実現も難しいだろう。しかし、文学なる魔性をもったテクストと直接対峙して、批評性を生徒に生み出し、そのうえ、教育効果まで考えたら、どこかで危険な世界に踏み込まざるをえないのではなかろうか。それが嫌なら、現在、行なわれている、生徒を指名しながら、「段落分け」・「あらすじ」・「キーセンテンス」抜き出し行為を行うことによってテクストのテーマに至るという、悪しき「正解主義」か、一字一句も忽せにせずテクストを読解していく「精読主義」でいくしかないのではないか、というのが私の偽らざる思いである。そんなことよりも、明治以来の偏った国語教育を改め、記憶・連想・アナロジーによって構成される古典テクスト重視に変換すべし、といった妄想をここで改めて表明したい。それが脱近代社会における根をもった教育の基礎になると確信しているからである。

（二〇〇五年）

（1）最近議論を呼んだ小学校からの英語教育やIT教育にも反対である。簡単に言えば、小学校でやるべきではないからだ。それらよりも、「読み・書き」＋和歌・古典・近代の「名文」の暗誦をすべきである。

（2）言語を伝達機能だけに縮減した弊害は今日さまざまな形で現れているが、言語については、「伝達的（transmissive）」「表現的（expressive）」「蓄積的（accumulative）」「尺度的（measuring）」のTEAM構造で捉えた西部邁『知性の構造』（ハルキ文庫、二〇〇二年）が極めて有効な視座を提供している。

（3）世界広しといえども、日本くらい、国語・自国の歴史を軽視する国は他にあるのだろうか。イタリアの古典高校では、高校三年間でダンテ『神曲』を読むと聞き、羨望の念を隠せない。今の中国でも、留学生と接する限り、古典についての知識は日本の大学生よりも平均的に上である。

（4）柄谷氏は、「教える—学ぶ」という関係について、「「教える」立場は、ふつう考えられているのとは逆に、けっして優位にあるのではない。むしろ、それは逆に、「学ぶ」側の合意を必要とし、その恣意に従属せざるを得ない立場だというべきである」（『探究』I、講談社、一九八六年）と言うが、交通の不能の他者については、たしかにそうであるかもしれないものの、学校教育という制度内では、建前として、かつ、行使云々はともかく、実質権力として教師の優位性は明らかだろう。『学校教育法』第十一条には、体罰は禁止されているが、懲戒権が「校長及び教員」には認めらているることがその制度的根拠である。

（5）「室町幕府論」（『日本中世史論集』、岩波書店、一九九〇年、初出は一九六三年）

（6）忠義心は当然ながら「仇討ち」を肯定する。封建道徳の要でもある。しかし、それが公権力を侵す形になった場合はどうだろうか。丸山眞男『日本政治思想史研究』（東京大学出版会、一九五二年）が鋭く問題とした赤穂事件のケースはまさにそれに当たる。これと同様に、「師弟愛」も強力な反学校・反体制の要となった類例にも事欠かないと思われる。

（7）小浜逸郎『エロス的身体論』（平凡社、二〇〇四年）など参照。

（8）大学のマスプロ授業では、学生の一部に教員に対する崇拝者やファンは発生するが、教師と学生の間に相互的エロス的関係は生じない。この形態は、まさに徳育抜きの近代化された「教える—学ぶ」の典型だろう。だからといって、これもよいわけではない。単なる省力化・合理化に過ぎないからである。

（9）教科書に載っているから、いくらフィクションであるといっても、謝った情報を正しいものとして認知する生徒が出てくるのを防ぎようがないだろう。ここにも文学教育の難しさがあると言えば、大袈裟か。

（10）中国・韓国から「右翼的教科書」と烙印を押されている「つくる会」の中学用歴史教科書の採択率が悪いのも、「民主主義」や「良識派」の勝利ではまったくなく、問題がない方を選んだ結果だろう。私は、以前も指摘したように（拙著『記憶の帝国【終わった時代】の古典論』、右文書院、二〇〇四年)、前近代においては、かなり問題があるものの(これは他の教科書も同様だ)、近代に関して言えば、当時の日本の支配層やそれに同調した国民各層のアジア観・国家観・こうありたかった狙いや願望の平均値が歴史=物語としてよく表現されている点で、この教科書をそれなりに評価している(他の教科書は物語にもなっていない)。

(11) 歴史教科書が国際政治問題になるのだから、これは改めて言明する必要もないだろう。だが、どうして歴史の教科書ばかり国内外で問題となり、国語の教科書は問題にならないのだろうか。実はそこに現代日本の深刻な問題が隠されていると考えるのは私だけであろうか。

(12) こうした教育の権力性を打ち破るテーゼとして、家永裁判が争われている時分に盛んに主張され、現在計画されている「教育基本法」改訂でも反対のスローガンとなっている「国民の教育権」がある。だが、「国民の教育権」をいくら振りかざしても教育の権力性は全く解消されない。議会の多数派=国民の総意というトリックによって支えられる議会制民主主義という国制、即ち、政府の意思=国民の意思という幻想もその理由の一つだろうけれども、それ以上に、前述した教育に内在する国家的性格と学校教育における教師―生徒間の上下関係とが「国民の教育権」と本質的に相容れないからである。仮に国民の教育権なるものによって教育が行なわれるとしても、今度は、国民の教育権がまさに権力そのものと化して教師―生徒の上下関係の中に滲透してきて、人民の共和国ということになっていた旧社会主義国の劃一的な教育と同様、事情は、悪くなることはあっても、なんら変わらないだろう。

(13) 男子の中学校にだけ限定したのは、大まかな目安と傾向を知りたかったからであって、他意はない。数字は、『旧制中学校国語教科書索引』（田坂文穂編、教科書研究センター、一九八四年）に用いられている「＊」の数であり、採用された教材（重複を含む）数の概数はこれでほぼ分かると思われる。なお、戦前の中学校の国語教材についての研究としては、近年の仕事として、野地潤家『中等国語教育の展開―明治期・大正期・昭和期―』（渓水社、一九九八年）橋本暢夫『中等学校国語科教材史研究』（渓水社、二〇〇二年）がある。

(14) 齋藤希史『漢文脈の近代　清末＝明治の文学圏』（名古屋大学出版会、二〇〇五年）は、明治期における漢文・漢文脈・今体文の位相を解明する画期的な仕事である。さらに、中村幸彦「近世圏外文学談」（『中村幸彦著述集　第十三巻』、中央公論社、一九八四年）によれば、近世圏外文学の文体は、「いわゆる俗文を使用した」が「浮世草子や洒落本又は歌舞伎、浄瑠璃などの口頭話体のものとは趣の違ったものであって、和漢雅俗を混淆した、一種の文章体である」が、ここで注目すべきは、「この俗文体が、文章として洗練されて行ったのは、実に近世の圏外文学の中に於てであって、明治に入って洪水の如き西欧の書物、思想の流入に対応した文章は、一にこの圏外文学の文章の流れを引くものであったのではないか」という。近代文語文の起源を知る上で、重要な指摘である。

(15) 教科書に取られた近世のテクストは、芭蕉を除いて、長く圏外文学に属する教訓物（貝原益軒）、旅行記（橘南谿）、伝記的読物（新井白石『折たく柴の木』、『常山紀談』、伴蒿蹊『近世畸人伝』）などが中心ではなかったか。これらは近代文語文と地続きの文章故に採用されたともおぼされよう。

(16) 明治二三（一八九〇）年、上田万年編『国文学』は「緒言」の後、「徳川氏時代文学者年表」があるように、近世文学を中心とした文学史叙述の「教科書」であり、やはり同年、刊行された芳賀矢一・立花銑三郎編『国文学読本』では、「柿本人麿」から「滝沢馬琴」までの文学史が記されるが、新保磐次編の『中等国文読本』（明治二九〈一八九六〉年）になると、近代文語文が登場してくる。

(17) 兵藤裕己『演じられた近代〈国民〉の身体とパフォーマンス』（岩波書店、二〇〇五年）は、われわれがなつかしさを覚える唱歌などが実は近代に作られたことを明らかにしたが、明治期文語文にもそれは言えるかもしれない。その詳細な検討は後考を待ちたいけれども、第三節で述べた井上毅の国語教育政策の反映かもしれない。

(18) 吉田満『鎮魂戦艦大和』（講談社、一九七八年）。

(19) 非エリートの記述では、敗戦時にものした「八月十五日、終戦の詔勅を拝す。全軍、粛として声なし」と報告書を記した宮大工西岡常一を上げてもよいだろう（『宮大工棟梁・西岡常一「口伝」の重み』、日本経済新聞社、二〇〇五年）。

(20) 明治初期の文体については、『文体　日本近代思想大系16』（岩波書店、一九八九年）にほぼ網羅されている。文語文から言文一致という進化論的発想をそろそろ改めてもよいと思われる。

少なくとも、教科書では、文語文は長らえたのだから。

(21) 柄谷行人『日本近代文学の起源』(講談社、一九八〇年)

(22) 齋藤前掲書(「文学史の近代―和漢から東亜へ―」が指摘するように、「伝統を構成しなおし、その〈国〉が他の〈国〉と際立つことを示すためのものとして編み上げる行為の、その中心に〈文学史〉は位置している。その行為こそ、つまりナショナリゼーションであり、近代を特徴づける重要な指標であ」った。これは、文学教育と絡めて考えると新たな問題を提起するだろう。

(23) 漱石の登場は存外早く、橋本前掲書によれば、明治三九年の女学校教材(『再訂女子国語読本』)においてであった(中学校の採用はない)。とまれ、教科書の定番になったのは、大正からである。島崎藤村は、明治期は23(「晩春の別離」など)であったので、この両人が大正期でとりわけ増加したことは認められよう。

(24) 旧制中学校の国語教科書は、明治・97、(但し補習副読本・漢文教科書は除く)、大正・24、戦前昭和・53とあり(井上敏夫編『国語教育史資料　第二巻　教科書史』、東京法令出版、一九八一年に基づく)、本章は代表的な教科書の一部を示したに過ぎない。本格的な考察ではないことをお断りしておく。

(25) 井上前編著によれば、三十年間に亘って採用され、二三版を数えた教科書である、という。野地前掲書によれば、大正十四(一九二五)年に行なわれた全国一九六のアンケート調査では、『中等国語読本』の採用校が六〇、芳賀矢一編『帝国新読本』が六二であった。

(26) 井上前掲書は「編集は主として西尾実があたった。時代的には文学教育がさかんであり、一方には理想主義の台頭があった。国語教科書も新しい方向を模索するようになった。西尾は自らの考えを編集に反映させるために、作者名を伏せて、巻一の巻頭に「生きた言葉」、巻五の巻末に「ツェッペリン伯号を迎へて」、巻一〇の最後に「生涯稽古」をすえて、全体のくさびとしている。巻頭において国語力の基礎としての道元の「愛語」を、中巻において日本文化建設のための国民の奮起を、そして最後に世阿弥の「生涯稽古」の教えで一貫している。編集者の意図を、自らの作品を柱として、これほど明確にしたものは稀である。(中略)当時全国の大半の学校において採択された」とする。

(27) 『源氏物語』を避けていた理由は、谷崎潤一郎が翻訳する際に山田孝雄の進言を入れて削除した藤壺密通の件が上げられようが、それ以外もあるだろう(天皇の正統性が下手をすると危くなる『太平記』はあれほど取られているから、『源氏物語』も安全な箇所を取れば問題はなかったはずである)。文意を取るのが難解であること、それに加えて、おそらくあの和文脈の文章が軟弱であり、国語教育にそぐわないと見做されたからではないか。つまり、後述する井上毅が構想した、近代日本の目指す方向性とは異なるものを『源氏物語』はもっていたからだと思われる。

(28) この時期を十五年戦争なる概念で捉える向きがあるが、満洲事変は、昭和八(一九三三)年に塘沽停戦協定で終わっているので、この説は問題である。それ以上に、昭和一二(一九三七)

年の日中戦争勃発までは、国内では、二・二六事件などがありながらも、戦時色はなく相対的安定期として認識されていたと思われるが、どうだろうか。

(29)「この数年間の文学の動きは、合理から合理を追うてある型を出られぬ「知性」がどんな形で同一の堕落形式をくりかへすかを知る一つの標本的適例であつた」(「文明開化の論理の終焉について」、『文学の立場』〈古今書院、昭和一五・一九四〇年〉)と後年保田は「日本浪曼派」を立ち上げた経緯を振り返っている。合理＝堕落という図式に彼の近代批判の真骨頂があるだろう。

(30) 坂野潤治『昭和史の決定的な瞬間』(筑摩書房、二〇〇四年)参照。

(31) 戦前昭和期の雰囲気については、保田與重郎『日本浪曼派の時代』(保田與重郎全集三六巻、講談社、一九八八年、保田與重郎文庫19、新学社、一九九九年)、佐藤卓己『キングの時代』(岩波書店、二〇〇二年)、鈴木博之『日本の近代10近代へ』(中央公論新社、一九九九年)など参照。

(32)『教育の体系　近代日本思想大系』(山住正己編、岩波書店、一九九〇年)に拠る。井上の生涯と政治思想については、坂井雄吉『井上毅と明治国家』(東京大学出版会、一九八三年)参照。井上は、明治維新までは儒学を学んでいたから(その後フランス語に転向したが)、漢文は自家薬籠中の書記言語であり、漢文への愛着はかなりの程度深かったと思われる。

(33) 明治二六年、国語教員の夏期講習会における演説から。引用文は、木村匡『井上毅君教育事業小史』(忠愛社、一八九四年)に拠った。井上の教育政策全般に関しては、海後宗臣編『井上毅の教育政策』(東京大学出版会、一九六八年)がもっとも詳細な研究である。その中で、寺崎昌男・菊地城司「教育内容・方法」は「井上の国語教育論は、復古主義的な古文教育論と伝統主義的で自己目的的な漢文教育論との否定に立ち、一方で漢語漢字の思想表現力を受けつぎ、他方で国語国文それ自体もしだいに洗練したものにしてゆきつつ、これを国語教育教材の中心として採用するという、実際的・漸進的な国語改良主義の立場に立つものであった」と総括した。妥当な見解だが、それが記憶力を軽減した要約主義に立っていたことはさらに強調してもよいと思われる。

(34) 明治三四年の「中学校令施行規則」は井上の死後にも関わらず、井上が用いた「普通ノ言語文章」がそのまま使われている。ここに井上が国語教育に果たした役割が端的に現れているだろう。

(35) 明治における「支那」の成立については、齋藤前掲書「「支那」再論」参照。

(36) 坂井前掲書。

(37) 「文芸における道徳性の本質」。引用は佐藤春夫監修『規範国語読本』(新学社、一九六三年)に拠った。本書は、保田與重郎が事実上編纂した中学生用の国語教育の副読本であるが、選ばれた文章・配列・解説、いずれも保田の嗜好が強いとはいえ、類稀なる達成を示している。本書については、別の機会を得て、改めて論じたい。

井上毅と北村透谷

――「近代」と「東洋」の裂け目から――

1　合理的と黙示録的と

二〇〇五年十月に刊行された、アガンベン『残りの時―パウロ講義』(上村忠男訳、岩波書店)は、「ヤーコプ・タウベスを追悼して」から「講義」を始めている。タウベスは、死の数週間前に行なわれた五日間に亙る講義で、パウロの『ローマ書』について、これまでのパウロ解釈を根柢からひっくり返した独創的な見解(『パウロの政治神学』)を呈示したことで一部にその名が知られている、ややマイナーな思想家である(1)。

パウロ論を語るに至ったきっかけがカール・シュミットとのたった一度の「自分の人生でもっと激しい会話」の産物であったように、タウベスは、ユダヤ人であるにも関わらず、学生の頃から一貫して、シュミットを高く評価していた。別のところで、タウベスは、シュミットをこんなように回想している(2)。

彼(カール・シュミット、前田注)の文体の中には、「きわめて合理的」な要素と「黙示録的熱狂的」な要素とが混じっている。カール・シュミットは法律家と見ることもできるが、反革命の黙示録を書く人間としても読むことができるし、そう理解しうるのだ。私にたいしてカール・シュミットは反革命の黙示録を書く人間として語りかけていた。

カール・シュミットには「「きわめて合理的」な要素と「黙示録的熱狂的な」要素とが混じっている」と述べながら、文脈から推測されるように、タウベスは、後者をより重視して、再臨したキリストが大審問官によって拒絶・処刑される宿命を記したドストエフスキー(『カラマーゾフの兄弟』・「大審問官」)と同類の人間として捉えていた。

おそらく、そこには、自分もドストエフスキーやシュミットと同類と見なす連帯意識、および、それに由来するある種の屈折した優越意識がタウベスにもあったのかと想像されるけれども、それはさておき、シュミットの二面性に絞って言うならば、色濃く漂う近代忌避のペシミズムとニヒリズム、それにもかかわらず、生涯を通じて持ち続けていたカトリック信仰とカトリック的正統思想に基づいた秩序意識(3)、そして、近代の政治思想を中世的神学のアナロジーで語って、近代に付着する進歩性や合理性の幻想を破壊する(『政治神学』)一方で、近代議会制度のアポリアを乗り超えるために、敵と友の実存的区別を議論の土台において、無からの決断の重要性を説く点などに顕著に現れる鋭角過ぎる知性(『政治的なものの概念』)などといった思考=言説から、シュミットはタウベスにとって「反革命の黙示録を書く人間」として映ったことを想像するのはそれほど難しくはない。

事実、シュミットは、第一次世界大戦によってもたらされたヨーロッパの破局的情況、言い換えれば、ヨーロッパ世界が終焉もしくは近代の臨界点を迎えつつある情況に身を置いて、近代の矛盾どころか、それが構造上必然的に生み出してしまう深い裂け目を覗き込んでしまった人間であった。そういった人間が「反革命の黙示録を書く」ことに向かったのは、能天気な近代至上主義者には理解不能でも、存外、確信犯的明晰さに基づく精神のはたらきだったかもしれない。

シュミットに内在した「合理的」と「黙示録的熱狂的」という、一見、相矛盾する二つの要素は、言うまでもなく、独り彼の占有物ではなかった。近代の思想・文学・音楽・美術といった文化現象をちらとでも一瞥すれば、合理主義・科学主義が進歩主義と一体化した近代主義と、その反動とも言うべきロマン主義やそれに付随する黙示録的な神秘主義とが近代の両軸となっていたことを容易に見出しうるはずである。厳密な科学主義と黙示録的な神秘主義は同時期に並行しつつ展開していたのである。否、この二つは、合鏡の如き関係にあり、相互に反発をしながらも、実は共犯関係を作って近代を支え動かしていたのだ。

やや長めの「枕」となってしまったが、ここまで述べてきて、漸く、井上毅と北村透谷という二人の「近代」日本人を俎上にのぼせる準備が整ったようである。というのも、あっさり言ってしまえば、近代日本がまだよちよち歩きの段階にあった一九世紀末期の明治一〇～二〇年代に、「合理的」要素と「黙示録的」要素を極めて対照的なまでに分有していたのが、井上毅と北村透谷であったと一応考えられるからである。このように断ずると、すぐさま、タウベス・シュミットに引っ掛けた体のよい当て嵌めだろうとの謗りを被ることが予想されるが、そんなことは先刻織り込み済みである。当て嵌めであろうがなかろうが、それでも、井上と透谷という対極的な人物を通して日本近代の思想における二面性ないしは多層性を覗くことは可能ではないか。

だが、それが単に西洋思想の享受における二面性という問題に終始しないこともここで付言しておかねばならない。西洋近代を日本がいかに享受し、消化したか、ないしは、消化不良のまま独自に変容させたか、という問題なら、それはそれほど面倒ではない。近代日本を考える場合に厄介なのは、西洋近代思想と伝統思想とが多層的に共鳴かつ反発し合い、近代対伝統という素朴な二元論に収斂されないことにある。即ち、江戸期までの和漢に跨る古典的教養、仏教・神道、武士道とその背景にあった儒教倫理・儒学的政治観などといった伝統思想・教養・身分意識などを引き摺り、場合によってはそれらを西洋的論理・思考と織り交ぜながら、日本は近代化を遂行していったからであろうが、ともかく、「合理的」要素と「黙示録的」要素という単純な対立構図では問題が見えてこないのだ。

そうした多層的様相の典型例を井上毅・北村透谷の二人に見てもよいだろうが、このことを逆に言えば、伝統思想のどれと西洋近代思想のどれを選択する、ないしは、混淆する、または峻別するといった一連の包摂的ないしは選択的思考のフィールド上で井上・透谷の固有の思想がそれぞれ立ち現れるということになるのだろう。そこにまた、日本近代の達成・限界から悲喜劇までが孕まれていると言っても決して過言ではない。

そこで、井上・透谷の言説から、東洋・日本の伝統思想が西洋近代思想（合理主義・黙示録的ロマン主義）とどのように切り結んでいたか、もしくは、切り裂かれていたかを以下見ることとしたい。

2　井上毅における東洋・日本―切断されつつも脅かすもの―

明治国家の「グランドデザイナー」(4)と称される井上毅は、天保一四（一八四三）年に細川藩の家老半田家の家臣飯田権五兵衛の三男として生れた（慶応二〈一八六六〉年、井上家の養子となる）。透谷に比べて二五歳年長であり、伊藤博文（天保十二〈一八四一〉年生）、山県有朋（天保九〈一八三八〉年生）、大隈重信（同右）、福沢諭吉（天保五〈一八三四〉年生）といった明治維新を成し遂げた「天保世代」の最後に位置していた。近代教育を受けた漱石・子規や一歳年少の透谷（明治元〈一八六八〉年生）ら明治維新世代から見れば、天保世代は、目の上のたんこぶ的存在だったに違いない。

とはいえ、二人に世代間ギャップを認めてもここではさして意味がない。天保世代にして最も近代合理主義的な思考をもちつつ、『大日本帝国憲法』・『教育勅語』などで日本の固有性との接合をなんとか図ったのが井上であり、新保祐司氏が強調する「客観的圧抑《プレッシュア》」（『他界に対する観念』）という、絶対的他者（「神」と言ってもよいだろう）に促された本質主義をもちつつ、他方、東洋的一体感を捨て切れなかったのが透谷である(5)。彼らが死を迎えた時期も、僅か一年しか隔たっていない（透谷、明治二七〈一八九四〉年、井上、二八年）事実に加えて、全く接触はなかったものの、活躍した時期は重なっているのであるから(6)。

井上の遺稿集である『梧陰存稿』下巻（漢文編）序文は、井上における近代と東洋の葛藤を考える上で、極めて興味深い一節で擱筆している。

余ハ支那の哲理の夙に高尚ニ達し、不滅の確説已ニ千古の前に卓立せることを認む。曰仁也者人之道也。一言ニして足れり。大学中庸の経文孟子尽心章の或条章の如き、げに金石鼎彝宇内の宝なり。余ハ深く此の宝鼎の空しく汚泥に埋没することを惜むものなり。嘆息のまゝ筆を抛つ(7)。

ここで、井上は『大学』・『中庸』・『孟子』に代表される「支那の哲理」・「不滅の確説」を「宇内の宝」と最大級の言葉で高く称讃しつつも、それが今後は「空しく汚泥に埋没すること」を「惜」しみ、遂に「歎息のまゝ筆を抛つ」とまで言い切っている。漢詩文は、井上にとって、幼少期以来馴染んだまさに自家薬籠中のものとしてあったし、二五歳でフランス語を学ぼうと決意するまでは、優秀な朱子学（宋学）の徒であった(8)。

だが、死を目前にして、「嘆息のまゝ筆を抛」たねばならなかった事態こそ、「文部の職（文部大臣）を受くるに当り、公衆に向ひ漢文の廃すべき事を明言し」（「梧陰存稿国文の部小言」）たと記されるように、実は、井上自身が招いていたというアイロニカルな事実に立ち至ると、事態はことほど簡単ではなくなる。そこには、儒学から洋学への転向もしくは変わり身の早さと言っては済まされない井上の深刻な懊悩が垣間見られるからである。

たとえば、今日では、忠君愛国を説いたとされ悪名高い『教育勅語』（明治二三〈一八九〇〉年）が起草される段階で、実質的な起草者となった井上がもっとも拘ったのは、神仏といった特定の宗教性に偏らないことと普遍的な内容が簡潔に表現されていたことであった。「父母ニ孝ニ兄弟ニ友ニ夫婦相和シ、朋友相信シ、恭倹己レヲ持シ、博愛衆ニ及ホシ、学ヲ修メ業ヲ習ヒ以テ智能ヲ啓発シ、徳器ヲ成就シ、進テ公益ヲ広メ、世務ヲ開キ、常ニ国憲ヲ重シ、国法ニ遵ヒ、一旦緩急アレハ義勇公ニ奉シ以テ天壌無窮ノ皇運ヲ扶翼スヘシ」なる文言も、井上にしてみれば、儒教道徳だけに収まっておらず（強いてあげれば、孝・友・信・徳器しか入っていない）、朱子学を根柢に置きながら、西洋政治思想にあった「男女の天然に区別ある」思想をかぶせた「夫婦相和シ」に加えて(9)、「博愛」・「智能ヲ啓発」・「公益」に典型的な近代啓蒙思想、「国憲ヲ重シ、国法ニ遵ヒ」といった遵法精神、「一旦緩急アレハ義勇公ニ奉シ」に示された愛国心の強調とあるように、幾分の伝統思想とそれ以上の近代国民国家に適しい啓蒙（教育）・ルール（遵法）・イデオロギー（愛国心）とが調和した、近代という限定付きの「普遍的」道徳を国家の柱として呈示することであったと思われる（その後、これが原理主義的権威になったことは彼の関知するところではない）。

とはいえ、幼少期以来培った朱子学的倫理・道徳観念をもつ井上にとって、思考の原基と同時に表現手段でもあった漢文を廃することは断腸の思いだったはずだが、憲法を構想する頃だろうか、「外《と》つ国の千くさの糸をかせぎあげて日本《やまと》錦におらましものを」（「述懐」、『井上毅伝　史料編第六』）と詠んだように、井上は、外国の「千くさの糸」を何とか巻き上げて「日本錦」に織るように、己が心の葛藤を越えて、西洋と日本をなんとか和らげつつ調和することに我が身を賭けたのだった。

その大きな柱が、文部大臣在職時に打ち出した、漢文廃止も含まれる、国語国文振興策であった。それは、漢文に変わって「国語国文」を日本の基本的な文章として据えるというものだ。だが、国語国文と言っても、古文・古典とは無関係である。古文・古典については、漢文以上に井上は容赦をしなかった。

国文国語の発達を図るは復古といはむよりは寧ろ進歩といはむことを欲す。蓋し旧幕以来国語国文の著者稀に出ることなきに非ざれども、その世のために広く用いらるゝに至らざりしは多くはその既に過去時代の使用に屢《しばしば》したる古語古文をのみ主張し、国民一般

の感覚を引くべき今世普通の言語文章に遠く、一種奇癖の思をなさしむる弊ありしに由るなり（「国語教育」、『梧陰存稿』所収）

「進歩」が近代の証であると十分に信じられていた時代であり、「文明開化の論理」（保田與重郎）のある面申し子とも言える井上が望んだ国語国文とは、「一種奇癖の思をなさしめる」古語古文ではなく、「今世普通の言語文章」であり、「今日の学術社会の広博思想に応ずるために広く材料を漢文漢字に取るのみならず、又欧洲の論理法に取らざるべからず」（同上）といった論理性を兼ね備えた言説であった。言うまでもなく、それは、今日、論文・報告などで用いられる文章の原型である。

ところが、そのように古典を批判した井上は、詠作時期は特定できないものの、「暁鶯」という題で、

鶯のねぐらは花にうづもれて声さへかすむ春のあけぼの(10)

という題詠に基づいた伝統的和歌を詠む歌人でもあった。つまり、和漢に通じた文人だったということである。古典（漢文・古文）を排除するという井上の決断は、成人後身につけた洋学と法学を土台に、近代国家に適しい近代国民を作るという公に殉ずる理念の下になされ

た、ぎりぎりの選択によるものだったろうが、やはり「歎息のまゝ筆を抛つ」と呟きたくもなっただろう。

井上には、大礼服を着た著名な写真とは別に、晩年の四十八歳時に撮られた暗く沈鬱とした表情の写真がある。これを見ていると、近代日本をデザインした最大の合理主義者が、古典的教養溢れる、暗い表情に覆われた結核持ちの男であったことの意味まで問いたくなってくる。東洋・日本と西洋的合理主義の接合(=かせぎあげ)に邁進した井上であったが、それを行なえば行なうほど、若い頃に身につけた古典的東洋・日本がうち捨てられていく、むろんこれらが井上をして暗い顔にした理由とは思われないけれども、時には亡霊のように彼を脅かしていたのではなかったか。井上の暗鬱な顔には、合理主義者たろうとして根源的にはそれになりきれない内面が――それは近代日本の宿命とも言い換えられるが――自ずと刻印されていると見るのは読みすぎだろうか。

3　透谷における東洋・日本――一体感のありか――

透谷の言説に触れていると、時折、古典的言説の延長線にあるな、と感じさせるものに遭遇する。たとえば、『三日幻郷』(明治二五〈一八九二〉年)には、この境、都を距《へだた》ること遠からず、むかし行きたる時には幾度か鞋の紐をゆひほときしけるが、今は汽笛一声新宿を発して、名にしおふ玉川の砧の音も耳に入らで、旅人の行きなやむてふ小仏《こぼとけ》の峰に近きところより右に折れて、数里の山径《やまみち》もむかしにあらで腕車《わんしや》のかけ声すさまじく、月のなき桑野原、七年の夢を現《うつつ》にくりかえして、幻境に着きたる頃は夜も既に十時と聞きて驚ろきたり。この幻境の名は川口村字《あざ》森下、訪ふ人あらば俳号竜子《りゆうし》と尋ねて、我が老崎人を音づれよかし。（『北村透谷選集』岩波文庫）

という道行文がある。この言説自体が古典の世界を背景にもっている（「汽笛一声」は明治三三年の『鉄道唱歌』を連想させるが）。たとえば、「名にしおふ玉川の砧の音も耳に入らで」は、文脈上の意味としては、玉川・砧地区を過ぎたということでしかないが、「名にしおふ砧の音」とあるから、「歌枕」が前提とされており、それを踏まえて、砧には地名の他に擣衣の砧が掛けられているのだ。玉川・砧を歌に詠むのは、早く『堀川百首』俊頼詠（『千載集』にも入集）などに見えるが(11)、江戸期に目をやると、田安宗武の『悠然院様御詠草』には、俊頼詠を受けたと思われる、

松かぜにたぐへてさびし玉川の里のをとめがころもうつおと

（『新編国歌大観』）

がある。砧は秋の景物だが、透谷が川口村を訪れたのは新暦七月のことであるから、季節が擦れているけれども、旧暦七月と捉えれば、そう問題ではない。

だが、それ以上に大事なことは、この文章には透谷の明るさが漲り、余裕すら感じさせるということではないか。そして、

一条の山径草深くして、昨夕《ゆうべ》の露はなほ葉上《はのうえ》にのこり、褰《かか》ぐる裳《もすえ》も濡れがちに、峡々《はざまはざま》を越えて行けば、昔遊の跡歴々として尋ぬべし。老鶯に送迎せられ、渓水に耳奪はれ、やがて砧の音と欺かれて、とある一軒《ひとむね》の後ろに出づれば、仙界の老田爺《ろうでんや》が棒打とか呼べることをなすにてありけり。

という文言に至ると、透谷が訪ねた秋山國三郎（俳号竜子）は、ここでは、「仙界の老田爺」と昇華され、その場も東洋の桃源郷のように描かれていることに気づくだろう。文章も古典的安定感を示している。砧をここでも繰り返しているのは、「棒打」との関係でやむを得なかったと思われるけれども、「露」→「葉上」→「裳も濡れ」という秋を想起させる和歌的連想、秋ゆえかまた國三郎を喩えて「老鶯」なのかは分からないが、その後は、「渓水」→「耳奪はれ」→「砧の音」→「棒打」とくる秋の景物に関連する音の連想、というように、

リアルな風景を描写する意識などそこにはなく、視覚→触覚→聴覚の巧みな和歌的＝古典的連想によって綴られている。そこにはまた透谷の強烈な主体も希薄である。

とはいえ、川口村が、七年前の明治十八年に、自由民権運動に参加し、大矢正夫から渡韓計画の軍資金を稼ぐために強盗に加われと迫られて、透谷が拒絶した場所であったことを考えると、これを桃源郷への回帰というように安直に読むことはできないだろう。「この過去の七年、我が為には一種の牢獄にてありしなり」と透谷が記しているように、大矢を裏切った思いは彼を責め続けたのである。だから、今日、「己《おの》が夙昔《しゅくせき》の不平は転じて限りなき満足となり、此満足したる眼《まなこ》を以て蛙飛ぶ古池を眺《ながむ》る身となりしこそ、幸ひなれ」とは記すものの、この二年後、自ら死を選んでいるのだから、それは一時の平安だったと言えるかも知れない。

だが、こうは言えないだろうか。透谷を安定させるものは、上記のような言説としての古典に裏付けられた桃源郷であり、自然との一体感であると。『三日幻境』の四ヶ月前に発表された『松島に於て芭蕉翁を読む』には、透谷の東洋的ともいえる到達段階を感じさせる文章がある。

われ常に謂《い》へらく、絶大の景色は文字を殺す者なりと。然《しか》るにわれ新《あら》たに悟るところあり、即ち、絶大の景色《けいしょく》は独り文字を殺すのみならずして、「我」をも没了《ぼつりょう》する者なる事なり。絶大の景色に対する時に詞句全く尽《つく》るは、即ち、「我」の全部没了し去《さら》れ、恍惚としてわが此にあるか、彼にあるかを知らずなり行くなり。彼は我を偸《ぬす》み去るなり、否、我は彼に随ひ行くなり。玄々不識の中《うち》にわれは「我」を失ふなり。而して我も凡《すべ》ての物も一に帰し、広大なる一が凡てを占領す。無差別となり、虚無となり、模糊として踪跡《そうせき》すべからざる者となるなり。澹乎《たんこ》たり、寥廓《りょうかく》たり。広大なる一は不繋《ふけい》の舟の如し、誰れか能く控縛《こうばく》する事を得んや。こゝに至れば詩歌なく、景色なく、何を我、何を彼と見分る術なきなり、之を冥交《めいこう》と曰ひ、契合《けいごう》とも号《なづ》るなれ。（岩波文庫）

この文章は、芭蕉が松島で句を読めなかった理由を説明したものだが、ここには、「玄々不識」・「冥交」・「契合」といった仏教語的語彙が用いられている。「玄々不識」という語は仏典には見当たらないが、「玄玄不能窮其妙門」（『大般若経集解』巻三七）とあるように、既に主体も客体も失われた状態を言うのであろうし、「冥交」は『広弘明集』に一例だが、「契合」は、二百例を超える用例をもつ。いずれも、超越的な存在・世界との一体感を意味しよう。

つまり、冥交・契合すれば、自己と自然は一体化し、「われ彼れが一部分か、彼れわれが一部分か、と疑ふ迄に風光の中《うち》に己れを嵌入《かんにゅう》し得るなり」となってしまうから、芭蕉は句を読めなかったということである。しかし、これは芭蕉のことだけを言っているのではあるまい。それは、「自然の力をして縦《ほしいまま》に吾人の脛脚を控縛せしめよ、然れども吾人の頭部は大勇猛の権《ちから》を以て、現象以外の別乾坤《べつけんこん》にまで挺立《ていりつ》せしめて、其処に大自在の風雅と逍遥せしむべし」(『人生に相渉るとは何の謂ぞ』)という、透谷の文学観の骨髄そのものではなかったか。

こうしてみると、透谷にあっては、「客観的圧抑《プレッシュア》」という西洋に起源をもつ絶対的本質主義と「冥交」・「契合」・「大自在の風雅と逍遥」という東洋的一体感とが遂に和解しなかったのではないかと思われてくる。彼はおそらく東洋的一体感の方が居心地がよい以上に、揺れ動く自己の情動を制御する意味でも好ましかったであろう。だが、他方に、西洋的絶対他者をもってしまい、それを捨てることもできなかった。透谷を読んでいると、その間で苦しみもがき、行方定まらず、結局彷徨っている姿が想起されるのである。

最後に、井上毅と北村透谷から見えてくるのは、頭脳明晰で思考し続ける人間がもたざるをえない期待と絶望の物語である。それはそのまま近代日本の最良部分の表徴でもあっただろうが、日本近代は、このようにしか歩めなかったのだ。我々はまだまだ近代を知らないのではないか。

(二〇〇六年)

（1）The Political Theology of Paul" tr. by Dana Hollander, Stanford, 2004 原著、Die Politisch Theology des Paulus, 1993、なおタウベスのパウロ論については、拙稿「政治神学と古典的公共圏―パウロ・空海・和歌―」（本書所収）も参照されたい。なお、脱稿後、二〇一〇年高橋哲哉・清小一原訳『パウロの政治神学』（岩波書店）が刊行された。

（2）タウベス「カール・シュミット……反革命の黙示録を書く男」（杉橋陽一訳、『批評空間』一九九四年・Ⅱ）。注1のタウベス著によれば、シュミットは、タウベスにパウロ論を公表することを薦めている。

（3）和仁陽『教会・公法学・国家―初期カール・シュミットの公法学』（東京大学出版会、一九九〇年）参照。

（4）木野主計『井上毅研究』（続群書類従刊行会、一九九五年）の命名に基づく。

（5）新保祐司「批評の覚醒」（『正統の垂直線』、構想社、一九九七年）参照。

（6）透谷と交流があった徳冨蘇峰は、井上に師事していたから、全く無意味な仮定をすれば、彼らが共に後五年長命していたら、出会う可能性はあったかもしれない。

（7）『井上毅伝　史料編第三』（國學院大學図書館、一九六九年）なお、句読点を私に付加した。

（8）坂井雄吉『井上毅と明治国家』（東京大学出版会、一九八三年）に拠れば、井上のフランス語学習は慶応三年（一八六七）以降という。

（9）「夫婦相和シ」と井上の思想については、関口すみ子『ご一新とジェンダー』（東京大学出版会、二〇〇五年）を参照されたい。

（10）「折にふれて」（『井上毅伝　史料編第六』）より。「鶯」歌には、鶯―声―翳む／霞む―春の意味的連関が見られ、本歌的和歌としては、『秋篠月清集（藤原良経）』に「かづらきやたかまのやまのくもまよりそらにぞかすむうぐひすのこゑ」（九〇四）、『後鳥羽院御集』に「谷に残るこその雪げのふるす出でて声よりかすむ春のうぐひす」（一〇八）がある。古典的和歌の技法があると言ってよい（引用は『新編国歌大観』、以下も同じ）。

（11）「松かぜのおとだに秋はさびしきに衣うつなり玉川の里」（「擣衣」八〇八番）

菊池寛『新今昔物語』

——大衆社会と古典の屈折なき出会い——

1　菊池寛の生の有り様

梶井基次郎をして「叙述が安物ビルデングのバラツク建」(大正一二年〈一九二三〉二月十日中谷孝雄宛書簡)と言わしめ、「文壇の大御所」と呼ばれた全盛期にあっても所謂「文学青年」から見向きもされず、文学史的には小説を全き商品として市場に流通させつつそのレーゾンデートルを識らず識らずに社会に認知させた功績においてのみ評価された感のある菊池寛(一八八八〜一九四八)は、今日ではほとんど顧みられない、読まれない作家の一人である(1)。

とはいえ、菊池自身は、作品と名声を後世に残したいなどとつゆほども思っていなかったので、草葉の蔭で彼に対する今日に一般的評価をむしろ恬淡と認めていたかもしれないが、存命中、菊池の小説・戯曲は日本において他の「純文学」作家に比して疑いなく多くの読者・観客を抱えていたことは紛れもない事実であり、作家の中では抜群の地名度を誇っていた。いわば、「文学青年」による無視が一般大衆の感動や関心を圧倒したのが戦後から現在までの菊池をめぐる文学的情況だと言えなくもない。その反面、芥川賞・直木賞と設けて「文学青年」が世に出て作家となって社会に流通する装置を作り上げたのも菊池なのであるから、両者の関係は「恩が仇となる」ごときアイロニーに満ちている。思うに、社会的存在としての巨大さと文学的存在としての微小さとが無造作に共存する形態が作家として成功後の菊池の基本的な生の有り様であったのだろう。

2　菊池寛における古典受容の方法

菊池の「独創性」や「天才」ぶりについては、本人を最もよく理解していた小林秀雄の敬愛溢れる一連の「菊池寛論」があるので(2)、ここではこれ以上言及しない。問題となるのは、古典の深い関わりをもった作家としての菊池であり、菊池における古典受容のあり方である。こと、古典との関わりにおいて菊池は近代以降の作家の中では造詣の度合において人後に落ちない人物である。その一端は出世作ともいうべき『忠直卿行状記』や『恩讐の彼方に』を見れば足るが、菊池は、私小説よりも古典を素材にした時代小説においてその筆力を存分に発揮した作家であった。古典への関心が付焼刃ではなかったことは、『半自叙伝』に告白している、英文学を学ぶ京大生であるにも拘わらず川柳解釈においては近世文学者藤井乙男を凌駕していたという自信をもっていたことからも明らかである。

だが、菊池における古典とは、仰ぐべき規範や日本文化の源泉という、自己や日本のアイデンティティーを検証したり、喪われたものへの一体化を企図したりといった意味合いでは決してなかったということをまず押さえてかかる必要がある。菊池は古典に親しんだが、近代を拒否し嫌悪する所謂「古典主義者」ではなかった。その証拠に、菊池の時代物（歴史物）には、王朝文化の精華や中世の隠遁的孤独を価値として再生産したものはあまりない。菊池が作品の素材に求めた多くは、説話・逸話・伝・記録の類いという事実として〈記し―読まれる〉ことがコード化されているテクストであった。

一方、第三次『新思潮』で共に参加し、終生いい関係にあったとされる芥川龍之介の古典受容とも菊池のそれは決定的に方法意識を異にしていた。詳しくは同じ素材に取材した『六の宮の姫君』（芥川）・『六宮姫君』（菊池）のところで述べるが、今、概論的に言っておくなら、芥川にとって古典とはまさしく素材以上のものではない。小説にする際の枠組と設定として古典を用いたに過ぎない。というよりも、芥川にとって、従前の古典に纏いつくイメージも払拭した「野性の美しさ」をもつ王朝的「人間喜劇」（「今昔物語鑑賞」、一九二七）を満載した『今昔物語集』を素材にすることは、表面上の現実世界しか描出しえないこれまでのリアリズム小説を相対化することと同時に、現実世界を滑走する小説の主人公以上に「個人」として生きざるをえない近代人の内面的苦悩を古典の主人公に付与して外面的・現実的リアリズムに代わる内面的・抽象的リアリズムの確立を小説言語として可能にするための意図的戦略であった。そこには虚構（＝非現実世界）におけるリアリズムの方が現実のそれよりも質が高いとする近代特有の二元論的思考が見え隠れするものの、ともかくも新しい小説言説を目途した実験的試みであったことは否めない。
故に、『羅生門』の「下人」・『芋粥』の「五位」・『鼻』の「禅智内供」は、自らの個人的な欠損・不満足状態を解消せんとして悩んだり、解消されたらされたで以前の状態を妙に懐かしがったりする、未来に希望なく閉塞状態に逼塞されることを余儀なくされる内面性過剰の近代人と形象されているのである。

それでは、菊池にとって古典とは何なのか。菊池が作品の「芸術的価値」以上に「内容的価値」を重視して里見弴と論争したのは有名な話だが、「内容」に興味がもてれば何であれ貪婪な関心を抱いた菊池にとって古典とは、一応自己とおそらく読者が興味を惹く「内容」であったと言える。「内容」とは、「文芸作品の題材の中には、作家がその芸術的表現の魔杖を触れない裡から、燦として輝く人生の宝石が沢山あると思ふ」（『文芸作品の内容価値』、一九二二）とあるように、作家が彫琢する以前に既在している感動の核をもつ素材の謂であろう。そこから、いい素材さえ手に入れたら作品は半分以上成功したのも同じという、菊池の主張が展開される。成程、「作家凡庸主義」を奉じた作家らしい言い分である。ために、菊池は「内容」を求めて古典の中に足を踏み入れた。

だが、これを十全に信じていいかとなると、少しく躊躇を要する。なぜなら、菊池の初期から晩年に至る時代物の叙述方法やそこに描かれる主人公の性格は類似している場合が多く、その傾向は時代物を越えて菊池の自伝的小説（例えば、初期に属する『無名作家の日記』）にもそのまま当て嵌まるからである。このことは、「内容」が菊池の小説を決定しているのではなく、菊池が自分と合った「内容」を取捨選択する、ないしは、「内容」の一部を自分に合わせて改編したことを示していると思われる。

周知のごとく、菊池は驚くべきワンパターン作家である。同じモティーフ、同じ性格をもつ人物を題材を変えては登場させた。菊池にとって「円熟」や「成長」は縁がなかった。逆に言えば、菊池は作家となった時から「円熟」していたので、時間に沿って自らを深めていくという「進歩主義」とは当初から袂を分かっていたのだろう。だから、そこには「個」としての絶望の淵に立たされている近代人など立ち入る隙はない。菊池の筆によってそれぞれ役割を担われた人間が「内容」に沿った演技をするだけである。

そうした時、古典と近代の垣根は取り払われ、どれも似たような均質的な人間が佇立したり蠢いたりしている場が現出する。彼らは、概ね小心から生み出される他者に対する劣等感・嫉妬・怨念の感情に支配されている等身大の小市民・一般大衆でしかない。つまり、そこで菊池が行ったことは、かかる人間を古典と近代の中に見出すか当て嵌めるかして普遍的（均質的）人間を言説によって構築したことと言えるだろう。だが、翻って、このような階級的資質的差異を認めない普遍的（均質的）人間こそが実は近代社会によって捏造された擬制的存在であったことに注意するなら、菊池が古典受容を通して構築した人間も芥川とは全く位相を異にしつつも逆説的ながらすぐれて《近代》的存在であったことが諒解されるであろう。なお、ここで言う《近代》とは「個人」や「知識人」が担った重い負荷ではなく、普遍的（均質的）人間なる擬制に基礎付けられた「大衆社会」と同義である。

かくして、菊池は、《近代》的価値観をもって古典の固有性を抹殺し、所謂「通俗」化したのである。菊池が大衆社会に受け入れられスターダムに昇った理由の一端もそこにあったのではあるまいか。

3　『新今昔物語』の作品世界――「六宮姫君」を通して――

『新今昔物語』は、昭和二一年（一九四六）十一月〜二十二年（一九四七）七月まで『苦楽』に連載された「六宮姫君」・「馬上の美人」・「心形問答」・「三人法師」・「龍」・「伊勢」・「大雀天皇」・「学者夫婦」・「狐を斬る」と題された九編の総称である(3)。だが、菊池はどうして『新今昔物語』というタイトルを付けたのであろうか。『今昔物語集』を意識して命名したのであろうか。まず、そこから問題を手繰り寄せてみたい。

『新今昔物語』九編中、『今昔物語集』に取材した話は、「六宮姫君」（巻十九・五話「六宮姫君夫出家語」）、「心形問答」（前半、巻十四・二九話「橘敏行、発願従冥途返語」、ただし、本話は同文的類話である『宇治拾遺物語』一〇二「敏行朝臣事」の方を取材したと思われる）、「伊勢」（巻二十四・三一話「延喜御屏風伊勢御息所、読和歌語」）の三（二）編に留まる。ちなみに追加された四編では、

「好色成道」が巻十七・三三話「比叡山僧、依虚空蔵助得智語」に依拠している。残りの六編は、「三人法師」が室町物語『三人法師』、「大雀天皇」が『古事記』であり、「馬上の美人」・「龍」・「学者夫婦」はいずれも近世の実録・説話の類から採ったもので、そこから菊池が『今昔物語集』という作品を特別に意識していたとは考えられないのである。

それでも、『今昔物語集』に拘るなら、第一回連載の「六宮姫君」や「心形問答」・「伊勢」のみ『今昔物語集』に倣って話の冒頭が「今は昔」で始まっている事実ぐらいが通常考えられそうなタイトル名の由来である。しかし、一つ気になるのは、前述した「六宮姫君」の他に、物語内容は全く異なるけれども「龍」という芥川龍之介が作品と同一の題名をもつ作品があることである。これ以外にも、「心形問答」（芥川『道祖問答』）があり、追加の四編にも「偸盗伝」（芥川『偸盗』）・「好色成道」（芥川『好色』）という類似した題名をもつ、別内容であるものの同じく説話に取材した作品群がある。

芥川は、言うまでもなく、『今昔物語集』に最もよく親しんだ作家である。となると、菊池が旧友芥川の『今昔』ものを意識して「新」を付した『今昔物語』を書いたのではないかという推測が生まれてこよう。けれども、確証がある訳ではないので、なんとも言えないのだが、仮に意識していたとするなら、執筆目的は、『今昔物語集』の芥川的受容に対する反措定ないしは「もどき」ということになろうか。

そこで、「六宮姫君」と芥川『六の宮の姫君』を比較し、おのおのの志向性の差異を検討することで、『新今昔物語』の独自な作品世界に迫ってみたい。

まず、話の順序からいって、『今昔物語集』話の概要を簡単に述べておこう。貧しい宮腹に生まれ早く両親と死別した六の宮の姫君は、乳母の計らいによって名門出身で受領の息子である貴公子が通うようになり、傾いた家運が一時期もち直す。だが、程なく貴公子は父と共に陸奥に下り、その後常陸守の婿となるなどで、二人は離れ離れになる。七・八年後、やっとのことで京に戻った貴公子は、早速六の宮を訪れるが、屋敷は荒れ果て、姫君もいない。偶然そこにいた、かつて仕えていた下女の母親が貴公子不在時の姫君の落魄ぶりを告げるだけである。貴公子は京中姫君を捜し回り、雨を避けるためにたまたま入った朱雀門の西の曲殿で、乳母と姫君を発見する。既に痩せ衰え、息も絶え絶えの姫君は、貴公子の腕に抱かれた直後絶命する。その後、貴公子は悲しみのあまり愛宕山で出家したという。

『今昔物語集』は、本話の標題を「六宮姫君夫出家」としているように、本話を巻十九の「出家」話群の中で位置付け、貴公子（夫）の出家を物語のテーマとして呈示した。姫君の悲しみ→喜び→困窮・絶望といった一連のストーリー展開も「出家」の動機付けとして機能していると見てよい。例えば、空き家となった六の宮に下女の母親がいるのは、貴公子に姫君の悲惨な情況を識らせるためである。なぜなら、姫君が悲惨でなければ、貴公子の道心が高まらないからである。姫君の悲惨は「タマクラノ」の歌を詠んだ後、貴公子の腕の中で死ぬ場面で頂点を迎える。伝え聞いた姫君の悲惨を目の当たりにして貴公子は出家せずにはいられなくなるのだ。

本話の言説をこのように捉えているからこそ、『今昔物語集』は「出家ハ、于今《いまに》始ヌ機縁有ル事也」と物語を締め括ることが可能となるのである。この場合の「機縁」とは、二人の運命的な出会いと別れを演出する、本来道心とは関係ない偶然性である。

芥川は、かかる本話を姫君が死ぬ場面については『今昔物語集』巻十五・四七話と『発心集』巻四・七話（これは不確定）を参考にして、死んでもそこには地獄も極楽もない闇しか待ち受けておらず、霊となって今なお歎く姫君の絶望的な物語に改編したのである(4)。この改編が意図的なのは、主人公として設定されている姫君が「悲しみも知らないと同時に、喜びも知らない生涯」を送り、貴公子との関係についても「嬉しいとは一夜も思はなかつた」、すべて「なりゆきに任せる外はない」と自覚し、貴公子が陸奥に行って再婚を勧められても「唯静かに老い朽ちたい」「生きようとも死なうとも一つ事ぢや」と諦観する、原話とは似ても似つかない受動的ニヒリストと形象されていることからも明白である。だが、それも叶わない絶望境がここにはある。

かくして、この物語で描出されるのは、受動的ニヒリストとしての生きる個人の生と死そのものがニヒルである、という近代特有の救いのない自己言及的迷宮世界である。

これに対して、菊池の「六宮姫君」は物語展開ではほぼ『今昔物語集』話に沿っており、芥川『六の宮の姫君』に比して原話に近い。のみならず、その言説意識も『今昔物語集』の方法をより徹底したものである。『今昔物語集』は行間の多様な読みを拒絶してテクストの意味を一元的に統括する傾向が顕著な作品であるが、本話を「出家」に収斂させていくのもその一例と見做しうる。

これと類似の現象が「六宮姫君」に見られる。物語を読み進むにつれて、「除目と云ふのは、一年の初に行はれる官吏の大更迭である」に類する、至る所で物語の進行を徒らに妨げる注釈や無意味と思われる衒学的な引用があることや、姫君・姫君の家族・貴公子・貴公子の家族の生活が目に見えるように具体的に叙述されていることに気づくだろう。これらの文言が菊池の啓蒙精神や対読者サービスのなせる業だけだとは思われない。それ以上に、菊池の狙いは『今昔物語集』話を支え、偶然性をも「機縁」という形で論理化する仏教的言説を解体して、現代にふさわしく、読者の理解と共感を均一化できる現実的な因果関係の論理に転換することにあったろう。例えば、姫君の家が困窮したのも、位田が遠く父親の猟官運動が失敗したためであるし、貴公子が父親に姫君のことを打ち明けられなかったのも縁談を一度断っていたからだった。

こうして物語は、近代社会にもありがちな旧家の没落・恋愛と打算・父と子の相剋という三要素が必然的論理で絡み合って破却へと邁進していくのである。極めて明快な悲劇がここにある。だから、登場人物は内面を必要としない。皆、三要素が現実的に生み出す問題にただ現実的に悩んだり対処したりすればよいのであり、その関係項が構成する地平を超えて悲しむことは菊池のテクスト管理の支障になるだけだからである。
最後に、菊池が『今昔物語集』のテクスト一元化言説をある意味でより徹底できたのは、『今昔物語集』理解が深かったわけでは決してなく、菊池の拠って立つ言説空間が均質的な大衆社会的論理で構成されていたからに違いない。その意味で、「六宮姫君」は《近代》の論理で作り上げた「新」らしい「今昔物語」の名にふさわしい。結果的には、「六宮姫君」は芥川の『六の宮の姫君』の反措定にも「もどき」にもならず、ヤヌスの顔のごとき様相を呈することとなったが、ひょっとすると、菊池は「個人」がニヒルであろうがなかろうが、内容と結果は同じだと心の中で確信していたのではなかろうか。

（一九九二年）

（1）菊池の社会的意識と機能については、千葉一幹「堕落そして天国への道―梶井基次郎における散文の成立」（『批評空間』4、一九九二年）が卓越した視座を提供している。本稿は、これに大いに負っている。

（2）小林秀雄「菊池寛論」・「菊池さんの思い出」・「菊池　寛」・「菊池寛全集解説」（新潮文庫『作家の顔』所収、一九六一年）

（3）菊池没（昭和二十三年〈一九四八〉三月六日）後に刊行された単行本『新今昔物語』（同年七月二十日刊行、あとがき　藤澤閑二、装幀　青山二郎　日本出版配給株式会社）では、「あとがき」にあるように、藤澤の意志で菊池の生前独立に発表された「弁財天の使」・「偸盗伝」・「奉行と人相学」・「好色成道」の四編が追加されている。この四編は本来の九編と較べて作品のジャンル上の差異はないが、菊池が把握していた『新今昔物語』は九編ということになるので、『苦楽』連載の九編をもって『新今昔物語』とする。

（4）佐々木雅発「「六の宮の姫君」説話―物語の終わりをめぐって―」（『国文学研究』一〇二集、一九九〇年）参照。

III　ナショナリズム

物語としてのナショナリズム

――前近代・近代・現在そして未来――

1　はじめに

(一) 脱民族主義＝普遍主義→グローバリズム＝アメリカリズムという冗談→東アジア共同体＝新たな冊封体制という冗談

民族主義を脱して何に向かうのか。その答えは残念ながらまだない。安易な答えとしては、アメリカニズムと同義である「グローバリズム」であれ、東アジア共同体という名の新たな「冊封体制」であれ、はたまた、過去の日本が唱え、敗戦によってかなく消え失せた「大東亜共栄圏」であれ、さまざまな構想が上がるだろうが、いずれもうまくいかず、矛盾と対立を大きくするだけで終わるだろう。

それでは、脱民族主義は普遍主義に基づく民主主義となるのか。だが、これもどのような民主主義かが実ははっきりしていない。人口の多少・富の多寡・地域性・文化伝統の差異等を超えた民主主義は可能なのだろうか。アメリカがイラクで行っている「民主化」と呼ばれている「アメリカ流民主主義」の押しつけがどれだけ多くの代償と人的犠牲を払っているかを考えるだけでも、その困難さは容易に想像できよう。対象を東アジアに絞ってもそこで共有される民主主義は可能なのだろうか。これも難しいと言わざるを得ない。

他方、脱民族主義を達成したと思われているEUも、キリスト教・白人という共通基盤をもっているが、今後うまくいくかは未知数である。EUはもともと対米・対露によって結合したものであり、実質は、ドイツ・フランスが中心である。現在EUに組み込まれている旧東欧は両国の下請け地域にならざるをえないだろうから、EU内部の国家間格差は全く解消していない。

ただし、イスラーム圏のトルコがEUに入るとなると、状況が劃期的に変わるだろう（しかし、加入は難しいのではないか）が、各国の民族主義も健在（ドイツのネオナチは旧東ドイツ地域に多い）であることに加えて、非ヨーロッパ的なアラブ系イスラームの人口は増大の一途を辿っており、その方がフランスなどは脅威であるかもしれない（フランス右翼の擡頭など）。EUによる脱民族主義の達成はいまだしの感が深い。とはいえ、旧ユーゴスラビアのような内戦は今後はないだろうと思われる。

(2) 脱民族主義に向かうためには、民族主義・自国優越意識の考察が不可欠。

ナショナリズムはいずれも「想像の共同体」（Imagined Communities、ベネディクト・アンダーソン）の産物だが、アンダーソンは決してナショナリズムに基づいた国民＝国家的な想像が具現化した国民国家《ネーションステイツ》を批判しているだけではない（部分的には肯定的である）。そして、周知の通り、ポスト国民国家の理念も具体像もまだぼんやりしたままである。仮にあるとしても、過去の「想像の共同体」が終われば、新たな「想像の共同体」に向かうだけではないかという懸念は否定できない。それならば、よりよい「想像の共同体」に向かうためには、想像であれ、共同幻想であれ、ナショナリズムの歴史的来歴と構造を追究する必要があると思われる。

2　カール・シュミットの呪縛——国民国家の存立と敵＝他者

（一）国家の存立にとっての敵＝他者の必要性

二〇世紀を代表する思想家の一人であるカール・シュミット（一八八八〜一九八五）は、

> 敵はかくして競争者、対立者一般ではない。敵はまた人びとが嫌悪感をもって憎悪するところの私的対立者でもない。敵とは、まさに同様の人間集団に対するところの、少なくとも戦うことのありうる、すなわち戦う現実的な可能性をもった人間集団に外ならない。敵は公敵でのみありうる。（『政治的なものの概念（Der Begriff des Politischen）』、菅野喜八郎訳、以下の引用も同じ、傍点は訳書に従う）

と指摘した。

シュミットにとって、敵とは公敵（hostes）の意味であり、私敵（inimici）ではない。そして、公敵が「国家」を存立させる不可避の他者であるとされている。それは、

彼（前田注、敵）はまさしく他者、外在者であって、とりわけ強い意味で実存的に、他の者、外在者なのであって、極限の場合、あらかじめ定立された一般的基準によっても、また「非関与的」でそれゆえ「公平な」第三者の審判によっても採決しえない闘争に彼と陥る可能性があるということだけが政治的敵の本質なのである。

と指摘されるとおりである。

つまり、敵とは外部性それを突きつめるならば、窮極的な無根拠性に特徴があるということだ。むろん、言うまでもなく、国家も敵も、吉本隆明言うところの「共同幻想」であり、私が言うところの「物語」でしかない。そこには実証された根拠など必要ないし、また、見出せないだろう。時折、根拠を求めて、歴史的な捜索が行なわれるが、発見された「史実」を今日に結びつけるのは概ね「物語」である（日本の天皇の系譜では、中世まで「神功皇后」が天皇に入っていた。近世の『大日本史』で神功皇后は消えた。また、明治末の南北朝正閏論争以降、南北朝の南朝を正統とした。これらは時代の要請によって作られた「物語」に従ったまでのことである）。これは世

界のどの地域にも該当するだろう。

シュミットはまた、

> ここで問題となるのは、擬制とか規範性ではなくて、存在する現実と友敵区別の現実的可能性なのである。先のような希望と教育的努力に共感しようとしまいと、諸国民が友敵の対立によって分裂しており、この対立が今なお実際に存しており、すべての政治的に実存する国民にとって現実の可能性として与えられているという事実、これは理性的に否定しえないところである。
>
> 一国内部において党派政治的対立が完全に政治的対立「そのもの」になりおおせたとき、「内政的」系列の極点に到達する。すなわち、外政敵友敵分類ではなく、国内的友敵分類が武力対立を規定する。闘争の現実的可能性が、つねに存在しなければ、政治は論じえない。この闘争の現実的可能性は、このような「内政優位」の情況に際しては、論理を一貫させれば、組織的な国民共同体（国家や帝国）間の戦争において存在するのではなく、内戦という形で存在するのである。
>
> 敵概念がその意味を保持するかぎりは、戦争が現実の可能性として現存しなければならない。

と述べている。要するに、敵がいないと、国民は結束しないから、敵の存在によって国家の内部統一がはじめて達成できるということだ。

内戦は、国内が鋭い対立状況になっている時に起るものである。その場合、敵を外部に想定する、ないしは、ナチのユダヤ人政策のように国内の異分子を敵として対処することが多い。いずれの場合も、劣等感と優越感が表裏一体となったナショナリズムを煽るか、ナショナリズムに基づいて行なわれることになるだろう。

国家とそれを存続させるための敵（公敵）がある限り、戦争は可能性として常に存在し続ける。ただし、シュミットが言うように、「なんといっても戦争は人間の行動・思考を独特な仕方で規定し、それによって特殊政治的行動を惹起するところの現実可能性としてつねに現存する前提なのである」。シュミットはナショナリズムには言及していないけれども、「特殊な仕方」がナショナリズムと連結する可能性は高いと言うべきだろう。

（2）国民国家とナショナリズム

国民国家《ネイションステイツ》は、近代ヨーロッパに生まれ（一応、原則は一民族・一言語・一宗教、但し、それが該当するのは、人口30万人弱のアイスランドくらいしかないが）、国民によって支えられ、通常の場合、理念上は、国民が国民を支配するところにみられる平等性、即ち、「同一性」の神話に基づく民主主義に基づいている（シュミット『憲法論（Verfassungslehre）』）。

さらに、国民国家は、国民に納税・義務教育、さらに戦争等において負担や犠牲＝死を要求する国家でもある（前近代国家では、国のために死ぬという観念は、少なくとも、アジアの前近代では、希薄である。中世ヨーロッパについては、碩学カントロヴィッチの『祖国のために死ぬこと』参照）ことは見落とせない。

そこから、国民国家を維持するためにはナショナリズムや愛国心を教育の場等を通じて宣揚させると共に、国のために死んだ人間を国家的に追悼する施設や行為が行なわれることとなる（「無名戦士の墓」など、「靖国神社」もその一つだが、靖国の始まりは「鎮魂」に主たる目的が置かれた。本書「「追悼」の作法」参照のこと）。これも国民国家の維持・発展に付帯する運命的＝宿命的事態と言ってよい。

（3）ポピュリズムとナショナリズム

財産も教養ももたない人間（大衆《マス》 mass）が普通選挙の施行によって国家の政治に参入してくるようになると、多数の支持を集めるために、大衆迎合（ポピュリズム）が半ば必然的に登場するようになる。

ハンナ・アーレント『全体主義の起源（The Origins of Totalitarianism）』によれば、ギリシャ的な「公」（政治・ポリス）と「私」（家庭）の間に、両者を引裂くようにして「社会的なもの」が拡大する近代社会になると、公私の関係が曖昧になり、そこから、反ユダヤ主義・ファシズム・スターリン主義といった全体主義が現われるという。

ポピュリズムもナショナリズムと結びつけば、容易に、全体主義的な相貌を呈する。大概、ナチスドイツのように国民の圧倒的な支持があるから、その方向性を変えるには敗戦・体制瓦解でもないと難しい（戦前日本の日中戦争期以降から敗戦に至る国家体制が、ファシズムであるのかどうかは学界レベルでは今も決着していないが、少なくとも陸軍をマスコミ・国民が支持していたことは確かだろう。ただし、独裁的と言われた時の首相東条英機が対米戦に至るまで海軍の石油備蓄量を知らないなど、ヒットラーのような独裁者ではないし、独裁者ないしは彼の所属する陸軍が国家を完全に支配していたわけでもない）。シュミットが言うように、独裁は民主主義の成果の一つである（独裁がなかったということで見れば、戦前の日本は民主主義ではなかったとも言える）。

ポピュリズムないしは民主主義的独裁（委任独裁）を防ぐためには、明治憲法のような分権的統治システムをとるか、もしくは、シュミットのいう「制度的保障」（国家の来歴と正統性ないしはそれを支える目に見えない制度＝Institutionを守るために、民主主義的政体のなかに、ある者や組織に非民主主義的な特権を与えること）をするしかないだろう（石川健治『自由と特権の距離　カール・シュミット「制度的保障論」再考』・日本評論社、一九九九年参照）。

とはいえ、ワイマール憲法下でナチスは合法的に全権力を掌握した事実からも分かるように、独裁・ポピュリズムを防ぐことは、実際のところなかなか以て難しい。戦前期日本の場合は、天皇に名目上権力が集中しすぎていて（天皇自身は自分の意志を例外状況以外では示さない

＝立憲君主)、実質権力の中でどこに権力があるのかが甚だ不明確(総理大臣＝他の国務大臣は同じ権力しかなく平等であり、総理大臣と他の権力者たち―参謀総長・軍令部総長・衆議院議長・貴族院議長・枢密院議長―との関係も対等と言うしかなかった)であり、国家の統一意志を表わすためには、元老という超憲法的調停者を必要とした。

昭和に入り、元老(西園寺公望)のもつ調整能力が低下し、恐慌・満洲事変等の政治的経済的危機などあり、陸軍の権力が拡大したが(同時に無産政党も擡頭していることに注意されたい)、かといって、前述したように、陸軍が全権力を把握したわけではない。陸軍にとって、内なる最大の敵は同等の権力をもつ海軍であった。故に、独裁が完成しなかったとも言える。

逆に言えば、民主主義的で首相および彼が所属する政党の権力が明治憲法に対して圧倒的に強い日本国憲法下の方が、独裁やポピュリズムは起りやすいのだ(但し、最高権力者と議会が分裂するという権力の二元化を防いでいるのは、長谷部恭男『憲法とは何か』も指摘するように、議院内閣制のよさとして評価できるが)。

おそらく、近代日本におけるポピュリスト第一号は大隈重信、第二号は近衛文麿であろう。いずれも異様に国民に人気があり、たいした政治家ではなかったことに加えて、国家を危機に追い込んだことでも共通している(大隈＝対華二十一箇条要求、近衛＝日独伊三国同盟)。

3　日本における二つのナショナリズム──前近代と近代以降

(一) 前近代日本における自国優越意識・劣等意識・世界観

① 反転の構図──和漢・三国(天竺・震旦・本朝)と日本

ここでは、古代・中世の日本が〈日本〉をいかにこしらえてきたかを見ておきたい。島国である日本は、自国のありようを自らがこうだと考える外国、あるいは、実際には見ることができない外国の視線によって表象されるしかなかった。その外国とは、和漢(日本と中国)と三国(インド・中国・日本)という日本人がこしらえた言葉に見られる中国とインドであった(奈良時代以降、朝鮮半島──新羅──は内なる外国に入らない。それは、律令によって、理念レベルで唐と日本を対等にした結果だと思われる。実際、遣唐使──日本では対等関係における国使だが、中国では朝貢と思っていただろう──に見られるように、官人・僧は唐に直接赴いている。新羅との関係劣悪が効いてもいる)。

和漢・三国の世界観が成立したのは九世紀である。九世紀こそ、律令体制が「古典的国制」(吉田孝『日本の誕生』)として変容・定着するようになっていく準備段階に相当していた(これを「古典日本」の成立と見てもよい)。

和漢の構図は、もともと、[和=日本＜漢=中国]という不等記号で関係づけられていた。しかし、この不等図式は、時代を経過しながら、[和＜漢]→[和＞漢]→[和＜漢]

→［和∨漢］（途中まま［和＝漢］も入る）といった優劣の反転を繰り返し、近代の大正期（一九二〇年前後）にいたって漢詩壇が崩壊し、消滅する。
他方、近代以降は、これに変えて、［日本∧西欧］→［日本∨西欧］、敗戦後は、［日本∧アメリカ］→［日本∨アメリカ］を繰り返す。これらの図式や反転はいずれも劣等感と優越感が表裏一体になった感情から生まれたものであろう。
［和∧漢］の関係を最終的に超克するためには、第三項を必要とする。これがインド（梵・天竺）である。ここから、古代から中世において、［和＝漢＝梵］（＋と－）、［梵・漢∨和］、［和∨梵・漢］といった以下に示す計四つの図式が出来上がった。

1、本朝仏法∨天竺・震旦仏法（『教時諍』→『三宝絵』）
2、三国仏法繁栄（＋）（『今昔物語集』）
3、本朝仏法∧天竺・震旦仏法（覚憲『三国伝灯記』）
4、三国仏法衰退（－）（延慶本『平家物語』）

（拙稿「和漢と三国―古代・中世における世界像と日本―」）

ただし、上記の図式に入らない、［和＝梵∨漢］といった和漢の図式が混淆した自国優越意識（慈円→聖冏）はあったし、さらにもっと進んで、三国は日本から生まれたとする一五世紀の吉田兼倶の説（「吾ガ日本ハ種子を生じ、震旦は枝葉ニ現はし、天竺は花実を開く。故ニ仏教は万法の花実たり。儒教は万法の枝葉たり。神道は万法の根本たり」『唯一神道名法要集』）という極論（通常、反本地垂迹説と呼ばれるが、仏本神迹に対して神本仏迹と言った方が適切である）が生まれているが、［和＝漢＞梵］という図式がないことを見ると、いずれも中国（漢）に対する劣等感をいかに克服するかが最大の課題であったことが分かる。

それでも、不可視の他者の視線（むろん、日本人がそうと考えている他者であり、中国・インドが日本に対して抱くリアルな視線や観念は関係がない）を介して日本は表象されていたが、そのような回路を通して日本は〈日本〉たろうとしていたことは間違いない。なお、そうした自国認識は、薩摩と清に朝貢しながら、〈琉球〉たろうとしていた琉球王国、明・清に朝貢していた朝鮮もあっただろう。表象のされ方が異なるだけではないか。

前近代ナショナリズムを捉えるには、このような他者の目を介して形成される自己像を押さえる必要がある。

②　和歌をめぐって

和漢・三国の構図でもっとも〈日本〉を打ち出したものは和歌である。和歌（「倭歌」とも書く）とは「漢詩（中国の詩）」に対する「日本の歌」という意味であり、『古今集』（延喜五年・九〇五年）編纂のころに作られた言葉である。それまでは単純に「歌」といった。

そこで、和歌における日本意識・和漢・三国を見ておくと、このような和歌がある。

もろこしの代代はうつれど敷島ややまとしまねはひさしかりけり
（『千五百番歌合』・祝・千五十五番（右）・二一六九・源通親）

ここには明確な中国よりも優れた日本を主張したい意図がある。

しかし、日本が中国よりも優れるとする和歌は例外的であり、きわめて数が少ない。多くは、

やまとより来りと聞けどから衣ただもろこしの心ちこそすれ
（『和泉式部集』・五二〇）

わが恋はもろこしまでやきこゆらんやまとの国にあまる心は
（『江帥集』・二四六）

よにしらぬこひする人のためしにはこまもろこしとつたはりやせん
（『六条斎院歌合』・一〇）

といった例であり、ここでいう「もろこし」「こま（高麗）」はたかだか「遠いところ」とい

う意味しかない。そこから、和歌とは、ほとんど外国を意識しない国内完結型の言説だったのではないかという見通しが成立する。

　中世において、和歌は、院・天皇の下に公家・寺家・武家といった権門が織りなす「公」秩序を繋ぎ一体化する役割を果たしていた（これを私は「古典的公共圏」と呼んでいる）が、詠まれる和歌は、題・和歌ことばともに、伝統的なものであった。和歌を詠むことは、高僧であれ、武家の将軍であれ、自明のことであり、なおかつ、一人前の大人（＝公人）の証であったが、そこでわざわざ「日本」を意識することはなかっただろう。

　これに対して、和歌の注釈、とりわけ、『古今集』序の注釈には、和漢・三国の構図が見られる。これらを整理すると、以下のようになる。

1、和漢世界を前提に置き、和歌と漢詩を同一と捉える和歌漢詩同一論（藤原清輔『奥義抄』・顕昭『古今集序注』・藤原為家『古今序抄』など）
2、和漢ではなく、三国世界（天竺＝インド・震旦＝中国・本朝＝日本）を前に置き、梵語（偈）・漢語（漢詩）・和語（和歌）にある言語間隔差を、「天竺ノ言ヲ唐土ニヤハラゲ、唐土ノ言ヲ日本ニヤハラグルヲ、三国ヤハラゲタル故ニヤマト歌ト云」（『毘沙門堂本古今集注』、片桐洋一編、八木書店、一九九八年）うとあるように、梵語（天竺ノ言）を「和らげ」たのが漢語（唐土ノ言）、漢語を「和らげ」たの和語＝和歌であるとする、即ち、梵語・漢語・和語を順次アナロジーして同一であると主張する梵漢和語同一論（他にも、『三流抄』・冷泉家流『京都大学蔵古今集註』など）。なお、梵漢和語同一説にはさらに慈円（北畠親房・聖冏など）の梵語＝和語として、漢語＝中国を無化するヴァージョンもある。

3、外国人（婆羅門僧正）・菩薩などが来朝すると和歌を詠む、即ち、日本とは他者＝外国人・菩薩をも和歌を詠ませるトポスであると捉えたところから立ち上げられたとする和歌＝日本論（源俊頼『俊頼髄脳』・藤原俊成『千載和歌集』「仮名序」、『古来風躰抄』・京極為兼『為兼卿和歌抄』・一条兼良『新続古今和歌集』「仮名序」）。

（拙稿「日本意識の表象―日本・我国の風俗・「公」秩序―」）

1（和＝漢）・2（梵＝漢＝和、和＝梵＞漢）・3（和歌＝日本）の中で、外国人が日本に来ると（実際には一人しか来ていないが、また、婆羅門僧正が和歌を詠んだのはむろん虚構であろうが、それは今日でいう史実と考えられていた）、和歌を詠むという観念は、和歌が詠まれるところは日本であるという観念につながる（西行の東北旅行は錦仁氏がいうように、東北の日本化か、それを倣ったのが芭蕉の『奥の細道』だろうか。また、一五世紀半ばの書写である叡山文庫本『聖徳太子伝』十歳条では、蝦夷が蝦夷語で和歌を詠む）。

さて、和歌の実作における対外意識の欠落と、和歌とは何かを語る『古今集』序等に見られる強烈な対外意識とのギャップは、前近代日本において、ナショナルな感覚が一定していなかったということを物語っていよう。つまり、和歌とは何か、日本とは何かと問われるまでは和歌も日本も、ましてや外国などさして意識に上らないということである。こうなった理由としては、島国であったこと、中国の冊封体制には入っていなかったこと、形式的には天皇が政治・文化の頂点に位し、基本的にはホモジーニアスな民族性が大きいのではないか。

(2) 近代のナショナリズム

① 幕末の危機——騒いでいたのは一部だけ

西洋列強（露・英・米・仏）がアジアに進出（侵略も）し、日本を脅かし始めた一八世紀後半から一九世紀前半にかけて、幕府の権力者・役人・学者・地方の藩士の一部は、対外意識に目覚め、これが幕末の尊皇攘夷に繋がっていく。しかし、国民的運動になったわけではない。当時は国民という意識はなかった。尊皇攘夷運動の思想的基盤は、国学・水戸学だろうが、幕府の御三家の一つである水戸藩が『大日本史』を作り、尊皇思想を鼓舞したことは、幕府と朝廷は対立的関係でなかったことを物語っていよう。両者が対立するなど当初は考えられてもいなかったはずである。

② 国民国家の形成――文明開化とアジア主義

一八九四～九五年、朝鮮の地位を巡って、日本と清との戦争があった（日清戦争）。この戦争の過程で、日本人は、はじめて日本国民という意識をもったのではないか。それまでは、江戸っ子、長州人という住む土地への帰属感、ないしは、真宗門徒といった宗教団体の構成員しかなかったろう。その後の三国干渉、日露戦争（一九〇四～〇五年）を経て、日本国民は名実共に完成した。つまり、外国（清・露）を敵とすることによって、ばらばらだった日本の人々は日本人となったのである。

明治政府は当初から西欧列強に伍する国づくり（殖産興業・富国強兵）を目指し、条約改正問題もあって、極端な西欧化（鹿鳴館時代一八八三～九〇年など）を進め、近代化に乗り出した（法制・軍事・学校・産業整備など。ちなみに、試験の厳正さと成績でエリート選抜―国立・軍関係の学校では裏口入学といった不正行為は一度もなく、成績さえよければ、洪思翊のように朝鮮出身でも陸軍中将になる、四年に一度行なう選挙は買収・選挙違反は多々あったけれども、票数ごまかしはなかった等を見ると、ある面、極めて律儀に近代化を行なったことが窺える。さらに、近代化に並行して古典を捨て去った。近代以降、教養は和漢の古典から西洋の文学・思想に変わっていった）。

これには、先に民権を優先したいという自由民権派（実は隠れ国権派である）と従来の日本が壊されていくという保守派が反対し、後者がアジア主義者となった。アジア主義者の原像は、明治維新の立役者であり、西南戦争（一八七七年）で敗れた西郷隆盛だろう。つまり、維新後、反西欧的近代を目指した負け組がアジア主義（アジアとの連帯を叫びつつ、侵略にも加担する人々、頭山満、内田良平など）となり、いわゆる「右翼」となっていく。ただし、アジアの革命家の面倒を見たのはほとんど彼らであり、単に否定するのは問題である。

欧化主義とアジア主義（日本主義・国粋主義も含む）の対立は、やはり反転の構図を描く。これに加えて、大正期に入ると、民本主義・社会主義が加わり、社会的階層として「大衆」も成立する。自由民権派の大部分がアジア主義や国権論者になっていったように、社会主義者も満洲事変を支持した無産政党などを見ても分かるように、反体制の人々も反政府的ではあったが、「愛国者」（例外的なのは徹底的に弾圧された共産党だが、彼らはソビエト・コミンテルンへは忠実だった）であり、戦後の左翼とは異なっていた。

だが、国民・大衆の大部分は、日々の生活をそれなりに暮らしていただけだろう。彼らに火をつけたのは、普通選挙を通した政治家の活動以上に、マスコミ（新聞・雑誌）ではないか。新聞記者の多くは特定の政治家・運動家と関係を持っていた。戦争を最大限煽ったのは陸軍ではなく新聞であった。

第一次大戦を見て、総力戦構想を昭和初期に唱え、その後、陸軍の中枢（軍務局長）を占めるも、陸軍の反主流派（皇道派）の一軍人に暗殺された永田鉄山（一八八四～一九三五年）は、戦争は現代では国民の支持がないと起こせないと断言し、総動員体制を整備していったが、他方、そのためには福祉社会の拡大、朝鮮独立が必要と認識していた。永田などのエリート官僚は右翼ではない（まして左翼ではありえない）。帝国主義者ではあったろうが、総動員体制は国民国家の充実と民主化を必要としたと考えていたことは間違いない。また、日本を中心とした平等互恵に基づくアジア共同体を米英ソに対抗して作ろうとしていたのではないか（石原莞爾「東亜連盟」なども これに近い）。

③ 鬼畜米英から「ギブミー・チョコレート（Give me chocolate）」へ

あれほどの戦死者（約二三〇万人、七割は餓死・病死だが）と国内の死者（空襲等で死んだ人間は八〇万人以上、広島の原爆では年内までに約一四万人の死者が出た）を出し、国民の支持に支えられて戦ったにも関わらず、天皇の「聖断」で負けてしまうと、アメリカ占領軍（進駐軍といった）に対する抵抗などほとんどなく、極めて従順であり、逆にアメリカ兵にチョコレートをねだる少年（元軍国少年）が多く現れた。政府の配給だけで暮らして餓死したのは一人の裁判官だけだったという現状からも、食うためには何でもやったのが、当時の日本人である。

通常、現在のイラクのような占領軍に対する抵抗運動があるはずだが、ほとんどないところから、日本人のナショナリズムも国民の心の奥底には届いていなかったと思われる（食うことの方が大問題だったか）。それでも、天皇に対する敬愛の念は、一部の左翼を除いてその後も衰えることはなかった。天皇に対する敬愛が決して他国に対する憎悪にいかないところがこの国のナショナリズムや「愛国心」の特徴だろうか。

④　J（Japanあるいは Junk）への回帰あるいは他者の喪失

戦後は基本的にアメリカによって防衛・外交を握られていたから、日本は半植民地といってもいい状態であり、これが今日まで続いている（日本国という国名は、明治期から慣用的に用いられてはいたが、正式には「日本国憲法」によって命名された）。

だが、経済的には発展し、世界有数の経済大国になった。戦後しばらくはアメリカ文化の影響が強かったが、九〇年代以降、ジャパン・アズ・ナンバー1（Japan as NO.1）と言われたからではないだろうが、アメリカへの憧れは急速に落ち込み、若者が好む音楽も圧倒的に日本の歌手と歌になっていった。ブランド趣味も西欧への崇拝が根柢にあるとは思えない（タレントがそれをもっていたら、真似をするという意味で、タレントへの憧れはあるかもしれないが）。

だからといって、日本至上主義者や過激なナショナリストが増えたかといえば、そうではない。反韓・反中の人たちの数はたいしたことはなく、概ねの人々は両国に対して関心もさしてない（韓国の男性タレントには関心がある中年女性はそれなりにいたが）。小泉元首相の靖国参拝などの行動に対して、韓国・中国が批判し、それに呼応して、反韓・反中の意見が集まるが、一過性（場当たり的）である（すぐに忘れる）。

つまり、アメリカに従属している認識もなく、とりたてて韓国・中国に対する敵対意識もないのが日本の多くの人々の現状ではなかろうか（アメリカの占領政策の成功ともいえる）。これを「他者の喪失」と言ってもよいだろう（世界は日本と同じだという妄想）。中国の反日デモに対して抗議デモもない（イラク戦争反対のデモは、五〇〇〇人程度、アメリカ・ヨーロッパの反対デモとは比較にもならない）。

こうした体質は、おそらく前近代から引き継いだものではないか。外交下手や国際感覚の欠落（海外渡航者は例年一五〇〇万人くらいいるが）もその一つとは言えないか。

そこから、日本のナショナリズムはかなり脆弱であることが分かってくるだろう。これは前述した島国という運命的な地政学的位置も関係しているが、脆弱さをまとめてみると、以下のようになるだろうか。

まず、「ただそこにある日本――千代に八千代に――」という国家観が濃厚なことである。日本は、別段理由も根拠もなく、そこにあり、それは永遠に（千代に八千代に）続くだろうと皆が考えているということである。こうした観念からは、和歌の詠作にあるように、強いナショナリズムは生まれないし、また、脱ナショナリズムも存在しない。日本は空気のように漂っているだけである。

次に、反米から反中・反韓的気分に明らかなように、「一過性的に揺れやすい＝情緒的体質」が日本人には強いということである。「鬼畜米英」と憎みながらも、これほどアメリカが好きになった国民もあまりいないし、現代ではアメリカはどうでもいいと思っている人が以前よりも多い。これも、前記と重なるが、強いナショナリズムが生まれにくい体質と重なっている。ただし、時に結束し、その時は、対米戦に見られるように、驚異的な頑張りを示すが、今の日本ではそれはないだろう。思想というよりは気分が支配する国と国民である。

最後に、「罪悪感もないが、恨みもあまりない」という体質を上げておこう。日本人は、韓国人や中国人に対してあまり罪悪感をもっていない。と同時に、原爆を落とし、激しい爆撃で無辜の民を虐殺したアメリカに対してもあまり恨みも抱いていない。これも世界的には見れば、妙な国民ということになるが、当の日本人は何ら不思議にも感じていない。前述したホモジーニアスな体質もあるが、旧植民地に対しても、帝国大学を作り、成績がよく実力があれば、軍や役所の幹部に採用していくのも、このような意識からだと思われる（むろん、差別感はあるが、欧米人ほどではないということだ）。

4 脱民族主義への過程

最後に、私が考える脱民族主義に至る場合の条件を述べてみたい。

第一に、「物語としてのナショナリズムの相互承認」ということである。隣国同士が相互のナショナリズムをあくまで国民の物語として承認すること、これがないと、対立はひどくなるばかりだろう。

第二に、「史実と物語の分離を踏まえての冷静な議論」が必要だということである。係争中の問題については、歴史的に客観性のある事実（＝史実）で議論しなくては意味がないというよりも、正義に反するだろう。一方の物語としてのナショナリズムとは区別して議論される必要がある。現在、日中・日韓で共同の歴史認識作りが試みられているが、ほとんど成果はないだろう。どうしても物語に影響されるからだ。それよりも、当該国＋無関係な外国の研究者を交えて、史実を冷静に解析した方がよい。ただし、その場合、当該国に不利益な結果になろうとしても、それに耐える合理主義精神と寛容さが必要だが、これが一等難しいだろうか。

第三に、ナショナリズムを一等煽る「ポピュリズムの暴走を防ぐシステム」を国家・国民が叡智を絞って構築する必要がある。これを達成さえすれば、過激なナショナリズムが国民的レベルで高まることはない。

第四に、対外関係について、「能天気な友好から長所短所を知り抜いた信頼へ」という常識をもつようにしたい。世界中見渡しても、隣国はどこも仲が悪いものである。これを分かっていれば、必要以上に、対立をしなくて済むのではないか。過度な期待や愛情は簡単に蔑視・憎悪に変わるから要注意である。

そして、第五に、私なりのささやかな処方箋ないしは構え方を述べて、本章を閉じたい。まずは、マックス・ヴェーバーがいう「価値自由」の地平に戻ることである。山之内靖「「価値自由」とは、社会科学の営みがこのような「理念型」の提示であらねばならないことを認めたうえで、他の「理念型」の構成に対しても開かれた態度で接するということ」(『マックス・ヴェーバー入門』、岩波新書　一九九七年)と述べている。これは、自己の考えや自己の属する社会のもつ理念(「理念型」)が相対的存在に過ぎないと自覚しつつ、他者に耳を傾け、自己および他者を批判しつつ、よりよいものを目指していく。近代国民国家でナショナリズムを克服していけるとすれば、これ以外方法はない。

しかし、ナショナリストでもあったヴェーバー自身が長く神経症を患ったように、こうした思考と議論は、自己および自己の所属する国家・民族・集団に纏わる劣等感・卑屈さ・嫉妬のみならず、誇り・プライド・優越感をも吹っ飛ばす相対化と理性化の過程であり、言うまでもなく、艱難辛苦の道程である。

次に、自国と他国の過去にアイロニカルな共感を相互にもつことである。こちらの方がヴェーバー的「価値自由」に較べて、まだ達成可能ではないか。

とはいえ、自国・他国のナショナリズムの物語を承認しつつ、物語と史実の差異、自国の肯定しにくい部分も直視して、それらを受け入れるにはある種のアイロニーを必要とする(あの時代であのように決断したのは、愚かではあったが、しかし、致し方ない面もあったかな、といった意識である)。それが可能なのは、ある程度以上の知性とそれに見合ったユーモア(余裕感覚といってもよい)も必要となる。

全国民をインテリにできないのが国民教育であるし、教育は計算と基本的リタラシーを除いて、高等教育になればなるほど、達成率は低くなるから、これもやはり難しいというだろうが、私としては、この立場に立ち、東アジアの今後をほんの少しの希望をもって展望してみたい、と考えている。

（二〇〇七年）

参考文献（あいうえお順）

アンダーソン、ベネディクト（Anderson, Benedict）『想像の共同体―ナショナリズムの起源と流行』（Imagined Communities）、白石さや・白石隆訳、ＮＴＴ出版、一九八七年、原著一九八三年
アーレント、ハンナ（Arendt, Hannah）『全体主義の起源』（The Origins of Totalitarianism）、大久保和郎・大島通義・大島かおり訳、みすず書房、一九七二～七四年、原著一九五一年
石川健治『自由と特権の距離　カール・シュミット「制度的保障論」再考』、日本評論社、一九九九年
稲田正次『明治憲法成立史』（上下巻）、有斐閣、一九六〇年
ヴェーバー、マックス（Weber, Max）『プロテスタンティズムの倫理と資本主義の精神』（Die protesutantische Ethik und der Geist des Kapitalismus）、大塚久雄訳、岩波書店、一九八九年、原著一九二〇年

樋谷秀昭『昭和精神史』、文芸春秋、一九九二年
加藤陽子『模索する一九三〇年代―日米関係と陸軍中堅層』、山川出版社、一九九三年
加藤陽子『戦争の論理―日露戦争から太平洋戦争まで』、勁草書房、二〇〇五年
古賀敬太『シュミット・ルネッサンス』、風行社、二〇〇七年
小路田泰直『憲政の常道―天皇の国の民主主義』、青木書店、一九九五年
小路田泰直『国民〈喪失〉の近代』、吉川弘文館、一九九八年
坂井雄吉『井上毅と明治国家』、東京大学出版会、一九八三年
シュミット、カール（Schmitt, Carl）『政治的なものの概念（Der Begriff des Politischen）』、菅野喜八郎訳、『カール・シュミット著作集　I』、慈学社出版、二〇〇七年、原著は一九二七年、上記は三二年版に拠る。
シュミット、カール『憲法論』（Verfassungslehre）、阿部照哉・村上義弘訳、みすず書房、一九七四年、原著一九二八年
カントロヴィッチ、エルンスト・ハルトヴィヒ（Knatrowicz, Ernst Hartwig）『祖国のために死ぬこと』、甚野尚志訳、みすず書房、一九九三年、原著論文一九五一・一九五五・一九六一年
鳥海　靖『日本近代史講義―明治立憲制の形成とその理念』、東京大学出版会、一九八八年
西部　邁『無念の戦後史』、講談社、二〇〇五年

長谷部恭男　『憲法とは何か』、岩波書店、二〇〇六年
萩原延壽　『自由の精神』、みすず書房、二〇〇三年
福田和也　『近代の拘束、日本の宿命』、文芸春秋、一九九三年
前田雅之　「和漢と三国―古代・中世における世界像と日本―」、『日本文学』、二〇〇三年四月号同『古典論考―日本という視座』、新典社、二〇一四年再収
前田雅之　「中古・中世における「日本意識」の表象―和歌・〈日本〉・起源―」、『上代文学』九二、二〇〇四年四月、拙著二〇一四年再収
前田雅之　「政治神学と古典的公共圏―パウロ・空海・和歌―」、『日本近代文学』七一、二〇〇四年一〇月（本書所収）
前田雅之　『記憶の帝国―【終わった時代】の古典論―』、右文書院、二〇〇四年
前田雅之　「日本意識の表象―日本・我国の風俗・「公」秩序―」、『和歌をひらく　第一巻　和歌の力』（渡部泰明編）、岩波書店、二〇〇五年
前田雅之　「井上毅と北村透谷―「近代」と「東洋」の裂け目から」、『国文学解釈と鑑賞別冊』北村透谷　批評の誕生』（新保祐司編）、至文堂、二〇〇六年（本書所収）
丸山眞男　『戦中と戦後の間』、みすず書房、一九七六年
丸山眞男　『自己内対話』、みすず書房、一九九八年
三谷太一郎　『日本政党政治の形成―原敬の政治指導の展開』、東京大学出版会、一九六七年

三谷太一郎『近代日本の戦争と政治』、岩波書店、一九九七年
保田與重郎『近代の終焉』、小学館、一九四一年、全集一一巻
山之内靖『マックス・ヴェーバー入門』、岩波書店、一九九七年
吉田孝『日本の誕生』、岩波書店、一九九七年

後記

本章は、二〇〇六年一一月一六日、韓国ソウル市郊外にある慶熙大学校で開かれた第一回国際学術シンポジウムシンポジウム「「東アジアと脱民族主義（East Asia and transnationalism）」（主催、慶熙大学校比較研究所）にパネラーとして出席した報告（「物語としてのナショナリズム―前近代・近代・現在そして未来」）を基にしている。同大学の教員である松本真輔氏には通訳その他大変お世話になった。この場を借りて改めてお礼申し上げたい。そして、二〇〇七年に慶熙大学校比較研究所の紀要である『比較文化研究』一一巻一号に掲載された。

だが、その後七年を経て、日韓・日中をめぐる関係構図は随分と変わった。日韓関係では、いわゆる竹島という領土問題、いわゆる「従軍慰安婦」をめぐる補償問題など、永遠に解決しそうもない問題が以前に増してクローズアップされると共に、三代目政権となった北朝鮮の挑戦的態度等によって、「ヘイトデモ」と呼ばれる反韓デモまでが一部で起こってい

る。しかし、日本人の韓国・朝鮮半島認識、また、中国認識は、多少ナショナリズムに流れていく面もあるけれども、概ね、昔から変わっていないと思われる。民間レベルの交流は今も盛んである。

二〇一二年暮れ、ソウルで開かれた日本語・日本文学の学会に参加したが、驚いたのは、韓国人研究者が三〇〇人を超えていることであった。日本で、韓国語・韓国文学の学会を主催して、それだけ日本人の研究者が集まることはまず考えられない（通常の学会でも一〇〇人前後というところが多いからなおさらである）。つまり、韓国側において日本に対する関心はまだまだ高く、かつ、継続的であるということだ。他方、反韓ではない、無関心によるのか、日本側の韓国への関心は今後もそれほど高まりそうもない。これがやや残念ではあった。

さて、以前、知人である中国人学者とこんな会話をしたことがある。

「先生、中国は、いつ分裂しますか？」

「ええと、十五年後かな」

「そうなろうが、なるまいが、今後も日本とは人的交流とビジネスだけでいいですよね」

「前田さん、それ以外に何があるの」

私のやや物騒な物言いに、この先生は見事に答えてくれた。私は、対外関係はこのようでありたいと思っている。言いたいことが言えて、しかも、つきあえる。これが対等関係だと信ずるからである。それは相手が中国でも韓国でもアメリカでも同じである。

（二〇一三年四月）

「熱禱」と「恋闕」、そして「海ゆかば」

小学校三年の時、父の従弟に当たる人（私は父の言い方に倣って、気軽に「ひろちゃん」と呼んでいた）から、数枚組のソノシート版軍歌集を買ってもらった。ソノシートなど今では知らない人が多かろうが、昭和三十年代までは、LPレコードの廉価版といった位置づけでそれなりに売られていた。ひろちゃんは、我が家に遊びに来たついでに、隣町といってもよい小倉のデパートに私を連れて行き、レコード売り場で、突然「雅之君、何が欲しい？」と聞いたのだ。私は、まだ大学生だった彼の財布の中身を子供心で忖度しながら、選択したのがソノシート版軍歌集だった。値はたしか七百円くらいだった記憶している。この日、ひろちゃんは、書籍売り場でも、チャールズ・ラムの『シェイクスピア物語』を買ってくれた。大学生の財布ではそれなりの出費だったと思われるのに、どうしてひろちゃんが私にこのようなものを突然買い与える気になったのかは分からない。また、数年前自から生を終えてしまったので、今となっては問い質すこともできない。だが、二つの宝物を手に入れて、私はえらくいい気分になった。

軍歌集とシェイクスピアという取り合わせは、当時から昔を生きていた、否、生きたかった私にはふさわしい選択だったのかもしれない。二つの宝物はその後の私にとって知の大いなる源泉となった。とりわけ軍歌は私にとって、父母・祖父母から聞いていた過去の日本との出会いを新たに用意してくれるものとなった。

軍歌自体がいつごろ私の耳に触れたのかももう記憶の外である。父が好きだった浪花節や田端義夫のマドロス風演歌、町内会の小旅行の際、往復の車中で大人たちが酔いに紛れて歌い興じていた「のうえ節」や「松の木小唄」といった民謡風ないしはお座敷風演歌は、どうにも肌が合わなかった。曲に一体化できないと言えば大げさな物言いだが、聞いていて思わず引いてしまいたくなる気恥ずかしさに近い感覚が私を襲ったからである。

これらに対して、幼少期に流行った石原裕次郎の歌と並んで、一人も軍人を出していない我が家で時折耳にした軍歌はなぜか私に馴染んだ。昭和三十年代の少年雑誌は、それこそ戦争物特集ばかりをやっていたから、私は、戦闘機・軍艦・撃墜王などの軍事知識についていっぱしの「戦後」軍国少年になっていたけれども、そうした環境が私と軍歌を結びつける要因となったかと言えば、否というしかない。おそらく、軍歌には、軍国主義賛美や懐古趣味といったステレオタイプの把握では捉えきれない、生と死の臨界点が醸しだす原郷があり、そこにある種の身震いするような親近感や一体感を覚えていたのではないか。

毎日、安価な電蓄で擦る切れるくらい（実際擦り切れたが）聞いていた軍歌集の中で、「空の神兵」・「海ゆかば」の二曲が私のお気に入りであった。このうち、この間、百二歳で物故した高木東六作曲の「空の神兵」は、生と死の臨界点を鳥瞰しながら突き抜けたような明るさが横溢していて、何度も聞いた。

「見よ落下傘空に降り　見よ落下傘空を征く　見よ落下傘空を征く」のリフレインなど、何度も口ずさみたくなるほどの軽快さである。しかも、軽薄な昂揚感とは無縁の純な澄明さがあり、耳に心地よかった。さすがに、四番になると「我が丈夫《ますらを》は天降《あまくだ》る　我が皇軍は天降る　我が皇軍は天降る」と変化して天孫降臨のイメージと重なって幾分荘厳さを増すけれども、高木が敢えて長調でこの曲を作ったのは、生涯モダンボーイを貫いた高木の性質《たち》にもよるのだろうが、大東亜戦争開戦当初の妙に上気した国民の気分を彼なりにデフォルメして、なおかつ、まっとうに表現すれば、この形しかなかったからだろう。大東亜共栄圏とアジアの解放は空から天孫降臨の如く舞い降りる神兵が実現するのだ、と楽観的かつ能天気に聞き入った人々も多くいたに違いない。

「空の神兵」の対極にあるのが「海ゆかば」だ、というくらいのことは、子ども心にも十分分かった。なぜなら、悲しみの全体性としか言いようのない重い響が曲の通奏低音どころか曲をまるごと包み込んでおり、そこに、聖なる悲愴とはこのことだ、と論理ではなく身体の奥底で納得させるような抗し難い威圧力があったからである。故にこちらにも惹かれたのである。だから、大人ぶって、「海ゆかば」が好きとは言えなかったし、聞いているうちに、いつも自然に黙らされてしまっていた。何なんだ、この曲は、と曲のもつ力の謎を解こうとは捜ってはみたが、すべては徒労に終わった。「海ゆかば」は、敗戦が近づくにつれ、ラジオで多く流され、戦死者を弔う際にも流されたと聞くにつけ、よく言われるように、これが日本における「鎮魂」のありようだったかと、納得もしようとしてみたが、長い間、この曲が人をしてかくも動けなくさせてしまう理由は分からないままだった。

このような判断停止状態に陥っていたのは、「鎮魂」なるものへの私の想像力が足りなかったことによるかもしれないが、ある時、保田與重郎が戦時中強調していた「熱禱」とは、ひょっとすると、「海ゆかば」の重い祈りの調べに通ずるものではなかったか、と思いついた。

「大君の辺にこそ死なめかへりみはせじ」という歌詞は、『万葉集』における固有の意味合いを外して考えると、村上一郎が好んで用いた「恋闕」の窮極的表現だろう。それは、言うまでもなく、従容として死に赴くことであり、また、偉大な敗北であろうが、惨めな敗北であろうが、そのような結果とは無関係に只管大君を「恋闕」し、「堂々男子は死んでもよい」と「熱禱」する構えではなかったであろうか。

これは想像だが、信時潔は、「海ゆかば」を作曲するに際して、「恋闕」と「熱禱」の深みにある、絶望や喪失感とはぎりぎりのところで切り離されているものの、決して明るくはない感情—それを聖なる悲劇性と呼んでもよかろうが—を自覚したのだろう。故に、これを聞く者は沈黙し、身動きができなくなるが、単なる悲しみの表現ではなく、もう一歩踏み込んで、聖なるものに触れ、一体化し浄化された思いを抱くのである。これを鎮魂と呼んでもそれほど間違いではないだろう。生者と死者の聖なる出会いとしての鎮魂である。

最後に、ＣＤ『海ゆかばのすべて』には、高木による「海ゆかば」の編曲も収録されている。この編曲を信時がどう思ったかはやや興味がある。チェロ・ソナタ仕立てで、モダンな色調になっている高木ヴァージョンには、歌詞がないせいもあるが、「恋闕」も「熱禱」もさほど窺えない。とはいえ、チェロ・ソナタにしたのはさすがであった。チェロが奏でる豊かな旋律の中で数箇所切ない高音が聞える。これが信時の思いに対する高木の解答だとすれば、彼もまた「海ゆかば」の何たるかをそれなりには分かっていたのではないか。ただ、そこにちょっとした意地悪も感じないわけではない。

（二〇〇六年）

《男》を捨てた男と「普遍性」

ドイツ映画『スターリングラード』（一九九三年、ヨゼフ・フィルスマイアー監督）を見ていて、上官がどちらかというと気弱そうな兵士に向かって、「お前も男だろ。手柄を立ててかあちゃんを喜ばしてやれ」（字幕）と叱咤するシーンが印象に残った。手榴弾をもってよろよろと駆け出したその兵士は、敵の潜むトーチカを見事粉砕するものの、それとほぼ同時にあえない最期を遂げた。上官は「やむをえない犠牲だった」とつぶやき、何もなかったように戦闘を続行した。

私はなにも反戦を訴えるためにこれを枕に置いたわけではない。「お前も男だろ」という上官の言葉に注目したいがためである。この言葉には、私はそうではないと言いたいが、一般的にはジェンダーとしての男を奮い起たせる力があるとされるようである。「男ならやってみろ」「これが男の生きる道」も同類であり、「男のロマン」、「男の友情」、さらにやや逆説めいているが、「男はつらいよ」もヴァージョンの一つであろう。

そう言えば、東映のやくざ映画を抜本的に変えてしまった『仁義なき戦い』シリーズ（一九七三年〜七十四年、全五作、深作欣二監督）でもっとも強調される言葉も「男」であった。これほど「男」が大安売りされ、かつ、それによって、まだまだ若いやくざが命を落としていく映画も珍しかっただろう。だが、その根柢にあるのは、「男」になりたいという欲望が登場人物のみならず（「男にならんと」とけしかける方は大旨狡猾な親分だったが）、観客を巻き込んで共有されていたからだろう。

この間電車内で見た面白い光景もジェンダーとしての男が今だに健在であることを如実に示していた。高校のクラブの先輩と目される男子生徒が後輩の女子生徒に向かって、「お前には分からないだろうが、世の中には男にしかできないものがあるんだよ」と妙に大人ぶった態度で教え諭していたのだ。どうやらこういう場面で用いられる《男》とは、女には絶対介入できない固有の領域にいて、女には到底達成しえない勇気・忍耐・決断力をもった独自の存在を指す謂であるようだ。

それにも拘わらず、厄介なのは、一方でその《男》性を『一本刀土俵入』ではないが、「男だねえ」ないしは前述の「かあちゃんを喜ばしてやれ」、「男にならんと」のごとく女が高く評価していると思われていることだ。小浜逸郎氏の指摘するように、男／女の二項対立が貧／富・善／悪といった他の二項対立と比して決定的に異なるのは、両者が非対称の関係にあるのに、エロス性を媒介にして繋がっている点にある。エロス性とは、バタイユ風に言えば、非連続性の男女を瞬時であれ連続性に転換する装置ということになるのだろうか。信頼しながらも意識し配慮しあう関係ということである。

そして、この点から見る限り、ジェンダーとセクシュアリティーの差異はさしてない。両者は弁別不能で一体として認識されている。《男》性をもち、それにふさわしい行動をとることがそのままセクシュアリティーにしてジェンダーとしての《女》に好意をもって受容され、愛や信頼に結実するという幻想は存外深く我々に刻印されているのではないか。

これも実見談で恐縮だが、ある時、遊園地でジェットコースターに乗れないでいる息子に向かって、まだ若い母親はこう言い放ったものである。「あんた、こんなのに乗れなくては将来彼女ができた時に困るよ」と。かかる幻想のためにどれだけの男が苦しんだり喜んだりしたかと思うと、ぞっとすると共に滑稽でさえある。

ところで、洋の東西を問わず、古代から近代に至るまで、所謂文明化した社会では、男が人間の代名詞にされたという事実がある。そのことは、とりわけ印欧語やセム語では顕著であり、「人間」や「人」を意味する言葉はそのまま「男」の意味でもあった。例えば、英語の man、仏語の homme、独語の Mann、Mensch、ラテン語の homo、梵語の puruṣa、アラビア語の rajul、ādmī《アダムの子孫が原意でウルドゥー＝ヒンディー語でも「人」の意味で用いられる》などなどである。日本においては、黒田日出男氏が分析したように、中世社会では、女は翁・童と同様に、「一人前」とはされておらず、「神に近い存在」であって、人とは成人男子を一般的に指したようである（「童」と「翁」、『境界の中世　象徴の中世』）。これに関しては田中貴子氏も「身体性を喪失し「人」という一般名詞的存在になった「男」と、歪んだ身体性を過剰に意味付けられた「女」」という見通しを呈示している（一九九四年度中世文学会シンポジウム資料）。

さて、こうした「男」＝「人」という図式は、政治・裁判・戦争・宗教といった公共性を帯びる職務や古典学・法学・神学（仏教学）・哲学といった普遍性を主題とする知的行為をほぼ男が独占してきた歴史的経緯とパラレルな関係にあるだろう。てっとり早く言えば、男性優位社会のなせる業が「男」＝「人」という認識なのだ。かといって、このまま一気に男性優位社会批判へと進むのは小稿の目的ではない。「男」＝「人」という認識（錯認）を引き摺った近代以降の学問と男女の関係を問うことに目的がある。

近代以降の学問とは、一九九四年当時に話題になった『知の技法』にもある通り、「普遍性の立場に立って考えること」である。「普遍性」には民族・階級・性差はない。あらゆる人間や対象に該当する。故に、学問をすることは意義あることであり、ある意味で「正しい」のだ。その学問を支えてきたのは、前近代に引き続いて近代以降も圧倒的に男であった。近代以降の学問は、キュリー夫人などの例外はありながらも、あらかた男が造ってきたと言ってもあながち誤りではないだろう。つまり、学問の方法や論じ方からテクニカルタームに至るまで男が構築してきたということである。

とはいえ、ここで、忘れてはならないのは、学問に従事する男たちの多くが、女にもてる（とされる）無頼漢・欲望を無邪気に現す成金、「俺の酒が飲めないのか」と時には迫る演歌的人物の対極にある、高等教育を受け、性欲・食欲・物欲といった人間の普遍的かつ下品な欲望を教養とマナーによって隠蔽する術を心得た「紳士」であり、思想的にもリベラルな所謂「インテリ」であり、言うまでもないことだが、こと《男》性に関して言えば、上記の非インテリ系の《男》たちの足元にも及ばぬひ弱な中性的存在であったということである。逆に言えば、知性やリベラルな態度ひいては「普遍性」を得る代償として《男》を捨てた存在が「インテリ」というものなのだ。今日でも、研究者と呼ばれる男たちの中で《男》をむやみに強調すると、無視と冷笑をもって迎えられるのが落ちである。

社会の上層とされる世界で《男》で生きたかったから、スポーツ選手、芸術家、俳優くらいしか残っていまい。「インテリ」に似て非なる芸術家ならなんとかいけそうなものだが、「インテリ」と比べて、芸術家になることは数十倍難しい。東大他高等教育機関を卒業してインテリ紳士を気どることと、藤田嗣治やピカソ（ともに女にもてたようである）になることの差異を考えてみれば、自ずから答は明らかだろう。

ここで、元に戻ると、私は、《男》を捨てた男が普遍性（公共性を含めてもよいか）に従事している光景こそが、実は、近現代における学問に見られる男性支配の実像であり、「男」＝「人」の近現代ヴァージョンなのではないかと竊《ひそか》に考えている。そこでは、「普遍性」の陰に隠れて巧妙に女が排除されていることを「インテリ」男たちは気付こうともしない（中には気づいてやっているのもいるだろうが）。なにしろ「普遍性」というお題目があるので、通常の場合は、自己の学的行為の基盤を根源的に疑う必要などないからである。自己に疑いを持たないのは正しい意味で知識人ではないが、制度として確立した中にいると男女を問わず往々としてこうなるものである。

過日、山室恭子氏が『知の技法』を評して「普遍性なんか振りかざしたら学問は死んじゃう。あくまで個別具体のときめきに寄り添ってなきゃ」（『毎日新聞』、一九九四年五月二十三日）と批判していた。そこに男批判を読んだのは恐らく私だけではあるまい。ただし、男は欺瞞的構造をもっていたとはいえ、《男》を捨てて「普遍性」を目指したのだ。「普遍性」というお題目ないしはイデオロギーによって世界を正しく捉えたいと願ったのだ。そこに男が偉いなどと思っていたとは思えない。「普遍性に向かう使徒」と言ってよい態度で臨み、みごとに紳士になり、かつ、女性にもてなくなったのである。これを笑うことは可能だが、男の方はなんで笑われたのかわからないのではないか。

そうした中で、今度は女の番である。今後、女は《女》を維持して「個別具体のときめき」だけに止まり、男女それぞれの「個別性」を主張し合うのか。それとも、《女》を捨てて、みずから中性化して、男にもてない「インテリ淑女」となって、お互い折り合って男女共通の「普遍性」が創出されるのか。

今後、「普遍性」と男女の問題が頭から離れそうにない。

（一九九四年）

＊本書に入れるに際して、多少加筆した。以下は後記である。

最近の状況を見ると、明確に変わってきたのは、研究対象にジェンダー差がなくなったことである。国文学・日本史では、それが殊に顕著である。これは望ましい流れであると思われる。とはいえ、ポール・クルーグマンが所属していたプリンストン大学経済学部の教員構成のうち女性がほぼ半分を占めていることを見ると、日本はまだまだかなと思われる。とまれ、今後も《男》・《女》の復活は望めないようだ。

（二〇一四年）

鎮魂の作法

先日、知人の葬儀に列席した。場所は都内の斎場である。数年来、斎場に行く機会がなかったせいか、面食らうことが多かった。外観からして私が想像する斎場には見えないのである。正面に向かってコの字型をなして迫ってくる巨大な建物は、どこかの結婚式場ないしは市民ホールと見間違えかねない威容を誇っていた。十ぐらいの小部屋が長屋の如く区分けされた式場をもつ一階、一階と同様に配された控え室が居並ぶ二階、地方の縁者のためであろうと思われる宿泊施設を備えた三階によって構成される東棟・西棟と、両棟に挟まれるように「殯館」と呼ばれる十ほどの炉が並んだ火葬場が一等奥に控えている。つまり、殯館を中核として、それと建物としては連続しながらも意味的には結界された式場他の三階建ての両棟が正面に向かって両翼のごとく伸びているといった結構である。

なお、中心に位する火葬場も外からはそれとは見えないように作られており、内部も大理石で覆われた壁といい、暗くもなくかといって明るくもない採光は、高級ホテルのロビーといった佇まいである。だから、通路においてある「写真撮影は御遠慮下さい」という立て札さえなければ、「炉」の前の空間で宴会でも開けそうな気がする。むろんと言っては何だが、無常の煙をたなびかせる煙突は建物内外からは見えない。喪服を着た遺族や駐車場に停車している三台の霊柩車を見なければ、そこに死の影を見出すのは難しい。

私を含めた参列者はあたかも結婚式場を髣髴させる○○家・××家……と記された案内盤を頼りに指定された小部屋に出かけ、葬儀に臨む。危うく部屋を間違えそうになる。隣接する部屋から別の宗派の読経が耳に入る。シンクレティズムに似た光景ではあるが、驚くのはまだ早い。

殯館はすぐそこなのに、駐車場に停めてあった霊柩車がおもむろに小部屋に近づき型通りの出棺の儀式が行なわれるのだ。遺体を載せた霊柩車は一旦出口から公道に出てすぐ入口に入り、殯館の前で横付けし、我々は歩いて殯館に向かうのである。野辺送りに淵源をもつ死者を家から送り出すという葬儀の慣習が高度に短縮された形態で擬似的に反復されているということか。そして、遺体が荼毘に付される一時間ほどの間は、参列者は二階の控え室に用意されたビールなどを呑みながら四方山話で遺体が焼き上がるのを待つのである。

多忙な都会人にとって、死者を弔うのもある種の利便性が必要なことは一応は理解できる。だが、これでは個人の死を縁者・知人が共同で悲しみつつ認め、冥福を祈るといった本来の葬儀のもつ意味は喪失してはいまいか。こういう葬儀から垣間見られるのは、オートメーション化された死の儀式と言っても決して過言ではない、剥き出しの合理性である。とはいえ、遺族のこれまでの心労を思うと、他人である私がとやかく言えた義理ではない。早く落ち着いた生活を取り戻したい、看病に明け暮れた毎日から逸速く解放されたいというのも人情であり、自宅で近所の人の手を借りながら葬儀を営むことに予想される気苦労を思えば、こうした斎場で一挙に葬儀をするのも已むを得ないのだ。現在、「初七日」も荼毘の直後行なわれるのが普通である。だから、オートメーション化された葬儀が執り行われることに反対はできない。しかし、敢て言えば、あまりに生者に都合のよい葬儀ではある。葬儀の中心ないしは真の主催者は物言わぬ死者のはずではなかったか。ところが、死者＝あの世が生者＝この世に従属し、多忙な生者の都合に最大限に配慮したのが斎場で執り行われるのが今日の葬儀であるようだ。

その際、生者への配慮であろうか、死はできるかぎり遠ざけられ、あるとしても妙な形で表現されるのである。お骨を拾う段になって、葬儀を取り仕切る業者が「きれいなお骨です」と褒めていた。こう言うと遺族が安心すると思っているわけではあるまいが、黙って粛々と執り行う流儀だってあろうにと思うのは私だけではないだろう。死をめぐる一連の儀式が換骨奪胎されて、オートメーション化される時、そこには死者の霊を慰め、魂を鎮めるといった慰霊や鎮魂の意味合いはきれいさっぱりと排除されるのである。斎場でさえこうであるから、死が日常生活からどんどん疎遠になっている現代では、死のもつ意味も昔に較べて見えなくなり、同時に、ずっと軽くなっているようだ。

ところで、日本がアジア解放の大義を掲げて闘った、大東亜戦争・太平洋戦争等と称された戦争およびそれに付随するさまざまな問題（靖国・「従軍慰安婦」・戦後補償など）で今も揺れている。まだ完全に戦後になりきっていないことが実感される昨今の状況である。

昨年であったか、加藤典洋氏がまずなによりも日本の戦没者の慰霊をしてからアジアの戦没者や戦争被害者の慰霊や補償をすべきではないかと主張して物議を醸したが、どちらかと言えば、コスモポリタン的で決して保守派ではない加藤氏のかかる提言は保守派には部分的に歓迎されたものの、戦後民主主義を堅持する側や戦争を謝罪し補償を要求するグループからは厳しく批判された。氏の提言を実現すれば、日本の戦争責任や戦後補償がぼやかされるというのが恐らく彼らが批判した理由だろう。

私は氏の提言そのものよりもそれに過剰に反応する論調を見ていて、日本人の一部は戦没者に冷たいなあと実感せざるをえなかった。彼らの言い分を聞いていると、日本では戦没者の慰霊をしてはいけないようである。臆断を逞しくすれば、戦死した将兵は均し並みに侵略戦争の末端を支えたのだから、慰霊する必要はないということだろうか。だが、戦没者を倫理的に悪と裁断し、なおかつ、政治的意味付けをして取り扱うのは、彼らが忌み嫌う国家が戦死者を政治的に利用するのと変わらないのではないか。また、侵略戦争絡みで戦没者を「犬死」呼ばわりする人もいた。それならば、西部邁氏ではないけれども、我々の死こそ犬死と言った方が適切かもしれない。さして公的価値に殉ずることなく生き死ぬことが戦没者と較べてそれほど価値があるとは思われないからである。戦没者を政治的意味付けして無視したり、「犬死」呼ばわりしたりする風潮には現代の葬儀と同様の死の軽さが根柢にあると思うがどうだろうか。

他方、空襲や原爆などの戦災で亡くなった人たちには純然たる被害者であるせいだろうか、今でも暖かい眼差しがあるようだ。だが、死者を利用していると思われる向きもないわけではない。『平和教育』と評して空襲で焼け爛れた遺体などを生徒たちに見せている一部の教師などの振舞いは、交通事故防止を狙って警察が事故の写真を見せるのと同工の手法だが、これも死者への冒瀆以外の何物でもないであろう。死者は今後の教訓や教育のために焼け爛れて亡くなったのはない。逃げきれなかったり、気が付くのが遅れたりして無残に死んだだけであるからだ。

戦争の悲惨を写しだした写真を私も見たことがあるが、すでに人間の体をなしていない炭化した遺体から戦争反対＝反戦なる思想をストレートに抽出することは不可能だった。こんな目に遭わした奴は誰かと怒るか、茫然と立ちすくむまで悲しむか、不謹慎な言い方だが子どもなら気味悪がるかのどちらかがまず想起される感情だろう。死者を犬死呼ばわりするのも、利用して平和教育の道具に使うのも、私にはコインの裏表に過ぎないように思える。なぜなら、共に死者を弔うという根源的な礼儀を忘れており、およそ鎮魂など存在しない生者の身勝手な意味付けに過ぎないからである。東京大空襲の語り部を自称する作家の日本の政府・天皇・アメリカ憎しに固まったためにする文章よりも、空襲のさなか燃えあがる人間の姿に思わず禁断の美を見てしまい、その後カトリックに改宗した矢代静一の方にこそ死者に対する本来の礼儀があるのではないか。

どうやら、我々は戦争で亡くなった人たち、のみならず、死者一般に対する礼儀やマナーの表現方法を失ってしまったようなのだ。以前、「死ぬもの貧乏」という言葉を聞いたことがある。先に死んだ者は楽しみも少ないので損だという意味だが、現代は、これに類する、生者にしか価値がないという風潮が支配している時代である。よって、生者にとっては「死」が一等恐くなり、「死」を遠ざければ遠ざけるほどに、ふいに襲来する「死」の影に常に脅えるという精神の不安定さを抱え込むに至ったのである。あやしげな療法や宗教が流行るのも当然である。

こんな折、田中実氏から宮内数雄氏の句集『隠りく』を戴いた。俳句など無縁な無粋極まりない私にどうしてと一瞬いぶかったが、頁を捲り、「わが鎮魂」に到り、言葉を失った。文字通り圧倒されたわけだが、ここで得られた感動の質を乱暴にも一言で表現すれば、戦没者や戦災による死者に対する語り方のあるべき姿がそこにあったというものである。私好みの言い方で換言すれば、死者に対するアイロニカルな共感というアンビバレンツな感情がそのままで終わらず、深い祈りに向かって歩みだしているのだ。言うまでもないが、死者をなんらかの目的で使おうなんての料簡はこれっぽちもない。故に、無気味なほど美しく、その後、読者は沈黙せざるをえないという仕儀となる。

例えば、

大君の御楯と朽ちて凍む髑髏

という句がある。

一読した時、死者の怨念ないしは反戦のメッセージを受け取られる向きもあるかもしれないが、「大君の辺にこそ死なめ」が所謂本歌となって、「海行かば」が散華の美学を歌ったものとするならば、この句が訴えるものはそのパロディーではもちろんなく、かといって安易な反戦メッセージでも決してなく、「朽ちて凍む」なる極北の形容が如実に語っているように、読み手も凍えるようにさせる死者へのアイロニカルな共感ではないか。そして、それはそのまま鎮魂の祈りでもある。

さらに、決定的に大事なことは、この句が齎《もたら》す共感なり、鎮魂なりは、生者が死者に優位に立って祈っているのではなく、生者と死者が同一平面上に並んでいるということだ。そうでないと、こんな寒々しい感情になるものではない。丸山眞男は日本人の特質に「心情的一体化」(『自己内対話』)を挙げていたが、丸山の言う一体化とは対極的な「一体化」がここにはある。安易な共感＝心情的一体化を峻拒した壮絶なまでの個的表現に徹することが死者と読者、また、死者―作者―読者の新たな一体化ないしは共同性を創り出し、言いようもない感情を祈りに転換させているのである。だから、この句を読んだ者は深く沈黙するしかないのだ。私は「敬虔」または中世仏教説話集でよく用いられる「心を澄ます」という言葉の真意が漸く分かったような気がした。
　この句の他に触れておかねばならない句が多くあるが、私の力では無理である。心に響き「敬虔」な気持ちを惹起させた句をアトランダムに挙げて、拙い文章を締めくくりたい。

去年今年遺骨の上の滑走路
日の丸のはためき寒く妻泣かす
末枯れや天皇も咳く人なりし
しのび泣く一兵卒や木下闇
日の丸の血潮を浴びて昼寝覚む
演歌果て赭き月呼ぶ軍歌かな

鎮魂に花は飾らず柚子一顆

（一九九八年）

「自虐史観」の優越性

所謂「自由主義史観」への批判は相変わらず激しいものがあるが（『日本文学』一九九八年三月号「長谷川啓「フェニミズム批評の現況」など）、いつもながらのワンパターンな批判と見えるのは私だけであろうか。「自由主義史観」とその陣営が蔑称する「自虐史観」との関係はそう単純なものではなさそうである。

絓秀実氏の「癒しの二つの型」（『発言者』一九九七年、一二月号）によれば、本来、日本を断罪してやまないインターナショナリズムに基づいているはずの「自虐史観」派が今や「ヒロイックナショナリスト」となり、「ファンダメンタリズム（原理主義）」とほぼ同義になっている反面、本来、「国家的誇りの顕揚」を企図した「自由主義史観」派の方は、過去の罪を負いたくない、過去と断絶された現代を生きたい若者や市民の免罪符となり、いわば、「コスモポリタン」となっているというのである。つまり、この奇妙ないしは当然ともいえる捩じれ現象がもたらすものは、共に過去の癒しに失敗しているのだ。絓氏の結論は存外妥当な見解と言えるのではないか。

と言うのは他でもない。過去の罪を忘れないためにいわゆる「従軍慰安婦」の前で謝罪し反省し続けるしかないと説く高橋哲哉氏に典型的な「自虐史観」の要求は、謝罪と反省の永久運動であり、そこには使命感を超えた一種の宗教的な信念、即ち、我が身が十字架を背負い、茨の道を生きていく求道者的精神が必要とされ、すぐに「ヒロイックなナショナリズム」に転移していくのを理解するのは容易いからである。

他方、日本の歴史の誇りを回復しようとする「自由主義史観」の方も、「従軍慰安婦」の「強制連行」説否定では一致を見ているものの、戦前の評価をめぐっては多様であり、したがって、国民に誇りの起源をすっきりと示すことは困難である。なぜなら、仮に誇りの起源を提示しえたとしても、「誇り」が回復される複雑な経緯はすっぽり抜け落ちているので、一気に過去からの断絶＝無責任＝現在の私生活の肯定となってしまうことが十分に考えられるからである。

そこから、絓氏の主張通りの結論が導かれるということになるが、私は、以前から、氏以上により劣悪な状況を想定していた。それは、端的に言えば、「自虐史観」がヒロイックなナショナリズムと類縁関係にある自国優越史観になり、「自由主義史観」に取って代わるという想定である。こんなことを書くとまさか馬鹿な、ふざけるな、というのが大方の感想や予想される反論であろうが、実はそうではない。至極まっとうな想定である。以下その理由を述べてみたい。

私の推定の根拠は、かかる「自虐史観」が発生したのは日本のみという端的な事実がある。たとえば、日本と比べても一切の弁明の余地が残されていないドイツはナチの犯罪を厳しく現在も追及し、これまた日本と比較にならない物的保障をこれまでしてきているが、清水正義氏が指摘したように、ドイツが断罪したのは「ドイツの国の名によって行われた犯罪」であり、犯罪者は「国の名」を騙った特定の個人である（「ナチ犯罪処罰の論理構造—「公」の無答責・「私」の断罪—」、『東京女学館短期大学紀要』一一、一九九七年、『「人道に対する罪」の誕生』、丸善プラネット、二〇一一年に再収）。つまり、国自体として無答責であり、罪が問われないのだ。

同様なことは、謝罪にもいえる。村上淳一氏によれば、ドイツは過去一度も「謝罪」をしたことがないという。謝罪の無意味性は既にカール・ヤスパースらの説くところだが、だからといって、責任をとっていないわけではない。日本と日本の隣人たちには「謝罪」と「責任」がセットになって主張する人たち（＝「自虐史観」派）と「謝罪」も「責任」もしないと主張する人たち（＝「自由主義史観」派）の極端に対立する二種類のタイプしかいない、それに比べてドイツでは、過去を反省しそれに報いる方法＝責任を冷静に理性的に論じ、事実、責任を果していると村上氏は嘆くのである（「罪咎・謝罪・責任」『UP』一九九七年、一一月号、『システムと自己観察—フィクションとしての「法」—』、東京大学出版会、二〇〇〇年に再収）。

それでは、日本と並んで罪咎＝謝罪と責任の区別ができないと村上氏が指摘する「日本の隣人」（これは主として中国と韓国を指しているだろう）には、「自虐史観」はあるだろうか。両国とも一部自国に対する過去や現状の反省は見られるものの、「自虐史観」はないと言ってよい。むしろ、「自由主義史観」が全盛である。中国史の泰斗宮崎市定は、植民地にされる側、侵略される側にも責任があると喝破したが（『自跋集　東洋史学七十年』、岩波書店、一九九六年）、そういう認識がかの国で学問研究のみならず、教科書叙述などに登場することを期待することは当分無理であろう。つまり、両国は日本に「自虐史観」を要求し、本国では「自由主義史観」で行っているということだ。となると、「自虐史観」およびその信奉者にある熱狂は、事の是非はさておき、日本独自のものであるようだ。

ところで、日本の対外意識のありようを歴史的に概観すると、そこにはある一定の転移が時代を超えて見られるということである。具体的に言えば、外国文化・思想・宗教が入ってきた時、外国崇拝がいつのまにか外国蔑視ないしは軽視に変わるという転移である。

たとえば、仏教の受容をみると、平安期、末法思想の影響で、日本を「辺土中ノ辺土」（『三国伝灯記』）と劣等化し末法における仏の救済を求める見解がある一方で、日本の仏法を天竺・震旦に比べて独り繁栄しているとする見解（『三宝絵』ほか）も存在し、次第に後者が優勢になってくる。また、漢詩と和歌の優劣関係や、近世に登場した太平故に日本が中国より優れているという見解（渡辺浩『東アジアの王権と思想』、東京大学出版会、一九九七年）などを射程に入れるなら、日本では、普遍性（仏教・儒教・皇帝・中国・漢詩など）と個別性（神・天皇・本朝・和歌など）の優劣関係がえてして転移・反転する傾向をもつことが知られるだろう。明治以降の西欧化と国粋化の関係や両者の消長もそれを如実に物語っているだろう。そして、この転移をもたらすエネルギーがどこから来るかと思いを致すと、劣等意識以外はなさそうである。おそらく、古代以来、大国（中国）の文化的政治的影響を受けつつ、朝鮮と異なり冊封体制内（「華」）に入らなかったためであった故に生まれた「夷」的劣等感とそれに付随する島国特有の非現実的な思い上がりが日本的劣等意識の原型ではないだろうか。

ここで、「自虐史観」に話題を戻すと、「自虐史観」は普遍性＝人権や正義の観念を土台においている。しかし、そこに倫理を媒介にした熱狂が入り、「ヒロイックなナショナリズム」となっていく。しかも、近隣の国々は「自虐史観」を有していない。そうした状況から、日本は人権・正義に基づく史観を有し、隣国に謝罪し続ける礼儀と誠意をわきまえた国だ、という認識が将来生まれる余地は十分にある。加えて、マイノリティーが自己の個別的権利を主張する時、人権などといった普遍性に依拠する故に個別性は普遍性に繋がるというラクラウ（布施哲「政治的二元論」、『みすず』一九九七年、一二月号）の見解に倣えば、「自虐史観」は普遍性を伴っている故に、一層始末の悪い、普遍的正義に基づく対隣国優越意識になっていく可能性があることは一応念頭に入れておいた方がよいだろう。

それでは、「自由主義史観」の方はより強まって現代版「皇国史観」になっていくのか。それもまずないと考えられる。「自由主義史観」は「自虐史観」に比べて人類的普遍性をもっていない分だけ実は安全なのではなかろうか。だからよいと言っているわけではない。

誕生経過から言っても、「自虐史観」の反対勢力でしかないし、「誇り」が回復された時点（これも難しいが）でその役割を終えるからである。その「誇り」もオリンピックの金メダルを悦ぶ人々とさして変わらないのではないか。福田和也氏がいう「加害者の誇り」にまではいかないのではなかろうか。

どうやら、この弧状列島では転移からの解放は過去の癒し以上に難物であるようだ。

（一九九八年）

「追悼」の作法

慶応四（一八六八）年九月六日、明治天皇は、讃岐から今出川の白峰宮に還遷した崇徳天皇の神霊を清涼殿で拝した（『明治天皇紀』）。中世・近世を通じて、猛威を振った崇徳院の怨霊が鎮まった瞬間である。明治改元の二日前という時期が選ばれたのは、恨みを残して讃岐で崩じた崇徳院以降、政権は武門に帰したという認識に立って、王政復古は崇徳院の鎮魂から始まると捉えたからだろう。

この四ヶ月余り前の五月十日には、東山の霊山にペリー来航以来の「国事殉難者」のために招魂場が建てられた。翌二年、大村益次郎の建議で、九段坂上に遷され、東京招魂社となった。同社が靖国神社と名を改めるのは明治十二年のことだ。

むろん、靖国神社に祀られている御霊《みたま》は、崇徳院のような怨霊ではない。だが、鳥羽伏見の戦いで幕を開けた明治草創の年に崇徳院と国事殉難者の御霊が揃って京都に招かれ、鎮められている事実は、まだよちよち歩きの明治国家の確乎たる決意が示されていたのではないか。即ち、国家的意義を帯びた御霊を国家は祀り鎮めることにするという決意である。その根柢には、怨霊・英霊を問わず、彷徨える御霊は場所を決めて招き鎮めることをよしとする神祇信仰が控えていたことはほとんど疑いを入れない。

そこから、靖国神社の任務は戦没者を核とする国事殉難者の魂鎮めにある、と容易に理解できよう。しかし、魂鎮めは神社が行なうだけでは不十分だ。国家が魂鎮めの祈りを捧げてこそ、はじめて十全なものとなる。靖国神社とは、国民に死をも要求する国民国家たる明治国家が国民（＝生者）と国家の御霊（＝死者）に対する義務を履行するために建立されたに違いない。そして、国民もそれを素直に受け入れた。だから、戦後は対米従属の半国家に成り下がったとはいえ、過去を背負う日本の首相が参拝することは国家的使命であると言ってよい。

ただし、「不戦の誓い」などといったわけの分からないことを理由にして参拝する小泉首相（当時）は、鎮魂の意味が全く分かっていないようだ。ただ参拝すればよいというものではないのだ。

その一方で、靖国神社には、小泉首相の他にも、時折、魂鎮めと無関係な人たちが参集していた。坪内祐三『靖国』が明らかにしてくれた、例大祭などに開催された競馬・サーカス・相撲といった見せ物を楽しんだ庶民である。彼らを不謹慎だなどと言うのはお門違いである。なぜなら、鎮魂（＝聖）と娯楽（＝俗）が「奉納」という回路で繋がり、聖と俗が共存する場こそが、浅草を見るまでもなく、日本における聖地の基本的なありようだからだ。

とすれば、御霊を鎮めることも叶わぬ「非宗教」（＝俗）の国立追悼施設を作るのは無駄である。それよりも、聖と俗が一際共存する例大祭に、首相、さらに言えば、天皇が国家を代表して厳粛な魂鎮めを行い、他の参拝者には真摯な拝礼もあれば、娯楽もあるといった融通無碍な「追悼」が日本の国柄としては適しい。口うるさい中国の要人には奉納相撲でも見てもらえばどうだろうか。

（二〇〇五年）

「大義」の行方

十二月八日を、いつからだったかは正確に覚えていないが、高校生の頃には「開戦記念日」と勝手に呼んでいた。敗戦記念日を「終戦記念日」と言い換えた八月十五日は、完全に定着し、夏の主要イベントになっているのに、開戦記念日の方はどうやら共同の記憶からきれいさっぱりと消えてしまったようだ。

それどころか、数年前に上映されたアメリカ映画『パール・ハーバー』で開戦の日を認知した若い人たちも多かったのではないか。御前会議を戦国大名の軍評定《いくさ》のように描くといったハリウッド産ラブストーリーで諒解するという事態に戦後日本の空虚さを改めて感じたものだ。だが、「終戦」なる「終わり」は覚えているが、事の「始まり」を忘れ去るというのは、バランスを欠く以上の深刻な問題を提起していると思われる。

それは、戦争を起こさざるをえないという必然性や正当性を国民に認識させ、世界に向かっても表明する「大義」という問題にほかならない。戦前の日本を北朝鮮のような専制国家と勘違いしている向きがまだいるようだが、議会の議決によってしか法案も予算も通らないし、宣戦布告を伴う戦争となれば、内閣の決定なくして実行不能だった近代国家であった日本にとって、開戦には大義が必要であった。と共に国民の動向も無視できなかったのである。

昭和二（一九二七）年、当時、陸軍省整備局動員課長であった永田鉄山は、「国家総動員に就て」という講演で、「今日のやうに国民の総意、即ち、国民の総体の意思が国家の行為に反映いたしまする所の政治組織におきまして、戦争といふやうな重大なる国家行為が、国民の自覚に基かずして起り得るものではないといふことは、明瞭でありますす」と言い切っている。

第一次大戦以降、戦争は総力戦となった。総力戦ともなれば、国家は政治・経済・軍事を一体化しなければ戦えない。それを熟知し、国家総動員体制に向けて着々と準備していた永田の国家観は、思いの外、民主主義的である。総力戦を戦い抜くには、「国民の自覚」と「国民の総意」が不可欠とされるからである。してみると、国家総動員体制とは国民国家的民主主義の窮極的形態だと言えるのではないか。

むろん、永田がこの時点で戦争を準備していたわけではないが、ここで押さえておきたいのは、「国民の総意」がもつ甚深の重みである。

言うまでもなく、大東亜戦争の大義は、大東亜の解放であった。それを侵略の口実と見做す見解があることも承知しているものの、フィクションであっても、大義をかの竹内好を含めたほとんどの国民が熱烈に支持したことは疑いを入れない。「国民の総意」は達成されたのだ。さらに、敗戦後も蘭印に残り、インドネシア独立のために戦った約千名の兵士にとって、信念ないしは建前として、大義はしっかり生きていた。

私はなにも大東亜の解放という大義があるから、大東亜戦争は正義の戦争だったと主張したいのではない。そうではなく、大義を忘却し、敗戦を終戦と言い換えた戦後日本の欺瞞を批判したいだけである。大義の敗北という認識はどうして生まれなかったのか。また、大義を無化して厖大な戦没者を鎮魂できるのか。疑問である。だからこそ、歴史に対するアイロニカルな共感を込めて、今後も「開戦記念日」という呼称を使っていきたい。

（二〇〇五年）

Ⅳ　古典をめぐる書評

森正人著『今昔物語集の生成』

今昔物語集の本格的研究書は、戦前から数え上げても十指にも満たないだろう。それは、研究史の浅さ、研究者の絶対的少なさ、作品の膨大さ等によるところもあるが、それら以上に、作品としての今昔物語集に取り組むことの苛酷さ・困難さが最大の原因であろう。今や、今昔物語集に収載されている一ないしは幾つかの物語を抜き出して、今昔物語集の全体を論ずるという楽天的な方法は許されない。集全体と、集に内在している世界観・言語表現・編纂・構造および未完成作品という宿命的特質等の諸問題とに真摯に対峙する者だけが今昔物語集を論ずることが可能である。本書は、その意味において、今昔物語集研究の現時点における最高の達成を示したものと言える。

本書は、『今昔物語集の生成』と題されている。著者はわざわざ耳慣れない「生成」という言葉をタイトルに選んだ。「生成」は「成立」の同義ではもちろんない。「生成」とは、作品が作成された過程を見出そうという立場（所謂成立論）の謂ではなくて、「表現行為のしくみを総体的にとらえ、あくまでも言語行為の問題として作品成立の根拠をたずねる」（二六七頁）立場の謂である。換言すれば、それは、著者のキーワードである、〈編纂行為〉・〈説話行為〉・〈表現行為〉という三つの水準からなる言語行為に関する概念＝分析装置を用いて、作品と構造的に連結した意味での〈成立〉の根源的しくみを問うものである。

それでは、以下、本書を貫き支える方法と論理について、具体的な検討を加え、併せて、いささか感想を述べていきたい。

Ⅰは、1「今昔物語集前史」2「今昔物語集概説」からなり、その内容は、文字通り、今昔物語集にいたる説話文学史の流れ（1）と今昔物語集の概説（2）である。しかし、月並みな文学史叙述や作品解題に終始していない。1で最初に論じられるのは、物語と場との有機的な関係である。「芹摘み譚」の諸伝承の比較・分析から、物語の意味と機能は〈場〉を介することによって決定されることがまず明らかにされる。この場合の〈場〉とは、単に物語が口頭で語られる場だけではなく、説法といった「一定の目的と形式をそなえた場」（三頁）、さらに文字との出会いによって生ずる仮構された場をも含んでいよう。かかる前提に立って、著者は、平安時代後期の時代情況と文化情況を一方に睨みながら、説話集編纂の有り様を叙述し、この時代特有の価値観の交錯と動揺こそが説話および説話集が生まれる基盤であると結論づける。つまり、「さまざまの価値観の交錯する場が構造化されている」（十五頁）のが説話および説話集というわけである。続く2も、問題点がよく整理された今昔物語集の概説を述べるに留まらず、最後に1で示された方法を承けて、「編者が言語をもって歴史や現実に対峙する場、すなわち表現が成立し作品が生成する現場におもむくべきだろう」

論を意図しつつも、著者の方法が暗示されるべく置かれていることが諒解される。以上から、Ⅰは、概さて、こうした物語→〈場〉→意味・機能＝生成という著者の捉え方もしくは図式につい

(二十八頁)とⅡ以下で論じられる問題を付け加えるのを忘れていない。以上から、Ⅰは、概論を意図しつつも、著者の方法が暗示されるべく置かれていることが諒解される。さて、こうした物語→〈場〉→意味・機能＝生成という著者の捉え方もしくは図式について特に異論はない。それは、説話に限らず言語を用いるあらゆる表現形態の構造解明に際して、最も有効的なアプローチの一つであると思われる。だが、上記の図式では、説話の生成は説明できても、編纂物としての説話集のそれはどうであろうか。というのは、一説話の場と説話集の場とは自ずと次元を異にするからである。そこで、〈場〉のあり方が分析されているⅡを見ることにする。

Ⅱは、1「物語と評語」2「類聚と表現の相剋」3「作り物語受容と方法的背馳」4「内部矛盾から説話生成へ」からなり、一説話内の物語部分と話末の評語の矛盾・齟齬(1)、〈奇異也〉〈奇異シ〉〈稀有也〉といった表現の位相から見た類聚と表現の相剋(2)、作り物語と今昔物語集との物語形成上の方法的背馳(3)、さらに、1〜3を総括しつつ、原話の受容方法から看取される類聚と表現の相剋と〈説話行為〉との関係(4)が論じられる。この四論文には、著者の方法が典型的に現れている。ここでの議論を概括すれば、今昔物語集には、その内部に深刻な矛盾がある。しかし、その「内部矛盾こそが、今昔物語集を作品としての統一と形成に向けて動かした最も根源的な力」(九十五頁)であるということである。この結論は、本書の主題といってよく、何度となく繰り返し説かれる。そして、Ⅰで提起さ

れた〈場〉のあり方に対する答えともなっている。

　では、内部矛盾を作り出すものは何か。それは、前述した〈編纂行為〉・〈説話行為〉・〈表現行為〉間で惹起される矛盾に外ならない。これら三つの言語行為に対して、著者はⅣで以下のような概念規定を試みている。〈編纂行為〉とは、説話を集成し、その集合に統一と意味を与えることである。次に、〈説話行為〉とは、説話を機能させるために一つの説話に意味を実現することである。最後に、〈表現行為〉とは、説話を実現するための具体的な言語表現である（二〇四頁）。以上三つの言語行為の中で、〈説話行為〉の概念および措定理由がやや判然としないが、それは、常に、原話と緊張関係を強いられた今昔物語集が、おのが物語言語を用いて原話をいかに今昔物語集内の説話としたかの仕組みを問うために置かれたのであろう。著者が「説話行為とは、言語をもって意味を呈示する営為の全体」（同上）と言うのは、けだし、この意味である。そして、この三者間の関係は、一応、編纂行為←説話行為←表現行為という序列をもつ。しかし、三者がこれに支配されず、動的な構造をもって相矛盾し合い、説話形成ひいては説話集編纂を領導する推進力となるところに著者の内部矛盾論の特質がある。

　たしかに、1～4から、著者の構図にしたがって今昔物語集内部の矛盾の有り様を目のあたりに見ることができる。就中、〈編纂行為〉を阻碍する〈奇異也〉等の〈表現行為〉にある「一種の合理主義」（2・3、七一頁）の発見と、この延長線上にある「説話主体の認識することへの烈しい意志」（4、一一七頁）を解明したこととは、著者の方法以外には達成されない成果であるとして高く評価したい。

　しかし、上記の問題の立て方には疑問を抱かざるをえない。著者の方法は極めて弁証法に近い論理構造をもっているが、問題にすべきは、方法の是非ではなく、方法が著者の狙いを実現しうるかにある。よって、矛盾の出来する契機と矛盾によって形成されるものとを見たい。〈説話行為〉の措定から明確なように、矛盾は原話と今昔物語集が出会う時、出来する。ただ、その時点では、むろん、所謂今昔物語集はなく、前《プレ》今昔物語集と言うべきもの、すなわち、編纂者の意志と著者言うところの三つの言語行為しかない。そこから、著者の方法では、今昔物語集の説話形成過程のダイナミズムは捉えられるが、今昔物語集の始原および編纂の起点を捉えること、換言すれば、今昔物語集の根源的編纂目的の把握は不可能ではなかろうか。というのは、この方法で把握可能なのは、いわば、宙吊りになった内部矛盾の有り様ばかりで、矛盾の根源にあるものは見えてこないからである。

　今、百歩譲って、これを棚上げにしても、この方法では、一説話の形成は説明できても集という編纂の説明はできないであろう。なぜなら、矛盾によって生み出されるものは、通常、方向性を喪失しているからである。もし方向性、つまり、〈編纂行為〉が全体を領導しているのであるなら、逆に、矛盾のもつ形成力は減退するか、それとも、一部分に限定されるであろう。さらに、著者の立てた三つの行為は、前述した通り、一説話において顕現する。三つの行為は、ほぼ同時にもしくは一説話を読み取る時間内に現れると言ってよいだろう。つまり、それは、時間的段階を経た矛盾関係ではなく、共時的ないしは構造的矛盾関係である。したがって、今昔物語集というある意味では整った説話集を形成させるには、もう一つ別の論理が必要ではなかろうか。以上から、〈場〉は、一説話においてのみ有効であったと言うことができよう。

そこで、編纂の問題を取り上げたいⅢに入らなければならない。Ⅲは、1「説話形成と王朝史」2「説話形成と本朝仏法史」3「説話形成と天竺震旦仏法史」4「編纂の基底」からなる。その内容は、1〜3がいずれも「史」をもっていることから明らかなように、今昔物語集の編纂行為の内実を歴史叙述に見たものであるが、そこで最も強調されるのは、歴史叙述を根柢において支える意識を「今」を末世と認識する危機意識としたことである。つまり、著者は、「末世的現在に立脚しつつ仏法のさまざまのあらわれに秩序を与え、そこに一筋の正法を見出そうとする営為」(一八三頁)こそ今昔物語集の歴史叙述であると主張するのである。今昔物語集編纂の動機に「末世」を置くのは、著者ばかりではない。しかし、現在に対する危機意識が、世界を認識しようとする意欲を導きだし、「秩序」を与える行為、即ち、編纂を遂行する行為とするのは、独り著者のみである。言うまでもなく、この行為は、Ⅱの内部矛盾による説話形成と直接に関係する。

こうして、著者は、説話形成と編纂を一つの論理で説明しえたわけだが、疑問は尽きない。第一に、以前筆者が指摘したように、今昔物語集に「末世」観を見るのは至難の業である。第二に、「末世」の時代の作品であるから、「末世」観をもつのは当然であるとしても、いかなる「末世」観ないしは危機意識であるかが問われなければならないだろう。貴族の抱いていた「澆季」観と寺院が喧伝した「末法」とは自ずと構造を異にしよう。第三に本書では、歴史叙述が「末世」と一体化されて論じられる、というより「末世」であるから歴史叙述がなされると力説されているが、Ⅲで取り扱われる天竺篇・震旦篇の仏法史、本朝仏法史、本朝王朝史の「史」認定には、いささか無理を感じるところもある。例えば、天竺篇巻五を天竺王朝史とするのはどうであろうか。三国に亙る仏法史と王朝史を組織の根幹におくという主張には理解しつつも、天竺の周縁に位置する国家の濫觴を描く巻頭の二話から始まる巻五を天竺王朝史と言うことは決してできない。第四に、そもそも今昔物語集の編纂の枠組みを歴史叙述で把握することそれ自体が不可能だろう。歴史叙述は、天竺篇の巻一〜三の仏伝（これとてすべてが歴史叙述とは言いがたいが）を除いては、各篇冒頭など部分的にしか現れない。そこから、それは、今昔物語集の世界認識を形造る一つではあっても、集全体を支える根幹的論理とは言えないのではなかろうか。

最後に位置するⅣは、1「編纂・説話・表現」2「天狗と仏法」3「霊鬼と秩序」4「作品の生成」からなる。その内容の一部は、既に触れたが、三つの言語行為の働きを原論的論文（1・4）と実践論的論文（2・3）とで検証したものである。ここでは、1〜4を通じて展開される「表現主体」について考えてみたい。

通常の認識では、表現主体ないしは作者はア・プリオリに存在しており、それを再検討しようとはしない。ましてや、その存在形態はどちらかといえば固定的であり、常に同じ顔をもった作者を想定しがちである。しかし、著者は、「表現主体は、言語の一切をつかさどる主体として先験的に存立しているのではなくて、表現という営為を通して創られていく存在」（二二六頁）と捉え、動的な表現主体像を定立する。この表現主体観は、むろん、三つの言語行為がもたらす内部矛盾→説話形成の構図と通底しており、著者の論脈から言えば、必然的結論である。だが、これによって、固定的ないしは実体的作者は無化され、作品というエクリチュールから不断に創造される〈作者〉が把握可能となった。物語研究では、語り手論などで作者は既に葬りさられていると言ってよいが、著者は、その成果を十分に意識しつつ、作品の内的論理から上記の結論を抽出した。この論理的一貫性は評価するに余りある。

しかし、既に述べたところと関わりあいながら、疑問を述べると、この表現主体像では、今昔物語集の全体を統括する統一的主体は存在しなくなるのである。著者にとっては、統一的主体など必要ではなく、それ自体編纂行為に属するものであって、三つの言語行為の上に位するものではないかもしれない。しかし、そうであるならば、作品の統一性や世界観、また、その志向性を捉えることは困難となるであろう。かかるアポリアを抱えこんだ要因は、今やはり、全てを矛盾によって説明しようとしたところにあるだろう。かくして、著者は、今昔物語集を解体しつつ形成されるという、すぐれて逆説的方向性を有した作品として定位したのである。

如上、誤読も多々あるかと思うが、拙い検討と感想を列ねてきた。最後に、本書の総体的価値を述べて書評を閉じたい。それは、今昔物語集研究を飛躍的に向上させたことは言うまでないが、それ以上に、今昔物語集を言語が織り成す有機的運動体と捉え、言語の仕組みに徹底的に拘ることによってその内的世界を解明しようとした姿勢である。

著者にとって、今昔物語集を支えているのは、〈思想〉といった形而上の観念ではなく、言語とその行為だけである。その最も根柢的でなおかつ内在的方法から捉えられたのは、不安定ながらそれを梃子として貪婪に増殖せんとする今昔物語集の力強い〈生〉の世界であった。しかも、三つの行為の措定といい、方法の背後に透徹した認識論的思考があるのも見落としてはならない。故に、認識・言語・作品生成が別ちがたく結びついた新しい地平が開かれたのである。その意味で、本書は既成の文学研究の陥穽を衝いた方法的挑戦の書とも言えるであろう。

（昭和六十一年二月二十八日刊　Ａ５版　二九〇頁　七五〇〇円　和泉書院）

（一九八七年）

探究ということ

『池上洵一著作集第一巻　今昔物語集の研究』・
『池上洵一著作集第二巻　説話と記録の研究』に寄せて

平成一三年正月早々、単行本・編著・校注訳を除く池上洵一氏の全業績が二巻本の『著作集』として公刊された。説話に携わる研究者の誰しもが久しく待望していたものだけに、本書の公刊は慶事以外のなにものでもない。否、それでは全く言い足りていない。日本における説話研究の到達点を鮮やかに指し示したエポック・メイキングな事件であったと言うべきだろう。

私は本書を目の前にして漸く出たのだ、と素朴な感動を表明したい欲求にまず駆られたが、その感動は、読み進めるにつれて自己のレゾン・デトルが鋭く問い直される危機的感情に急変したことをここに告白しなくてはならない。それは、ありていに言えば、私がこれまで書いてきたり、考えてきたりした問題の多くが、既に氏によって指摘され考察されていたという厳粛な事実に改めて直面したからに他ならない。なんのことはない、私は池上ワールドで遊ばされていた釈尊掌中の獮猴に過ぎなかったということである。だから、本書の評者としては甚だ資格を欠いているのではないかと自覚もしているが、氏がこれまで営々と築き上げてきた今昔物語集・説話・記録探究のありようを私なりに引き受ける意味も込めて、以下、本書に対する所感を開陳してみたい。

＊

だが、その前に少し脇道に入ることをお許し願いたい。本書を公刊後、『国文論叢』三〇号（同年三月）で氏は自らの研究を振り返りつつ、「新資料主義」と氏が命名する近年の傾向に異議を表明されている。これが、本書の内容とも密接に結びつくので、書評のルールに反すると思うけれども、触れておきたいのである。氏は以下のように話されている。

その次に来たのがこの新資料主義です。これは、すべてを横並びに考えて上下を付けないという風潮が世の中に顕著になって来たのと軌を一にしていたように思いますが、国文学の研究においても、歴史的意義にはなるべく触れない。文学史的位置づけも評価もしない。その代わり、これまでは文学として扱われて来なかった雑多な資料を扱って「文学概念の拡大」とか「既成の学的体系の打破」を呼号するやり方です。しかし、作品そのものの分析は避けて通りますから、概念を拡大した結果なにが得られたのかハッキリしない、と私には思えるような研究が大きな勢力を持つようになりました。一言でいえば、私のような年寄りが、若いころから骨身を削る思いをして身につけようと努力してきた「読みの感覚」「文章感覚」など、すっぽりと捨て去った研究が現れてきたわけです。

一読、氏の舌鋒は辛辣であり、現代における文化相対主義の申し子とも言える「新資料主義」の底の浅さを衝いて余りあるものと言ってよいだろう。と同時に、それは安易に文化研究に傾きつつある国文学研究の現状に対する深刻な危機感の現れでもある。だが、この激烈な批判は、氏の学問のエッセンスが「新資料主義」の対極に位置する「読みの感覚」「文章感覚」にあることをはしなくも示しているのではあるまいか。事実、氏ほど説話テクストの片言隻句に至るまで表現に拘った研究者はかつても現在もいないのである。即ち、「読みの感覚」「文章感覚」を眼光紙背に徹するまでに鍛え上げることが、氏における文学と学問を繋ぐ探究の基本的なあり方であったのだ。本書が説き示す壮大無比な森に杣径を通すに際して、まずこのことに留意しなくてはならない。

＊

それでは、「読みの感覚」「文章感覚」はいかに今昔物語集研究や説話・記録研究で具体化するのか。その好例を氏の出世作となった今昔物語集の欠文研究（第一巻、第二編　第一章　欠文の語るもの）から見ておきたい。

言うまでもなく、欠文とは文章や語彙の欠落であり、文中で何も書いていない空所である。ここに注目した人はそれまでにもいたが、それを今昔物語集の作品論と絡めて論じたのは氏が初めてであった。しかも、欠文が実は今昔物語集の「読みの感覚」「文章感覚」を逆に示していることを氏は明らかにしたのである。

人名・地名・時等、固有名詞関係の欠文は、本来撰者の好奇的な欲求としてよりも、説話のリアリティーを増加させる手段として、それらを詳しく語ろうとしたところに原因するものであろう。が、それはとりもなおさず説話のリアリティーを、説話自身の形象には求めないということでもある。こうした欠文は『今昔』の各所に遍満しており、しかも時にはリアリティー増加の手段であることを越えて、形式的な統一を図るのに追われている感じさえする。これをもって一種の実録性というなら、『今昔』には自らの欲求以上に自らを束縛するものとしてまで実録性が貫かれていると言わなくてはならない。いうまでもなく『今昔』の文学としてのリアリティーは、こういう意味での実録性によって支えられているわけではないからである。

（第二編　第一章　欠文の語るもの　八八頁）

さりげないタッチの文章であるが、示された問題の奥行きは極めて深いと言わねばならない。欠文が概ね「説話のリアリティーを増加させる手段」として果たそうとしながら果たせなかった結果であることを匂わせながら、それに終始せず、すぐさま「説話のリアリティー」と「形式的な統一」という厄介な複合問題として捉え返されていることに私は注目したい。なぜなら「説話のリアリティー」とは、通常、現実味・真実感といった言説の内容・内面に属する概念であり、形式といった外面的な相とは、二項対立的な、言い換えれば、相矛盾する関係にあるからだ。だが、それらの相矛盾する両者をないまぜにしたまま今昔物語集は「一種の実録性」として捉えていたらしい。「一種の」という留保条件が付け加えられているように、これは通常の「実録性」とはやや擦れる位相にある語と言うことができるだろう。

そして、「一種の実録性」を踏まえて、氏は「『今昔』の文学としてのリアリティー」が「実録性によって支えられているわけではない」と言明するのである。ここでいう「文学としてのリアリティー」は言うまでもなく「説話のリアリティー」とは異なる概念である。事実性・実録性を越えた価値をもつものが「文学としてのリアリティー」のことであろうが、今昔物語集自体の「読みの感覚」「文章感覚」である所謂固有の文学性であることは間違いないだろう。その具体例を氏は巻三十一・30話に則して、

興味の中心にあるのは主人公が誰であるかではなく、受領の身内の女性が老いて病に伏

した身を生きながら鳥部野に棄てられたという事実の持つ重み、その重みによって受ける衝撃こそが撰者を動かしているものの正体であり、それが誰であるかはいわば二次的な興味であったとも言えそうである。

（同上、九〇頁）

と述べている。「事実の持つ重み、その重みによって受ける衝撃」が今昔物語集の「文学としてのリアリティー」を保証していると氏は解されるのである。今昔物語集の生理に肉薄する読解と言ってよいものだろう。

だが、そうなると、今昔物語集の内部には、それ自体「説話のリアリティー」と「形式的な統一」といった二項対立的関係を孕んだ「一種の実録性」と、今昔物語集撰者の関心を発動させる「文学としてのリアリティー」とが新たな二項対立として提示されることとなる。こうした迷路的状況こそが、私に言わせれば、これまで今昔物語集研究者の大半を苛立たせ苦悶に追い込み、研究を放棄させかねない、単純な二項対立的関係をさらに三竦み乃至はそれ以上に多重化した矛盾結合体としか言いようのない、今昔物語集言説の実相なのである。ハイデガーに倣って言えば、存在が空け開きつつ覆蔵されるといった決定不能な場に今昔物語集が佇立していたこと（むろん、そのこと自体今昔物語集が自ら作り上げてきた場であるが）を、氏は欠文の問題をとば口にしてさりげなく暴露したのである。

本論文以降、今昔物語集の言説のありように関しては様々な論文が発表された。しかし、氏の提示した矛盾結合体的言説の解明はどこまで進捗をみせただろうか。それに対する答えは甚だ心もとないと言うしかない。論文の末尾近くで、氏は「「書く」という行為と、その過程で発見した興味とに支えられた、一種特異な文字文芸が成立した」(同上、九一頁)と今昔物語集の固有性をやや控え目に述べられ、別のところで「反措定の文学」(第三篇 第四章 原話と『今昔』とを分けるもの、一三三頁)と強調されているが、「一種特異」ないしは「反措定」である言説形成が「「書く」という行為」とその「過程」での「発見」とが不断に絡み合いつつ統一性をもった言説に決して収束されない不均衡動学的所産(それは今昔物語集の未完成問題とも直に繋がるものであろう)であることも氏は逸速く把握されていたのであった。後に続く研究者の一人としてはずしんと響く重い指摘でもある。

そこで、「文学のリアリティー」に直結する今昔物語集撰者の関心のありようについての氏の見解を見ておかねばなるまい。氏は、『大鏡』所収の共通話と比較して、今昔物語集の特徴を、

『大鏡』があくまで兼家という特定の一個人に対する関心から話を理解しているのに比べて、『今昔』には特定人への関心はなく、貴人が巫女ごときに膝枕をさせたという、これまた低次の一般人的常識のレベルにおいて話を理解し非難しているところに注目し

なければならないのだ。

（第三篇　第二章　受容の方法―『江談抄』『大鏡』関係説話―一八五頁）

と、今昔物語集編者の甚だ非文学的な関心を指摘している。それは、言い換えれば、「すべてを一般的な次元に引き下ろしてする話の理解の仕方は、王朝文学の側からいうなら、およそ文学を文学として享受する資格さえ持っていなかったことを意味する。」（同上、一八六頁）ということであり、「反措定の文学」と換言できる「特異」性であるが、「文学のリアリティー」が「文学を文学として享受する資格」もないことにあるとする氏の主張は、説話研究にまだ「文学」を見出そうとやっきになっていた戦後の説話研究の主流にとっては致命的とも言い得る痛打となったはずである。

しかし、翻ってみれば、この主張が説話集の固有性を探究する方法論的契機を与え、説話・説話集の言説それ自体の仕組みを問うといった今日の説話研究を発動させたことはやはり甚深の意義をもつだろう。現在、文学信仰は既に過去のものとなっている。だが、説話研究は文学信仰の余光がまだ残っていた時期（本論文の初出は、昭和四十三年）に他のジャンルに先んじて文学離れが可能とされたのである。それは説話の非文学性を説いた藤岡作太郎以来の通説の再確認ではない、そうではなく、説話言説の位相をそれ自体として対象化することが、譬えてみれば、言語論的転回に匹敵する営為であることの宣言であったのだ。

今日の説話研究論文が対象とする説話の内容に比べて極めて我身を顧みてもややもすれば難解となり、場合によっては現代思想まで取り込むようなものが増えてきた一因には、私は氏の影があるのではと密かに推量している。むろん、氏には「骨身を削」り身を裂くような地平で自己と説話言説を対峙させる「読みの感覚」「文章感覚」が備わっていた。とはいえ、氏は、間違いなく説話研究の新展開に確実な一歩を踏み出したのである。その後の説話研究の展開をみると、「文学」の軛から解放された結果、「新資料主義」が出現するような、アナーキーで安直な文化相対主義的な状況が一方で起こってきたのは氏の指摘通りである。その意味で、氏が苦闘を通して摑んだ今昔物語集における「文学のリアリティー」は常に氏の思考の現場に帰って追体験する必要があると感じるのは私だけではあるまい。これが氏の知的決断に正しく応える道ではないだろうか。

さて、本書第一巻には、氏の事実上の処女作も掲載されてある。第三篇の附章「往生伝の系譜と『今昔物語集』巻十五」（初出は昭和三十八年）がそれである。この論文の末尾には、池上今昔物語集学の萌芽が既に認められるのである。

『今昔』巻十五の往生譚は、一見単なる『極楽記』の和訳話に見えるけれども、実は往生伝とはまったく異質な可能性をもって受け止められている。往生伝が閉ざされた信仰の「集」であり、「集」であることが一つの完結性を持っていたのに対して、『今昔』はいわば開かれた構造の「集」であり、「集」であることの限界とともに「集」であることによって新しい視界を切り開く可能性を内蔵していた。それがまた『今昔』を他の説話集と峻別するものでもあったわけである。（二五八頁）

「開かれた構造の「集」」、どうやら、氏は初発からして時代を先駆けていたようだ。

＊

今昔物語集論に埋め尽くされた第一巻に続く第二巻は「説話と記録の研究」と題され、概ね今昔物語集探究を経た後に書かれた説話や記録に関する論文と新資料の解題・翻刻によって構成されている。

氏が記録の世界に誘われたのは、第二巻の「あとがき」によれば、七〇年代後半からのようだが、それ以前に、歴史社会学派の中心人物にして恩師でもある永積安明の「引力圏の外に出て」「理屈ではなく動かぬ証拠」で「一歩ずつ対象ににじり寄」りたいという学的誠実さが根柢にあったことは記憶してよいだろう。なぜなら、かかる姿勢は今昔物語集論にもそのまま当て嵌まるからである。とすれば、「考証への憧れ」などと謙遜されてもいるが、もとよりあった「動かぬ証拠」による思考が、今昔物語集を通して「読みの感覚」「文章感覚」となって結実し、『三国伝記』の注釈の経験に裏付けられながら、今度は『玉葉』などの記録に適応されたとすれば、私としては氏の研究対象の変移に納得がいくのである。つまり、氏の姿勢は説話であろうと記録であろうと一貫していたということだ。言うまでもなく、その姿勢とは、テクストに対する寛容を越えた慈しみ溢れる構えを基調にしながら、同時にテクストに介入している様々な欲望のヴェクトルを残酷なまでに解析し対象化していく冷徹な精神の謂に他ならない。

だが、記録に関する論文群を見渡してみて、私は氏の新たな面に気がついた。それは、記録を執筆した人物への並々ならぬ関心である。

たとえば、このような個所である。『玉葉』の記録者である九条兼実の漢学受容を、氏は「固定化し形骸化して新しい現実への対応力を失った公家の伝統文化の中にあって、こういう家の学として固定化することのない、より自由な立場からする漢学の教養は、かなり新鮮で一種の賦活剤たりえたのではないだろうか。」（第一篇　第一章　読書と談話―九条兼実の場合―、一三頁）と肯定的に評価する。ここでの教養は戦前の国家エリートの哲学傾倒とあまり変わるところがない、竹内洋氏言うところの「邪魔する教養」に属するものであろう。ところが、後年、望みどおり政界の中枢に踊り出た兼実は漢学への興味を失っていく。そうした兼実に対して、氏は、

それ（第一級の政治家になること）が彼の生涯の望みであったのだから、私もだまって見送

ることにしよう。それにしても読書とは人間にとって結局何なのであろうか。（同上、一五頁）

ときっぱりと突き放した態度で傍観しているのである。古今東西、慶滋保胤からマキアヴェッリに至るまで、不遇なインテリと読書（＝「古典」）との間には濃密な親和関係が窺え、若い頃の兼実もその一人だったかという思いが脳裏にちらつくものの、氏の傍観には諦観と言ってよい態度が見出せよう。だが、それだけでは収まらなかったようだ。末尾に、父以上に漢学の素養が深かった愛息良通が長い間兼実の漢学談義の相手であった頼業を漢学で圧倒したという記事を『玉葉』文治三年五月十四日条に記した後、九ヶ月後に良通の突然の死を告げているからである。

そこに、氏は兼実における学問・教養と人生の関係、そして運命の過酷さを見ているようだ。どちらかと言えば、激しやすい性格をもつ兼実であるが、氏の視線を通してみると、そこに歴史という運命の中で相対化され翻弄されるはかない一人の人間である兼実の実像が具体像をもって浮かび上がってくるだろう。諦観と怜悧な認識が図らずも結晶化した見事な兼実論と言うべきだろう。とすれば、氏の人物への関心もやはり今昔物語集を見つめる目と近いところにあるということだろうか。加えて、氏は歴史を夢見つつそれは遂に果たせないアイロニーでしかないことに深く自覚しかつ共感されているに違いない。

ところで、記録とも密接に関係し、知識の伝授を主題にすることが支配的な所謂教命・口伝(『江談抄』・『中外抄』・『富家語』)は今日では説話研究の主要な対象の一つである。だが、これら口語り説話と説話集の説話との差異はこれまであまり指摘されていなかった。氏は教命・口伝類は「作品としての「場」が説話に即しては構成されていないという理由によって」(第二編　第四章『江談抄』における「場」の問題、一一九頁)説話集として認められないと断言する。その根拠になっているのは、両者の「場」のもつ意味合いの差異である。「場」のもつ意味合いや力とは何だろうか。

口語りの説話と説話集の説話との相異を単純に模式化していえば、口語りの説話は話題の選択から語り口のあり方まで、最も小さくは話し手と聞き手との間に、最も大きくは当時の歴史的社会的状況と彼らとの間に、形成される「場」の状況と密接に相関している。これに対して説話集の説話は、あくまでも「比較的に」であるが、そういう「場」の状況からは独立している度合いが大きいといえる。(同上、一一七〜一一八頁)

ここで言う「場」とは説話が生成される現場のことである。口語りの説話の場合、説話が生成される具体的な「場」は、説話を規定し束縛するものとしてある。これに対して、説話集の説話は説話集自体が抽象的な場や枠組を構成しているわけであるから、具体的な生成の

「場」から自由であり「比較的に」「独立」していることを見るのは存外容易いだろう。その

意味で、説話集とはメタテクストであり、生成の「場」から切断された位置に置かれ、別の

意味合いが付されているのであるから、両者を同じ系列に置くのは論理上できないというこ

ことになるだろう。

それならば、説話生成の「場」とはいかなる力を説話に行使するのか。氏は、記録類にお

ける「話題の設定や展開のあり方」（同上一三九頁）を押さえる一方で、『江談抄』の顕光説話

を例にして複雑極まりない『江談抄』諸本間の異同に留意しつつ前田本に注視し生成の

「場」の再現に成功している。そこから思いもかけぬ結論が提出されるのだ。

それにもかかわらず匡房にこういう語り方をさせたのは、この逸話の一続きの話として

のまとまり、あえて言えば話としての面白さであった。もともと後日譚の部分に主題の

ある一続きの話が、たまたま賀茂詣という要素を含んでいたことから思い出されて語ら

れたのである。つまり、もともとこの賀茂詣をめぐる顕光の言動は、事実の断片として

ではなく、一連の脈絡を持ったものとして記憶されていたのであろう。思えば、それが

「説話」というものなのである。したがって説話として記憶された「事実」の一端に触

れるということは、同時に「説話」そのものに触れるということでもある。

（同上、一三六頁）

顕光説話とは、既に摂政となっていた頼通のことを顕光がかつては自分の前駆だったと語るといった、負け犬の遠吠えないしは老いの繰言に類する話だが、この話は前田本『江談抄』によれば、摂関の賀茂詣に公卿が供奉したことの起源はいつかという質問に対する匡房の答えに登場するのである。だが、本来、質問者（筆録者）の「知識の補強と確認に関する質疑応答」（第一篇　第四章　公家日記における説話の方法、五七頁）のためにあるのが『江談抄』などに記される問答の基本的あり方であるから、顕光説話は質問に対する答えにもなっていない、いわば脱線に属する話と言ってよいだろう。しかし、匡房は賀茂詣から「話としての面白さ」をもつこの話を想起し突如語り出したのであった。このようになにかの連想を契機として説話が出現することは、一見、今日の問答や会話でもありがちな状況であるが、少なくとも『江談抄』のごとき問答では飽くまでも例外に属する事例である。しかし、説話が図らずも出現してしまう事実を通して、実は「場」が説話の中身を規定しつつも、「場」にさして関係のない説話までも呼び起こす起爆剤となる「場」の多面性を氏は指摘しているのである。氏によれば、こうした説話の出現のありようは、公家日記も同様であり、「説話をそれ自体の主題において受け止めようとする「場」は、ここにはなかった」（同上、一三七頁）からである。

となると、説話が語りだされる時とは、「場」が本来の目的から外れた不安定になった瞬間、すなわち、「場」にとってある種の連想契機はあるが、主題的には非本来的な「面白さ」をもった話題が話し手に呼び出された瞬間ということになるだろう。この状況を氏は「説話」そのものに触れる」と捉えたわけであるが、我々は、書かれたテクストとしての説話は知っているし、注釈の例として引用される説話も知っている。しかし、貴族の記憶の中で一連の筋をもった説話が語りだされ立ち上がってくる瞬間に関してはあまりに無知であり鈍感であったようだ。説話が生成される瞬間を「場」との非本来的関係から説明しえたのは氏以外には寡聞にして知らない。そこには、記憶と「場」が織り成す非本来的＝連想的関係性が融通無碍に張りめぐらされた文化システムがあり、問題は、説話と「場」に限らず、日本における知のありようや日本人の思考形態にまで及ぶ射程をもっているのではないだろうか。ともあれ、説話について背筋を伸ばして考えている人間は誰しも振り返らねばならぬ論文である。

第二巻には『『宇治拾遺物語』の「序」――「もとどりをゆひわけて」考』（第三篇　第四章、二二三〜二三一頁）といった、意表を衝く新解釈ながら読んでいて微笑ましくなる掌編もあるが、最後に、氏の中世への思いを語った「「鬼」の悲しみ―中世人の「人間」理解」（第四篇　第七章、三六九〜三七九頁）に触れておこう。

氏によれば、中世では「人間は誰でもいつでも鬼になりかねない。鬼は決して自分と無縁の他人ではありえないのだ。中世人たちの鬼を見る目の確かさは、この誰でもなりかねないという認識によってがっしりと支えられている。」（三七七頁）という。鬼は単なる人間にとって理解不能の他者ではないのである。だから、中世人は、鬼を恐れつつも「鬼たちの中に、「人間」の悲しさとさびしさ、そして苦しさを見つめ」（三七七～三七八頁）ることが可能だったのである。鬼論としても一時期流行った構造主義的な理解など遥に超えた深度をもつものだが、そこに中世に対する氏の暖かくかつ冷静な眼差しが窺われ、思わず感動してしまった。だから、論文末尾に記された、

無論これ（巌谷小波『日本昔話』「大江山」）は「大江山」が発表された明治二十八年における子供に向けた発言である。しかし子供向けであることを建て前にして横行した近代の「合理」主義が、中世文学からいかに多くのものを失わせ、その「人間」理解に奥行きを失わせたかは、この一例によってすでに明らかであろう。（三七八頁）

に集約される近代「合理」主義批判は、感動を超えて正しく受け止めておきたい。今昔物語集から「鬼」に至るまで氏の学的営為を支えた情熱には、古典研究を通して、我々が生きている近現代社会を徹底批判する狙いがあるのではないか。それは失われた世界に対するロマン主義的情熱でも懐古趣味でもオタク的熱狂でもない、中世を中世人の固有の世界として暖かくかつ冷静に理解することであり、同時に、近代をも相対化していくものなのである。そ

なるスタンスで近代批判を成し遂げた類稀な国文学研究者と言うことができるだろう。の意味で、氏は、近代国文学を「文明開化の論理」として批判し続けた保田與重郎とは異

*

以上、私の関心に沿ってこれまで述べてきたことは、全二巻、論文数五六、翻刻二、計一一五〇頁に及ばんとする本書のほんの一部を掠ったに過ぎない。紙幅の制限があるとはいえ、九牛の一毛に類する愚挙だろうし、誤読だらけの代物である可能性を否定できない。後は読者諸兄が自ら本書を繙かれることを望みたいが、蕪辞を連ねた上で擱筆前にこれだけは言っておきたい。氏の著書を引き受けるためにも、「わたしたち探究をやめることはないだろう。わたしたちのあらゆる探究の目的は、わたしたちの出発点にたどり着くことだ。出発点を初めて知ることだ」というT・S・エリオットの詩の一節を噛み締めておきたいのだ。氏の探究こそ、まさに「わたしたちの出発点」であり、「たどり着く」地点であるのだから。

（二〇〇一年一月五日、和泉書院刊、全二巻、一一四二頁）

（二〇〇二年）

後記

末筆ながら、本書刊行後、優に一年半以上の時間が経過している。遅延の原因はすべて私の怠惰にある。池上氏には衷心からお詫び申し上げたい。

二〇〇八年、本書の続編というべき『池上洵一著作集　第三巻　今昔・三国伝記の世界』、『池上洵一著作集　第四巻　説話とその周辺』（和泉書院）が刊行され、全四巻となった。池上ワールドの全貌がここに全貌を現したのである。説話に関心がある人間は誰であれ、座右に置くべき四巻であろう。

（二〇一三年）

兵藤裕己著『物語・オーラリティ・共同体』

昨年、物故した笠原和夫の脚本に『二百三高地』（監督舛田利雄、一九八〇年）がある。『仁義なき戦い』・『やくざの墓場』ほど劇烈な印象には欠けるものの、明治国家最大の危機であった日露戦争を様々な層（乃木将軍から一兵卒まで）から多面的に捉え、戦争を語ることとは何か、と問うた意味でなかなかの秀作であった。とりわけ、戦い死んでいく無名の兵士たちの描き方では、その後もこれを凌駕する作品には出会っていない。

映画のラストシーンは、戦争なる物語をめぐる笠原一流のアイロニカルな共感が滲み出ていて、今も鮮明に覚えている。それは、命からがら復員した兵士が、戦後、大道芸人となり、縁日で聴衆に向かって日露戦争物語を得々と語っている場面をややカメラを引いて映し出していたのだ。この場面を見ながら、戦争の物語を語ることを生業＝芸能として、したたかに生きる元兵士の姿に爽快ささえ感じ取った。悲惨な戦争を得意げに語るなんて、といった戦後的価値観に基づく疑念など思いもよらなかったことは言うまでもない。この元兵士の背後には、多くの生還兵士たちが、生業ならずとも、語り手となって、鎮魂譚や武功譚、はたまた悲話・笑話といった、様々な物語を紡いでいたはずである。私自身も子どもの頃大人からそれに類する話は嫌と言うほど聞いてきた。

とはいえ、このように言うことは可能ではないか。戦争に参加した当事者が語り手として戦争を語るということは、時代を超えて、戦争という例外状況がもたらす不可避的行為であり、語られた内容も、事実か虚構かといったレベルとは次元を異にする、感性・感情の共同性に訴えかけるある種の事実《リアリティ》＝歴史《ヒストリー》という物語《ストーリー》なのである、と。その時、われわれのとるべき態度としては、語り手のありようと語られた物語に対する共感・反感・称讃・憎悪なども含めて、一切合財そのまま認めることとしか残されていないということである。だからこそ、笠原も、戦争という国家の物語に国民の物語を架橋しながらずらしていく元兵士の姿にアイロニカルな共感の視線を送ったのではないか。

*

のっけから、書評に似つかわしくない、一見どうでもいいようなことを長々と書いてしまったのは、むろん理由がある。大学院生の頃、本書の原形となった『語り物序説――「平家」語りの発生と表現――』（有精堂出版、一九八五年、絶版）を読み進め、「あとがき」に至り、そこで、笠原と兵藤裕己氏が一瞬ダブるような思い、というよりも錯覚を抱いたからである。

「あとがき」には、東海道線の準急電車で見た「軍帽に白衣を着た傷痍軍人」を「ひどく怖ろしいもの」・「なにかしら危険な存在物」と感じた幼少期の氏の原体験が綴られた後、「傷痍軍人の軍歌と同じメカニズムが、日本的な表現のアイデンティティをささえている」という衝撃的な一文があった。氏の読者なら、これが上記に続く「語り物的な表現が語り手＝表現者の触穢を代償にする」、即ち、「語り物の浄化作用《カタルシス》」のことだとすぐに気づくだろうけれども、私には、そのように合理化できないなにか引っ掛かるものがあった。おそらく、氏の内部にまだあるに違いないもやもやとした思いを勝手に想像していたのだろうが、「傷痍軍人」ならびに「語り手」という存在、さらに、大道芸人になった元兵士のありように対するアイロニカルな共感が氏の前理論的なベースをなしていたのではないかと当時は思っていた。だから錯覚したのである。

この「あとがき」は本書Ⅳ・「ⅰ　語られる身体」に一部再収され、以下のように書き直され、総括された。

> 薄汚れた白衣と軍帽、そして人目にさらされた（露悪的とさえいえる）義足や義手が、かれらの表現（軍歌である）の圧倒的なリアリティをささえていた。たとえば、「平家」のいくさ語りをかたる盲目の景清というイメージも、おそらくこれなのだと私は思っている。語りのリアリティが、共同体の負の記憶をかたどる語り手の聖なる疵《スティグマ》によって保証されたのだが、それがじつは、日本的な表現―私はそれを近代の浪花節もふくめて語り

物で代表させて考えている—における語り手の位置取り《ポジショニング》の問題だった。（二七〇頁）
氏は、傷痍軍人の「表現」の「圧倒的リアリティ」が「薄汚れた白衣と軍帽」・「義足・義手」によって支えられていたと指摘する。その通りであろうし、傷痍軍人が「盲目の景清」の再現前であることも時空を超えた「日本的表現」の不変性を指摘して説得力に富む。また、「圧倒的リアリティ」を具現する非日常的なものたちが、「怖ろしいもの」・「危険な存在物」の意味するものであることも間違いない。「語りのリアリティ」は、「語り手の聖なる疵《スティグマ》によって保証」されるからに他ならない。そういう負目を担わされた「語り手の位置取り《ポジショニング》」に立つこと、これが兵藤語り物論の根源的態度であり、本書を貫通する骨骼である。そして、これまで、松田修以外に、かかる態度で語り物や日本を考えようとした研究者はいない。それは、われわれの日常性から日本そのものを成り立たせている共同幻想を根柢から揺るがし破砕する、斬新な試みである。

　ここで、少し横道に逸れるが、氏の試みを正当に評価するためにも、松田と氏との差異に言及しておきたい。異端こそが日本の共同性の核だ、とする逆転の論理が思考・言説を貫く、語弊を恐れず言えば、異端原理主義者であった松田に対して、「聖なる疵《スティグマ》」を負った「語り手」の語りによって日本の共同性は支えられていたとする、ある種の相互補完性の立場に氏は立つ。一見似ているが、別次元にあると言うべきだろう。氏の方がトータルに日本を論じ得る視点を有しているからだ。それは、「浪花節」を論じた『〈声〉の国民国家・日本』（NHK出版、二〇〇〇年）に直結する射程を有しているが、本書では、Ⅱ・「ii　語り物享受と共同体─国民文学論をめぐって」の「国民文学論」批判となって展開されている。だが、氏の視覚は、ややもすれば、「語り手の位置取り《ポジショニング》」に立つことと日本の共同性との関係が予定調和的でき話になる危険性も有している。異端原理主義に立たない氏はこれにどう立ち向かったのか。結論を先走って言えば、予想される危険性を語り手の「表現のリアリティ」の側にずらしかつ反転させていったのである。ここには方法論や論理を超えた氏のパトスがあったと言っても過言ではない。

「国民文学論」を巡る上記論文で氏は、故山鹿良之の語りについて、以下のように述べている。

> この解釈をとおして、私たちは、語り物の本質が共同体への祝福だと考えるかもしれない。また、すこし問題を抽象化するなら、物語＝語り物が制度のプロパガンダであり、それはけっきょく天皇制にからめとられるのだなどと理論化できるかもしれない。あるいはそのへんから、永積安明などが予期だにしなかった「国民」文学論が生まれるかもしれないのである。（一四九頁）

一見、永積安明の国民文学論を根柢から顛倒させた「「国民」文学論」の誕生を予測させるかのような書き振りである。しかも、「語り物の本質が共同体への祝福」という指摘は、まさに予定調和を予想させる。だが、その直後、こうした解釈が「テクストのこちら側からする解釈でしかない」と氏は相対化し、語り手の側にシフト・チェンジする必要を訴える。そして、

語り手が語りを生成させるのである。こんななつかしい解釈を容易に発明する山鹿の表現のリアリティが、語りを流動させている。くりかえしいうが、問題は、物語テクストを消費する私たち—たとえば「国民」—のアイデンティティなどにはないのである。表現する主体の生存のリアリティこそが問題だ。（一五〇頁）

と結ぶのだ。紙幅の都合から山鹿の豊饒な語りを引用できないのが残念だが、「私たち—たとえば「国民」—のアイデンティティ」ではなく、「表現する主体の生存のリアリティ」が問題だとする氏の言説は、通常みられる、国家対国民、ないしは、国家による国民の包摂といった二項対立的図式と論理を既に逸脱している。氏は近代主義に基づくこれら二つの国民文学論は同じ穴の狢だと拒否するに違いないが、ある種の「語り手」原理主義に立つことによって、両者の相互補完・予定調和を壊していくのである。その時点で、氏の「敵」として現れるのは、むろん、「物語を消費する私たち」＝「国民」となるのは明らかだ。こうして氏

は危ういぎりぎりのところで相互補完・予定調和の罠を逃れたのであった。

となれば、氏の攻撃対象は、問題の立て方に物語を消費する側の「国民」を前提にし、かつ、背後にもつ国文学・日本文学研究や日本文化史研究なる近代化された学的制度になってくるのは、見やすい構図である。執拗に繰り返される「ゆりかえす」や「とらえかえす」なる言辞は、その具体的表現であり、氏の挑発でもあるのだ。

加えて、氏の挑発は、あくまで既成の学的制度に向けて行なわれたものであり、「聖なる疵《スティグマ》」と負った「語り手」たち（琵琶法師～傷痍軍人）が置かれた被差別的現実に対する批判ではない、ということだ。「表現する主体」＝「語り手」の過酷な現実に対する氏の深い理解と怒りは、余人を以てしても及ばない境位にある。だが、それ以上に、「語り手」の「生存のリアリティ」によって、「日本的表現」が実現されているにも関わらず、彼らを無視してきた、国文学などといった近代的学的制度やその前提かつ延長線上にある「国民」に対するラディカルな批判＝問い返しこそ、氏の本旨である（Ⅱ・「ii　語り物享受と共同体」）。その辺は注意深く読み取る必要を感じる。

そうして、冒頭近くに記した、私の「錯覚」に立ち戻ると、「日本的表現」を成り立たせている「語り手」たちを我が身に引き受ける兵藤氏の決意、言い換えれば、「被差別の回路を生きる（表現する）ことの辛らつなイロニー」（Ⅱ・i　物語―触穢と浄化の回路　一三九頁）を見ようとする、重くかつ軽やかな現実感に満ちた共感の眼差しに思い至るだろう。ために、私は激しく共振したのである。

＊

そこで、本書におけるラディカルな問い返しの具体相を見ておきたい。まずは、兵藤「語り物」論における語りの流動性という問題である。

芳賀矢一がドイツで「文献学（Philologie）」を学んで、国文学を創始して以来、国文学にとって対象となるのは文字テクストであり、原本の文献学的再建が学の第一目的とされた。軍記物も例外ではない。平家物語もどの本が一等原本に近いかをめぐって、蜿蜒と果てしない議論が続いており、今も終わっていない。そこには、残された諸本・異本群が系統的に序列化されたツリーの頂点にある原本（＝幻本）から考えることがテクストの本質を捉えることだ、とする起源論的思考が窺えるが、異本・異文が存在しない（むろん、異本・異文を排除したと言った方が正確だが）中国の十三経、イスラームのコーラン（クルアーン）、キリスト教の聖書といった聖典とは異なり、日本では、和歌の聖典的役割を果たした古今集でさえも異本・異文を有している。これまで原本が再建されたと言われるのは土佐日記だけであろう。それでも、原本中心主義ないしは信仰は国文学の中では根強く、平家物語で言えば、譬えば、原本に近いとされた延慶本が注目を集めたりしていたのである。

これに対して、「語り手の位置取り《ポジショニング》」に立つ氏は「テクスト（本文）」から「語り」へという抜本的な思考の転換を呼びかける。ここで、氏が問題にしているのは、平家物語の原本探索ではなく、「正本」とされた覚一本と語りの関係である。そして、固定的テクストの読みに拘る平家物語研究を批判し、「語り手」の「語り」の流動性に着目せよと迫るのである。

それでは、「語り」の流動性とは何か、また、それはテクストといかなる関係にあるのか。氏によれば、それはなによりも学的態度の問題であった。

語りはそれじたいで流動するのではなく、語られる物語世界との相関において流動的であるはずだ。とすれば、たとえば平家物語のばあい、語りのありようを一義的に規制しうる「正本」（覚一本）が定着する前史的部分には、「平家」という内的な規制力がいっぽうに考えられてよい。

そのばあい、現存する諸本を静態的《スタティック》に比較して、その先後関係を問うという手法はもちろいない。それが無意味だとは思わないが、しかし、その有意性を論理だてることのむずかしさを、現存諸本の比較作業に埋没する以前に知る必要があるのではないか。語る行為に先行して物語が（テクストと等価に）あるのではない以上、現存諸本の比較とは、いったいなんの先後関係の比較なのか。（中略）

問題は、表現としての語りのありようを一義的に規制する物語テクストが定着・凝固するメカニズムであり、また、そこにいずれはひき起こされる、「ものがたり」とテクストとの価値的な転倒である。たとえば、私は、平家物語の流動過程について、物語がみずからにふさわしい語りのスタイルを成熟させる過程であることを述べてきた。それは語る行為の側からいいかえれば、語りが、語られるべき「平家」との相関のなかで構造化されるということだが、それはしかし、語りの問題であると同時に、テクストという概念の認識のしかたにかかわっている。（I・「ii　物語・語り物とテクスト」三二～三三頁）

語りの流動性と言っても、「平家」を語るのであるから、自然に「規制力」が働くのは当然である。だが、「現存する諸本を静態的《スタティック》に比較して、その先後関係を問う」という、これまで主流だった方法では、「語る行為に先行して物語が（テクストと等価に）あるのではない以上」、常に二次的行為になってしまうのである。「語る行為」の先行性、即ち、第一次性は兵藤語り論の根幹である。そこから、氏は、「表現としての語りのありよう」を「一義的に」「定着・凝固」していく「物語テクスト」の仕掛けを剔抉していくのだ。そこでは、「語り」＝「ものがたり」と「テクスト」とは「価値的な転倒」が起きているという。「語り本―語りのテクスト―」（三五頁）なる矛盾する奇妙な言い方にその転倒は集約的に表現されているが、「語り」＝「ものがたり」と「テクスト」とは、言うまでもなく、別物である。それを氏は、別のところで、「物語はほんらい、〈書かれた〉テクストになれきれない「物語」である」（I・「i　物語テクストの成立」一一頁）と言っている。いわば、「テクスト」とは、全体たる「語り」＝「ものがたり」の部分集合でしかないのだ。

それにも関わらず、これまでの平家物語研究は、流動的だった語りを「定着・凝固」したに過ぎない「物語テクスト」をあたかも本来の平家物語であるかのように扱っていた。そして、諸本間の異同から起源を探ったり、覚一本を以て平家物語を代表させたりしていた。だが、これでは、いつまで経っても「語る行為の側」＝「語り手」の側に立てないではないか、と氏は研究＝消費する側の態度を厳しく批判するのである。

しかし、「語り手」の側に立って、平家物語を読むことははたして可能なのか。声業たる語りの再現は不可能であり、近世に制度化された『平曲』も中世の流動的な語りとは異質なものになっている。これに対して、氏は、二つの方法をとった。

まず、江戸初期の平曲伝書『西海余滴集』に拠りながら、「「平家を語」るためには「平家をし」らねばならず、「しる」ためには「語」らねばならない、という循環的・螺旋的な関係」（Ⅰ・「ⅱ　物語・語り物とテクスト」三四頁）を提示して、テクスト（本文）中心主義の無効性を指摘する。なにしろ、物語を「しる」とは、「物語テクストを不断に語りあらためることであり、よりふさわしい「平家」の語りをみずから再創造する行為」（同上）なのであるから、そこにテクストが優位性を占める余地はないからだ。次に、山鹿などの語りを詳細に調査して、語りの流動性を確かめるといった、フィールドワークのよる実態分析であった。とりわけ、後者は小沢昭一以来の壮挙と言ってもよい仕事である。

おそらく、氏が言うように、「語り」の方が第一次性であり、しかも流動的であったのだろう。だが、それでも疑問は残る。これで語りの再現になっているのか、などといったレベルの問題を言っているのではない。そうではなく、「語り」の根源にはやはりテクスト（本文）があったということ、加えて、「語り」の流動性よりもテクスト（本文）の流動性の方が激しいのではないかという疑問である。語りの重層的な過程から平家物語の原テクストが作られることはまず考えられないだろう（氏も「平家物語は、中世最大の寺院権門である比叡山で編集・成書化された」とは述べている。〈Ⅲ・「ⅰ　物語の空間」二〇四頁〉）。原テクストが氏の言うように流動的に語られていくことはありうるし、そうだと思うが、その反対はない。

だが、これはさしたる問題ではない。語りとテクストは、どちらかがより流動するのかの方が重要である。語りについては、平家物語という枠組みが語りの自由度を既に規制している。そうなると、「語り手」の記憶力とその場の情況、そして両者を契機とする連想によって、語りに流動性が与えられることになるだろう。「デロレン祭文」や古典落語と同じである。しかし、テクストの場合はそうではない。語りの場はないといっても、目の前には書写・改変される元のテクストがある。記憶―連想システムがもたらす語りの流動性よりも、本文―読む―写す／記憶―連想↓付加といった二つの行為が折重なって遂行される新たなテクスト（＝異本）作成作業の方が、流動度は優るのではないだろうか。平家物語の異本群を見ればそれは立ち所に諒解されよう。

こうしてみると、氏は、テクスト（本文）第一主義を乗り超えるために、自らは語りの流動性を第一義におく立場に立ったということになるだろう。それは、原本を起源としそこから思考を開始する、アリストテレス以来の起源論的思考を、そのまま語りの方にスライドしたということでもある。だが、これ以外に、「語り手の位置取り《ポジショニング》」に立つ方法はあるかと問われたら、ないと言うしかない。その意味で、氏の果敢な試みは、学問の存立基盤そのものも問うているのである。否、氏はわれわれ・日本を問うているのだ。本書の大きな魅力の一つは、学界といった狭い世界を超えたこの開かれた問いにある。

＊

次に、平家物語の正本たる覚一本とその管理をめぐる問題を見ておこう。

平家物語、さらには、源氏物語も足利幕府が管理していた、と氏が論じ始めた頃（『平家物語の歴史と芸能』、吉川弘文館、二〇〇〇年、本書ではⅠ・「iii　物語がつくる歴史―源氏物語と平家物語」）、氏の学的関心が移ったという意見を耳にしたが、私には全くそのようには思えなかった。氏にとって、「敵」としてのテクストは覚一本である。覚一本と語りの流動性の反転、これこそが氏の狙いだろう。とするならば、今度は、覚一本なるものがいかなるものであったかを探る必要が出てくるのは、思考におけるごく普通の展開だろうと思われるからだ。「聖なる疵《スティグマ》」を負った盲僧に代表される「語り手」から足利義満＝幕府といった権力者・権力に関心が移ったといったレベルの問題ではないのである。

覚一本の二本のうち、一本は秘蔵され、もう一本は義満に進上された（Ⅰ・「iv　語りの威力と拘束」六五頁）。このことは、二つの問題を提起しよう。一つは、不可視の覚一本と語りの流動性の問題であり、もう一つが権力と平家物語の問題である。そして、両者は、「「語り手」―テクスト（覚一本）―権力（足利幕府）」の関係で一つの構造体を完成する。しかも、「平家」本文のみならず、語りの座組織（＝当道）は足利幕府の管理下にあったのである（Ⅰ・iii　五五頁・「vi　武家神話としての平家物語」一〇四頁他）。

こうなってくると、問題は、「文字・芸能伝承において、文字テクストが介在することで生じる権力の布置関係の変化は、平家物語研究においてもっとも見落とされている問題である」（Ⅰ・iv　六七頁）と氏が歎息するように、権力対文学なるありきたりの陳腐な図式ではなく、語り―語り手／本文―権力ならびに、語り手∧座組織∧権力といった重層的な相貌を見せてくるだろう。

覚一本ももはや書誌学的な意味における「正本」ではない。秘蔵されたまま、語りの流動性を窮極において保証する一方で、足利幕府の「現在に永続する秩序・体制の起源神話」（同上）の役割を文献的に果たす、いわば、三島由紀夫が捉えた、秩序とアナーキーに跨る「文化概念としての天皇制」に相似した存在に化しているのである。

私は、語りの流動性論よりも、足利幕府による覚一本・座組織管理論の方が、研究として成功していると考えているが、氏にとって両者は不離一体であり、故に、芸能から権力までを一元的に見る視座を持ちえたことは間違いない。だが、これは逆に言えば、覚一本なるテクストの威力の証にはならないだろうか。あらゆる権力（幕府から座組織まで）は自己の正統性を保証する起源を必要とする。ここでは、覚一本がそれに当る。覚一本を語りによっていかに相対化するかに賭けた氏ではあったが、「語り手」と「幕府」を繋ぐ魅惑的な権力論を提示しつつも、それを媒介するのが他ならぬ覚一本（加えて、座組織）となると、「平家物語研究においてもっとも見落とされている問題」はやすやすとクリアーされたけれども、今度は、ヤヌスの如き双面で立ち塞がる覚一本を前にしてやや複雑な思いに囚われたと感じるのは私だけだろうか。

とはいえ、語り手・座組織・足利幕府といったものが重層的な支配関係をつくりながらも、語りの流動性は、次第に定着・凝固されていったようだが、それにも関わらず、ある種の不埒さをもって、逆に座組織・惣検校や幕府を安心させせつつ脅かしつづけたのではないか。このような双方向性があったと思いたい。流動性が専ら「語り手」という「境外のモノたち」によって具現されていたのだから、ことはそう簡単には終わらなかっただろう。となると、多様にして一様な平家物語、およびそれが語られた時代を真摯に幻視することこそ、われわれが最初になすべきことではあるまいか。それが氏の投げかけた問いに対する誠実な応答になるはずだ。

＊

以上、触れていない問題が多すぎて、忸怩たる思いが消え去らないが、最後に、本書のタイトルについて一言だけしておきたい。

タイトルを構成する「物語」・「オーラリティ」・「共同体」という三つの言葉の組み合わせが、それぞれ「テクスト」・「リテラシィ」・「ネイション（国家＝国民）」の対立語となっていることは、意味深であり示唆的である。固定的かつ制度的な「テクスト」・「リテラシィ」ではなく、流動的かつ非制度的な「物語」・「オーラリティ」、近代的な「ネイション」ではなく前近代的な「共同体」によって命名されたタイトルは、そのまま本書が「語り手の位置取り《ポジショニング》」に立つことのマニフェストになっているからだ。

ところが、このなかで「共同体」だけは両義的な意味合いをもっているようだ。改めて強調するまでもなく、「共同体」こそが、「罪＝穢れのすべてを憑代《よりしろ》に転移させ、それを境外の地に祓いやること」（Ⅱ・「ii　語り物享受と共同体」一四二頁）によって、みずからの「秩序と安寧」を維持させてきた主体だからである。それのみならず、「平家という亡滅の一権門」（一四三頁）に「憑代《よりしろ》」の役割を担わせ、「『国民』的規模からする浄化《カタルシス》をあじあう」（一四四頁）平家物語享受の基盤を整備してきたのも、他ならぬ「共同体（村落、国家）」（同上）であった。即ち、「共同体」は「ネイション」と等号で結ばれる構造を内包していたという訳だ。

しかし、氏は「共同体」を敢えてタイトルに選んだ。そこに「語り手」と「共同体」の予定調和を見るのではなく、「共同体」の価値やその魔力を認めつつも、「語り手」たちが「共同体の生成に荷担しながらも、しかもかれらじしんが非常民でしかありえないという、そのあやうい語りのポジショニング」（「あとがき」三四七頁）に立つことを自らに課するために、氏は「共同体」をタイトルに冠したと思われる。だから、「共同体」と兵藤氏とは、今後もスリリングな関係でありつづけるにちがいない。

（ひつじ書房、二〇〇二年三月、三五六頁、二八〇〇円）

（二〇〇四年）

初出一覧

Ⅰ　近代と古典

政治神学と古典的公共圏——パウロ・空海・和歌——
『日本近代文学』71号　二〇〇四年一〇月

反動的な古典との出会い方のすすめ
『日本文学』　二〇一〇年年四月

国文学に「偉大な敗北」はあるか——人文学の総崩壊を目前にして
『これからの文学研究と思想の地平』（松澤和宏・田中実編）
右文書院　二〇〇七年七月

人文学総崩壊の時代と日文協（『日本文学』　二〇〇七年四月）

II　近代・教育・大衆

文学は「教科書」で教育できるのか
『日本文学』二〇〇五年八月号

井上毅と北村透谷——「近代」と「東洋」の裂け目から——
『「国文学解釈と鑑賞別冊」北村透谷《批評の誕生》』（新保祐司編、至文堂）二〇〇六年三月

菊池寛「新今昔物語」——古典と大衆社会の屈折なき出会い——
『国文学解釈と鑑賞』（至文堂）一九九二年五月号

III　ナショナリズム

物語としてのナショナリズム——前近代・近代・現在そして未来——
『比較文化研究』（慶熙大學校付設比較文化研究所）11巻・一号　二〇〇七年六月

「熱祷」、「恋闕」そして「海ゆかば」
『「海ゆかば」の昭和』（新保祐司編、イプシロン出版企画）二〇〇五年一二月

《男》を捨てた男と「普遍性」（『日本文学』一九九四年一一月）

鎮魂の作法（『創流』5巻7号　一九九八年八月号）

『自虐史観』の優越性（『日本文学』一九九八年八月号）

「追悼」の作法（『正論』二〇〇五年九月号）

「大義」の行方（『正論』二〇〇五年一二月号）

Ⅳ　古典をめぐる書評

森正人『今昔物語集の生成』（和泉書院　一九八六年二月）
『国語と国文学』一九八七年六月

池上洵一『池上洵一著作集』（和泉書院　二〇〇一年一月）
『国語と国文学』二〇〇三年六月

兵藤裕己『物語・オーラリティ・共同体』（ひつじ書房　二〇〇二年三月）

『文学』（岩波書店）　二〇〇四年一・二月号　二〇〇四年一月

＊なお、誤記・誤植等以外、修正は最小限に留めた。その後の見解については、「後記」として記した。

あとがき

『アイロニカルな共感』、なんとも奇態な書名をつけたものだと、今さらながら呆れ返っている。だが、「共感」とは、ヘイトスピーチに限りなく近くなるどうしようもない一体化感情の露呈やぶん殴ってもまだもの足りないくらいの上から目線が全開した同情・憐れみを除いて、多くは、素直にあるいは全面的な肯定感の下で行おうとしても行えない、ある種のほろ苦さを伴っている感情ではないだろうか。

なぜなら、これも贅言と知りつつ敢て記すならば、人間とはそう簡単に自己以外の他者と共感などもてるほど高尚でも立派でもなく、その反対にはなはだ賤しくずる賢く、さらに言えば、自分のことばかり考えている度しがたい存在であるからだ。そのせいか、時折、安直かつ単純な人間讃歌を聞いたり読んだりすると、その瞬間に虫酸が走ることを阻止できていない。

さて、共感がもてない多くの対象の中には、自己が誕生する以前の過去の自国（おのがネイション）や自分が住んでいない海彼の国々も入ってくるだろうが、一時期流行り、現在ではほとんど誰も使わなくなった「いまそこ」なる言葉に的確に表現される現在性が世界を覆うようになると、なおさらのこと、自己の半径一・五メートルくらいの世界にしか関心が向かわない人たちにとって、過去の自国という他者、外国という他者は言うまでもなく、「いまそこ」にいる他者までも視野の外となってくる。

現在、幸か不幸か、近隣諸国（中国・韓国の二国に限定されるが）が必要以上に騒いでくれるので（よほどの国内事情があるためかと想像もされるのだが）、過去の自国や外国が多くの人々の意識に上がっているけれども、近隣諸国がなんらかの都合でそのうちに静かになると、自然に収まるはずである。むろん、近隣諸国と友好関係になることは第三の共通の敵を見出さない限り不可能なので、ここ一〇〇年程度は、不仲が続くだろうが、ビジネスと人間交流が行われていれば、それでよい。無理に仲良くする必要はない。これはあらゆる他者にも適応できる。

そうした状況の下で、私は、過去の自国、外国を含めた他者なるものに対して、愛情や同情、他方、憎悪・軽蔑・差別、そして、無関心という態度ではなく、なんとかして開かれ、個別の他者とはアイロニカルな共感をもてる関係を構築したいと望んでいる。なぜか？そうでないと、現代日本という古典とはほぼ無関係な社会に生き、古典・日本、そして、古典を打ち棄てた近代を考えていく根源的意味を問うことが不可能となるからに他ならない。そうした行為の延長には、そのような国に生まれ育ち生きている自己の根元を問うという作業が待っているのは、改めて言うまでもないだろう。自己を問うために他者と向き合う。考えてみれば、当たり前のことである。

こうした、考えようによっては七面倒な問題群をさまざまなケースで考察してみたのが本書ということになる。本書の内容に関しては、感想めいたことは見苦しいので記さないけれども、ここでは、「アイロニカルな共感」に論点を絞って、「あとがき」に相応しくないことを少し書きつけてみたい。

十年ほど前のことになるが、北京で開かれた日本文化・言語・文学がらみの学会の場で、やや親しく話すようになった、中国ではそれなりに知られ、権威なるものも一応は備わっている、割腹のいい中国人研究者からこのようなことを言われたことがある。

被害者と加害者の立場を逆にして見ると、日本と中国の関係もよく分かりますよと。これは、加害者=日本の立場で被害者=中国を見ている限り、中国のことは分からないと言いたいのだろう。つまり、自己が被害者であることを想像したら、はじめて他者である中国の悲しみが理解できるということだろう。だが、この意見、一見正論だが、どうだろうか。果たして中国は一方的に被害者で、日本は一方的に加害者であったのか。この前提からしてやや疑わしいが、それはともかく、先に進むと、被害者になってはじめて相手の立場が分かるというのも、反省したら世の中がよくなると考えると同じくらい、眉唾ものではないか。通常、被害者になったら、加害者の立場などを忖度する余裕など生まれないはずである。彼の話を聞きながら、一見分かりやすい構図自体に日中の立ち位置を反転させたい底意が見えて、私は適当に話を合わせて、実は無視していた。

この学会では、当然のことだが、全然タイプの違う中国人研究者もいた。その典型とも言える、如才のなさそうに見える男性と、宴席の場でたまたま魯迅に話題が及ぶと、彼が意外にもこんな話をしたのである。自分は魯迅が嫌いである、なぜなら魯迅は、あの鋭すぎる舌鋒で六人の批評家を事実上廃業に追い込んだからだと。中国で魯迅批判を聞くのはこれが初めてであった。これは現代中国ではやや勇気を要する発言である。なにしろ「革命の父魯迅」という誤ったイメージが定着しているからだ。一般の国民は魯迅などと呼び捨てにしない。魯迅先生と呼ぶのが普通である。そして、こうも付け加えた。文人とは魯迅のようなもの、だから、文人も嫌いですと。とはいえ、私は彼の眼差しの中に魯迅に対するアイロニカルな共感を読み取っていた。

だからか、いやいや、ニヒリストである魯迅も文人相軽んずの世界にいたのでしょうし、どこの国でも批評家たちも魯迅に限らず喧嘩ばかりしていましたよ、まあどうでもいい返答をした。むろん、的確な答が見つからなかったからである。今なら、魯迅も批評家世界や中国の現状というバトルフィールドの中で孤立無援なある意味で絶望的な闘いをしていたはずですよ、とでも答えたか。ニヒリストという点では意見を同じくし、なにやら意気投合をした。歓談すること一時間後、彼は上記の権威的人物のところに、ご挨拶に行ってきます、とにこやかに微苦笑を浮かべながら、去って行った。

私の立場は、既にお分かりと思うが、こちら側である。理解できそうでできない他者・過去の日本・異文化・外国などとどうつきあっていくのか。正義で、とんでもないだろう。倫理で、これまた駄目だ。好悪の情で、さらにとんでもない。挙句の果てに出て来たのが「アイロニカルな共感」という中途半端、宙づり状態に自己をおく構えであった。これ以外に、今のところ、妙案はありそうもない。もっといい構えや考えがあったら、お教え願いたい。

最後に、ひつじ書房の松本功社長は、寄せ集めとも言いうる本書の出版を引き受けて下さったばかりか、種々有益なお言葉・ご指図まで賜った。本書が世に出るのは、松本氏のお蔭である。心からお礼を申し上げたい。

平成二六年七月一一日

後記

本書を、献呈する前に突如逝ってしまわれた畏友増尾伸一郎氏に捧げたい。増尾さんは正しい意味で優しい男であった。いつも笑みを絶やさず、私のあまり上出来ではない皮肉にも私が嬉しくなるような対応をなさって下さった。一度原稿をご依頼したことがあった。東アジア古代史から植民地朝鮮まで扱える知性とスケールの大きさは、大関松三郎の詩とその異同の過程を描いても卓越しているものだと痛感させられた作品が寄せられた。対する私は彼に何もさし上げることができず仕舞いである。これが甚だ不満である。この際、拙著を送る

ことでアンバランスを修正したいのだ。悲しいがこれが私のできる追悼である。戴いたお酒はゆっくりと飲みます。（八月一日）

台風一過の爽快感漂う南大沢にて

前田雅之

る

れ

ろ

わ

ひ

ふ

へ

ほ

ま

て

と

な

に

の

は

す

せ

そ

た

ち

つ

け

こ

さ

し

お

か

き

く

索引

あ

い

う

え

【著者紹介】

前田雅之（まえだ まさゆき）

1954年下関市生まれ。1987年早稲田大学大学院日本文学専攻博士後期課程単位取得退学。博士（文学）。現在、明星大学人文学部教授。
主な著書に、『今昔物語集の世界構想』（笠間書院 1999）、『記憶の帝国—【終わった時代】の古典論』（右文書院 2004）、『古典的思考』（笠間書院 2011）、『高校生からの古典読本』（共編著 平凡社 2012）、『古典論考—日本という視座』（新典社 2014）がある。

未発選書　第21巻

アイロニカルな共感—近代・古典・ナショナリズム

Ironical Sympathy: Modern Times, Classics, Nationarism in Japan
Masayuki Maeda

発行	2015年4月30日　初版1刷
定価	4800円＋税
著者	© 前田雅之
発行者	松本功
装丁	iMat
印刷所	三美印刷株式会社
製本所	株式会社 星共社
発行所	株式会社 ひつじ書房
	〒112-0011 東京都文京区千石2-1-2 大和ビル2F
	Tel.03-5319-4916 Fax.03-5319-4917
	郵便振替 00120-8-142852
	toiawase@hituzi.co.jp　http://www.hituzi.co.jp/

ISBN978-4-89476-744-7

ひつじ研究叢書（文学編）2

中世王朝物語の引用と話型

中島泰貴著　定価五、八〇〇円＋税

中世王朝物語とその周辺作品を対象にした、「悲恋遁世譚」あるいは「しのびね型」と一般に称されてきた中世的な話型と、王朝物語の引用との関連性についての研究。

ひつじ研究叢書（文学編）3

平家物語の多角的研究
――屋代本を拠点として

千明守編　定価八、五〇〇円＋税

平家物語について、屋代本を中心に分析。研究範囲は文学研究から言語研究、歴史研究、書誌学的分析など多岐にわたる。平家物語研究の新しい時代を切り開く一冊。